图书在版编目（CIP）数据

冒险史/（英）柯南道尔（Conan Doyle,A.）著；赵梅君译. —2版. —北京：华夏出版社，2012.9

（福尔摩斯探案全集）

ISBN 978 – 7 – 5080 – 7088 – 9

Ⅰ.①冒… Ⅱ.①柯… ②赵… Ⅲ.①侦探小说 – 小说集 – 英国 – 现代 Ⅳ.①I561.45

中国版本图书馆 CIP 数据核字（2012）第 148282 号

福尔摩斯探案全集之冒险史

选题策划	刘景立　北京宏昊文化发展有限公司
责任编辑	赵　楠　刘晓冰　李春燕
出版发行	华夏出版社
经　销	新华书店
印　刷	北京睿特印刷厂大兴一分厂
装　订	北京睿特印刷厂大兴一分厂
版　次	2012 年 9 月北京第 2 版　2012 年 9 月北京第 1 次印刷
开　本	670×970　1/16 开
印　张	15
字　数	208 千字
定　价	20.00 元

华夏出版社　网址：www.hxph.com.cn　地址：北京市东直门外香河园北里4号　邮编：100028
若发现本版图书如有印装质量问题，请与我社营销中心联系调换。电话：(010) 64663331（转）

目 录

冒险史

波希米亚丑闻案 ………………………………… (3)

红发会 …………………………………………… (24)

身份案 …………………………………………… (45)

博斯科姆比溪谷奇案 …………………………… (61)

五个橘核 ………………………………………… (82)

歪唇男人 ………………………………………… (98)

蓝宝石案 ………………………………………… (120)

斑点带子案 ……………………………………… (139)

工程师大拇指谜案 ……………………………… (160)

单身贵族案 ……………………………………… (177)

绿玉皇冠案 ……………………………………… (195)

铜山毛榉谜案 …………………………………… (214)

冒险史
MAOXIANSHI

冒险史

波希米亚丑闻案

歇洛克·福尔摩斯总是称呼她为"那位女人"。提到她时,他几乎不用别的称呼。在他看来,她才貌兼备,只要有她在场,其他女人便会黯然失色。但这并不等于他对艾琳·艾德勒有任何近于爱情的情愫,因为他的头脑理性、刻板、沉着,完全容不下一丝情感,尤其是爱情这种情感。在我看来,他可以媲美世界上最完美的机器,精于推理和观察。但是对一个情人而言,他却错置了自己的位置。他不懂得含情脉脉,讲话时经常用讥嘲的口气。观察家很愿意研究那种温柔的情话——因为它可以揭示人的动机和行为。但是对于一个有经验的理论家来说,让情感扰乱他缜密的思维却是一件危险的事,那会使他的成果受到怀疑。即使在精密仪器中落入砂粒,或者他的高倍放大镜镜头出现了裂纹,都不会比在他这样的性格中掺入一种强烈的感情更能扰乱和妨碍他的工作。然而却有一个女人,而且是个已故的女人——艾琳·艾德勒,始终保留在他的记忆之中。

近来很少和福尔摩斯见面。我结婚以后与他少有往来。我沉醉于美满婚姻的幸福中,对于成为家庭的主人第一次产生兴趣,家吸引了我全部的注意力。但是福尔摩斯,却是豪迈洒脱的,对于社会上的繁文缛节深恶痛绝,依然住在贝克街的房子里,在旧书堆里消遣。他一个星期服用可卡因,另一个星期又精力充沛,干劲十足,就这样交替地处于药物引起的萎靡状态和他热烈性格带来的冲动状态中。像以往一样,他仍然沉醉于研究犯罪行为,用他那非凡的才华和洞悉一切的观察力去寻找线索,试图打破谜团,而这些谜是被警察认为毫无头绪而放弃了的。我经常模糊地听到一些关于他的情况,如他被召到奥德萨去办理特雷波夫暗杀案,侦破亭可马里怪异的阿特金森兄弟惨案,以及他为荷兰皇家巧妙

而出色地完成使命等等。这些情况，我也像其他人一样，只能从报纸上读到。除了这些，关于我的朋友，我几乎不知道什么了。

一八八八年三月二十日这天晚上，我在出诊回来的途中（此时我已又开业行医），正好经过贝克街。我还清楚地记着那所房子的大门，它总让我不时地想起"血字的研究"一案的神秘事件。当我从新房子前经过，看到那扇大门时，我突然非常想与福尔摩斯谈谈话，想知道他目前正专注于什么问题的研究。他的几间屋子，灯光明亮。我抬头仰望，看见映照在窗帘上的他那瘦高的黑色侧影两次掠过。他的头低垂，两手搭在背后，有规律而又急切地在屋里走来走去。我深悉他的各种精神状态和生活习惯，所以对我来说，看他的行为本身就能知道是怎么一回事——他又在工作了。他一定是刚从服药后的睡梦中起身，正醉心于某些新问题，希望有所发现。我按了电铃，然后被引进一间屋子，这里曾经有一部分是属于我的。

他看起来不太热情，这真是少见的情况，但我认为他还是高兴看到我的。他很少说话，可是感觉很亲切。他让我坐在一张扶手椅上，把他的雪茄烟盒扔过来，并示意我用角落的小型煤气炉和酒精瓶点燃雪茄。他站在壁炉前，用他那深邃的目光看着我。

"婚姻很适合你，"他说，"华生，我看从我们上次见面到现在，你胖了七磅半。"

"七磅。"我回答说。"是这样吗？我看不止七磅。华生，我看是七磅多一点。我观察的结果是，你开业给人看病了吧。但你那时从来没说过你有行医的打算。""你根据什么这样说呢？""这是我观察和推断出来的，否则我不会知道你近来一直挨雨淋，而且有一个笨头笨脑的仆人呢！""我亲爱的福尔摩斯，"我说，"你真是太神了。要在几世纪前，你肯定会被推上绞刑架。确实，我星期四的时候去了一趟乡下，是步行，结果回家时被雨淋得很惨。但衣服我早已换过了，你是从何得知的呢？至于玛丽·珍，她真是没救了，我太太已经把她打发走了。但这件事你又是怎么推断出来的？"

冒险史

他笑嘻嘻地搓着他那双细长的神经质的手。"很简单,"他说,"我看到,在你左脚那只鞋的里侧,在炉火的照射下我看得很清楚,皮面上有六道几乎平行的裂痕。很显然,曾经有人为了弄掉鞋跟上的泥,漫不经心地顺着鞋跟刮泥。因此,我就得出了双重推断。一是你曾经在很糟的天气中出门,二是你皮靴上的裂痕是伦敦没有经验的女佣造成的。至于你开业行医嘛,那是因为要是有人进屋时,身上发出碘的气味,左手食指上有硝酸银的黑色斑点,大礼帽右侧面突出一块,表明曾戴过听诊器,我如果再猜不出他是一个医药界人士,那我就真是太蠢了。"

他的推理是如此轻松,我不禁笑了起来。"听你讲这些推理时,"我说,"任何事情都让人感觉容易,甚至到了可笑的程度,让我以为我也能推理。在你解释为什么这样推理之前,我总是疑惑你为什么那样肯定事情会如你所料。但我一直认为我的眼力不比你差。"

"确实如此,"他吸了一口烟,全身舒服地倚靠在扶手椅上,回答道,"你是在看而不是在观察。这两者是完全不同的。比如说,从下面大厅到这间屋子的阶梯你常去吧?""是的。""多少次了?""嗯,至少几百次吧。""那么,有多少个阶梯?""多少?我可不知道。""就是这样,因为你没有观察,而只是看嘛。这正是我要谈到的关键所在。你瞧,我知道共有十七个阶梯。因为我不但看而且观察了。对了,因为你对这些小问题感兴趣,而且喜欢记录我的一两个小经验,这个东西你也许会有兴趣。"他边说边把桌子上的一张粉红色的厚厚的便条纸扔了过来。"这是邮差刚刚送来的,你大声地念念看。"

这张便条没有日期,也没有签名和地址。便条上这样写着:

某君将于今晚七时三刻造访,有非常重要之事拟与阁下相商。阁下最近为欧洲一王室出力效劳表明,委托阁下办理难于言喻之大事,足可信赖。此种传述,众人皆知,我等亦甚熟稔。届时望在家等候。来客如戴面具,请予理解。

"这件事确实很神秘,"我说,"你认为这代表着什么?""目前我还没有任何可以作为论据的事实。在此之前就妄加推测,那是最大的错误。有些人总是不自觉地用事实去附会理论,而不是用理论去适用事实。现在只有这张便条,你看看能得出什么结论吗?"

我认真地检查了这张写字的纸,并辨识上面的笔迹。"写这张条子的人大概很富有,"我说道,并极力模仿福尔摩斯的推理方法,"这种纸纸质特别结实和挺括,一沓至少要卖半克朗。"

"不错,纸很特别,"福尔摩斯说,"这根本不是一张英国造的纸。你对着亮处看看。"我照着他的意思做了。看到纸质纹理中有一个大写的"E"和一个小写"g"、一个"P"、一个"G"和一个小"t"交织在一起。

"你知道这代表什么吗?"福尔摩斯问道。"显然,是制造者的名字,更准确地说,是制造者名字的交织字母。""错了,'G'和小't'代表的是'Gesellschaft',在德文中是'公司'这个词,像我们的'Co.'这个惯用的缩写词。当然,'P'代表的是'Parier'——'纸'。现在看看'Eg'代表什么,让我们翻一下《大陆地名词典》。"他从书架上拿下一本很厚的棕色书皮的书。"Eglow,Eglonitz——是的,Egria。那是在说德语的国家里——也就是在波希米亚,离卡尔斯巴德不远。'因瓦伦斯坦死在那里而闻名,也因拥有众多的玻璃工厂和造纸厂而著称。'哈,哈,老兄,你知道这代表着什么吗?"他的眼睛闪着得意的光,喷出一大口蓝色的香烟烟雾。

"这种纸产于波希米亚。""对,写这张纸条的是德国人。你看到这句话'此种传述,众人皆知,我等亦甚熟稔'这种句子的特殊结构了吗?法国人或俄国人不这样写东西。只有德国人才会这样胡乱用动词。因此,现在需要查明的是这位用波希米亚纸写字、用面具来掩盖其真面目的德国人究竟想干什么——瞧,如果我没弄错的话,他已经来了,就让他为我们解开这个疑团吧。"

果然,街上响起一阵清脆的马蹄声和马车轮子摩擦路边镶边石的轧

冒险史

轧声，不一会儿有人使劲地拉着门铃。福尔摩斯吹了一下口哨。

"听声音是两匹马。"他说。"不错，"他接着说，站在窗口向外看着，"马车和马都很漂亮，每匹马得值一百五十畿尼。华生，如果不出问题的话，这个案子会有优厚的报酬。""看来我得告辞了，福尔摩斯。""哪儿的话，华生，你就呆在这里。要是没有你这个助手在这儿，我将不知如何是好。这个案子看来很有趣，错过它那就太可惜了。"

"可是你的委托人——""不用理他，我需要你的帮助，也许他也如此。来啦，你坐在那里不要动，医生，你就看我的吧。"一阵缓慢而沉重的脚步声响起。先是在楼梯上，然后在过道上，到了门口突然停止。接着是响亮的敲门声。"请进来！"福尔摩斯说。

走进来一个人，他的身材很高大，起码有六英尺六英寸，宽胸阔肩，四肢结实有力。他衣着华丽，但在英国这地方显得近乎庸俗。他的袖子和双排纽扣的上衣前襟的开叉处都镶着宽宽的羔皮，肩上披着深蓝色大氅，衬里是用猩红色的丝绸做的，领口别着的饰针是用单颗火焰形的绿宝石镶嵌的。他穿的皮靴高到小腿肚，靴口上镶着深棕色毛皮。这一切都使人们对于他那野性豪奢的外表有了更加深刻的印象。他把大檐帽拿在手上，脸上戴着一个黑色的盖过颧骨的面具。可以看出他不想让人认出他，因为进屋时，他的手还在整理面具。由露在面具外面的脸看，他的唇厚而下垂，下巴长而直，使人感觉他是一个果断、坚强的人。

"你收到我写的条子了吗？"他问道，声音低沉、喑哑，带着浓重的德国口音。"我告诉过你，我要来拜访你。"他的眼光轮流落在我们两个人身上，似乎拿不准该跟谁说话。

"请坐，"福尔摩斯说，"这位是我的朋友和同事——华生医生，他总是对我办案提供很多帮助。请问，我应该怎么称呼您？""你可以称呼我冯·克拉姆伯爵，我是波希米亚贵族。我想你的这位朋友，是令人尊重而且谨慎的人，我应该放心地把很重要的事托付给他。如果不是这样，我希望单独地跟你谈。"

我起身准备离开，可是福尔摩斯抓住我的手腕，把我推回到原来的

扶手椅里。"谈就一起谈,否则就不用谈了。"他对来客说,"在这位先生跟前,您想谈什么尽管谈好了。"

伯爵耸了耸他那宽阔的肩膀说道:"既然这样,二位首先得保证在两年内绝对保密,两年后这件事也就无足轻重了。就目前来说,它重要到也许可以影响整个欧洲历史的进程。"

"我保证。"福尔摩斯答道。"我也是。""你们不介意这面具吧,"我们这位陌生的客人继续说,"派我办这件事的人不希望你们知道我是谁,所以我承认刚才我所说的并非我自己真正的称呼。""我知道。"福尔摩斯冷冷地答道。"是这样的,有件事情很可能发展成为一个大丑闻,我们的工作就是采取一切防范措施制止它的发生,使一个欧洲王族免于遭到损害。坦率地说,这件事会使伟大的奥姆施泰因家族——波希米亚世袭国王——受到牵连。"

"这个我很清楚。"福尔摩斯喃喃地说,然后坐到扶手椅里,闭上了眼睛。在来客心中,福尔摩斯过去肯定是被描述成全欧洲分析问题最透彻的推理者和精力最旺盛的侦探。这时我们的来客不禁对这个人慵懒倦怠的体态表现出惊讶的神情。福尔摩斯不紧不慢地重新张开双眼,不耐烦地瞧着他那健壮的委托人。"要是陛下肯屈尊仔细说明一下案情,"他说,"那么我会更好地为您服务。"这人猛地从椅子里站了起来,无法自制地在屋里走来走去。然后,他以一种绝望的姿态拿下脸上的面具。

"你说对了,"他喊道,"我就是国王,我有什么可隐瞒的呢?""嗯,是这样吗?"福尔摩斯低声说,"陛下还没有开口,我就知道站在我面前的是卡斯尔—费尔施泰因大公、波希米亚的世袭国王、威廉·哥特莱西·西吉斯蒙德·冯·奥姆施泰因。""但是你知道,"我们奇怪的客人又重新坐下来,用手摸了一下他那宽阔白皙的前额说,"你知道我不习惯亲自出面办这种事的。可是这件事是如此微妙,如果我让一个侦探知道了,就只好任其摆布。我是为了向你求助才微服出行,从布拉格来到这里的。""那就开始吧。"福尔摩斯说道,然后又把眼睛闭上了。

"简单说吧,事情是这样的,大约五年以前,我在华沙长期访问期

冒险史

间,认识了著名的女冒险家艾琳·艾德勒。你肯定非常熟悉这个名字。"

"医生,请你帮我查查艾琳·艾德勒这个人。"福尔摩斯轻声说,仍然闭着眼睛。他常年用一种方法,就是把许多人和事的相关材料收集在一起,并贴上标签,以备查看。关于这件案子,我找到了有关她个人经历的材料。它夹在一个关于犹太法学博士的历史材料和一个关于深海鱼类专题论文的历史材料中间。

"给我看看,"福尔摩斯说,"嗯!一八五八年生于新泽西州。女低音——对了!退出了歌剧舞台——哈!住在伦敦——完全正确!我的理解是,陛下曾和这个年轻的女子有过接触。您给她写过几封会给自己带来麻烦的信,现在想把那些信尽快拿回来。"

"完全正确。现在的问题是,怎样做才能……"

"您曾经和她订过婚约吗?"

"没有。"

"是否有法律文件或证明?"

"没有。"

"既然这样我就不懂了,陛下,如果这位女士想用信来达到某种目的,她用什么来证明信是真的,而不是伪造的呢?"

"我的字。"

"呸!伪造的。"

"我私人的信笺。"

"偷的。"

"我个人的印鉴。"

"仿造的。"

"我的照片。"

"买的。"

"是我们两个人的合照。"

"噢,上帝!事情不妙了。陛下实在应该自我检讨了。"

"我那时真是发疯了,精神不正常。"

"这件事已经给您带来了严重的伤害。"

"那时我还是个王储,少不更事,现在我也才三十岁。"

"也就是说,照片必须收回来。"

"我们已经试过几种办法,但是都无功而返。"

"陛下可以出钱,把照片买过来。"

"她肯定不卖。"

"那么只好偷了。"

"我们已经试过五次了。有两次是雇小偷搜遍了她的住宅,一次她在旅行时我们使用了调包计,还有两次我们在路上抢劫了她,但是都失败了。"

"没有一点那张照片的线索吗?"

"完全没有。"

福尔摩斯笑了,说道:"这是一个无足轻重的问题。"

"但是对我来说,问题却十分严重,"国王的口气有些不悦。

"十分严重,确实是这样。那她掌握这照片又有什么用呢?"

"毁了我。"

"怎么个毁法?"

"我马上就要结婚了。"

"我听说了。"

"我将和斯堪的纳维亚国王的二公主克劳尔德·洛特曼·冯·札克斯迈宁根结婚。你可能听过他们家族以家规严格著称,她自己就极为敏感。只要她对我的行为有一点怀疑,这件婚事就完了。"

"艾琳·艾德勒打算怎么做呢?"

"她威胁要把照片送给他们。她绝对是说到做到的,这一点我很清楚。你不了解,她就是那样一个强硬的女人。她既有最美丽的女人的容颜,又有最果敢刚毅的男人般的内心。一旦我和其他女人结婚,什么可怕的事她都敢做。"

"你能确定照片还在她手里吗?"

"我能确定。"

"为什么?"

"因为她提过,婚约公开宣布的那天,也就是她把照片送出去的时候。也就是下星期一。"

"噢,那我们还有三天时间,"福尔摩斯一边说,一边还打着呵欠。"太不走运了,因为目前我还有一两桩重要的事情要调查一下。当然,陛下短时间内要待在伦敦?"

"对。你在兰厄姆旅馆能找到我。我用的名字是冯·克拉姆伯爵。"

"我将写短信告知我们的进展。"

"那真是太好了。你知道,结果对我很重要。"

"那么,关于报酬问题……"

"由你决定。"

"没有任何条件吗?"

"这么说吧,为了拿回那张照片,我可以用领土中的一个省来交换。"

"那么目前的费用呢?"

国王从他的大氅下面拿出一个很重的羚羊皮袋子,放到桌上。

"这是三百镑金币和七百镑钞票。"他说。

福尔摩斯在他的笔记本上写了一张潦草的收条,撕下后递给国王。"那位小姐住在哪儿?"他问道。"圣约翰伍德,塞彭泰恩大街,布莱宁府第。"福尔摩斯也记了下来。"还有一点需要确定,"他说,"照片是六英寸的吗?""是的。""那么,再见,陛下,我确信不久就会有好消息,请您不要着急。"皇家四轮马车驶离后,福尔摩斯对我说:"明天下午三点,请你过来一趟好吗?我想跟你谈谈这件小事。"

三点钟整我到贝克街时,福尔摩斯还没有回来。据女房东说,早上八点刚过他就出门了。于是,我坐在壁炉旁,打算不管等多久都要等到他,因为对他的调查我已产生了浓厚的兴趣。虽然这案子并不像我曾记录的几件案子那样,残忍又不可思议。这案子的性质及其委托人的高贵

冒险史

地位,已经使它独具特色。的确,除了这件案子的性质外,他那种对情况的完全掌握,敏锐的推理方式,以及解决困难问题的绝妙方法,都值得我好好学习。他总是获胜,对于这一点我已经不以为奇。因此,我从没想过他也会有失败的一天。

四点钟左右,房门开了,走进来一个浑身酒气的马夫。他样子邋遢,络腮胡须,红色脸庞,衣衫褴褛。虽然对福尔摩斯的化装术我已经很适应了,但是我还是必须仔细观察才敢确认这个马夫就是他。他向我点头招呼一下就进了卧室。不到五分钟,他身穿花呢衣服,像往常一样气质高雅地出现在我面前。他的手插进衣袋里,站在壁炉前,失声笑了一阵子。

"噢,真是难以置信!"他喊道,笑得有点上气不接下气,最后浑身无力地瘫在椅子上。"发生了什么事?""这真是太有趣了。你甚至猜不出我上午忙了些什么,取得了什么结果。"

"我完全想不出来。也许你一直在跟踪观察艾琳·艾德勒小姐,也许还观察了她的房子。"

"完全正确,但是结果却是不寻常的。我现在就把经过情形告诉你。今天早上八点我离开家,扮成一个失业的马夫。在马夫中间有着一种相互关照、相互同情的美好感情。成为他们中的一员,就可以了解很多有利的情况。我顺利地找到了布莱宁府第。这座别墅小巧雅致,还带着一个花园。楼房是两层的,面向马路。门上挂着洽伯锁。起居室在右边,宽敞、华丽,高大的窗户几乎到达地面,然而那些英国窗闩却可笑得连小孩都可以轻易打开。

"然后我顺着街道漫步。正如我预料的,我在靠着花园墙的小巷里发现了一排马房。我帮那些马夫为马梳洗。两个便士、一杯混合酒、两烟斗板烟丝。在闲谈中,我知道了许多关于艾德勒小姐的情况。他们还谈到住在周围的另外几个人的情况,我没有任何兴趣,但又不得不听下去。"

"艾琳·艾德勒的情况如何?"我问道。"在塞彭泰恩大街马房,大

家都说她是绝色佳人。那一带所有的男人都抵不住她的魅力。她生活平静，在音乐会上演唱。每天五点钟出去，七点钟回家吃晚餐。除了演唱外，她很少出去。她只跟一个男人有来往，而且关系密切。他肤色黝黑，面貌英俊，富有朝气。他经常一天两回来看她。他是住在坦普尔的哥佛雷·诺顿先生。你知道作为一个主人信任的马车夫的好处吗？这些马车夫为他赶车不下十几次，从塞彭泰恩大街马房送他回家，对他的事知之甚详。我听完了他们所谈的一切之后，便开始再一次在布莱宁府第附近徘徊，思考着我下一步该怎么做。

"这个哥佛雷·诺顿显然在这件事中很关键。他是一位律师。这似乎不太妙，在他们之间存在怎样的关系呢？他总是来看她有何目的？她是他的委托人，他的朋友，还是他的情妇？如果是他的委托人，她可能把照片交给他收藏。如果是他的情妇，就不会那样做。这个问题的答案将决定我是应当继续调查布莱宁府第呢，还是应该把注意力放到那位先生在坦普尔的住宅上。这是我应该慎重考虑的关键，但这样就扩大了我的调查范围。我担心你会厌烦这琐碎的细节，但我又必须让你了解我的困难，如果你想了解案情进展的话。"

"我正认真听着呢。"我回答道。"我当时正在左右为难的时候，忽地瞧见一辆双轮马车赶到布莱宁府第门前，由车里下来一位绅士。他是一个很帅气的男人，黑黑的，鹰钩鼻子，留着小胡子——显然他就是那个律师。他好像很着急的样子，大声告诉车夫等着他。匆忙从为他开门的女仆面前经过，一副无拘无束的样子。

"他在屋子里停留了大约半个小时。我透过窗户可以模糊地看见他在起居室里踱来踱去，双臂随着他的兴奋的话语上下挥动。至于她，我什么也没看到。他很快就出来了，似乎比刚才更加匆忙的样子。他在登上马车时，从口袋里掏出一块金表，急切地看了看喊道，'用你最快的速度，先到摄政街格罗斯·汉基旅馆，然后到埃奇丰尔路圣莫尼卡教堂。你要是能在二十分钟之内赶到，我就赏给你半个畿尼。'

"他们很快离开了。我正在考虑是否有追上去的必要，这时小巷里

冒险史

驶来一辆小巧的四轮马车。那马车夫的上衣只随便扣着几个扣子，领带歪斜着，马匹挽具上所有的金属箍头都向外突出来。车还没停稳，她就由大门飞跑出来进入车厢。我只来得及瞥了一眼，但仍可看出她的确是一个倾倒众生的美丽女子。

"'约翰，去圣莫尼卡教堂，'她喊道，'越快越好，要是你能在二十分钟之内赶到那里的话，半镑金币就是你的了。'

"华生，这是一个难得的机会。我正在考虑是赶上去呢，还是攀在车后，碰巧眼前经过一辆出租马车。赶车人似乎不满意我的车费，但我已迅速地跳进车里。'圣莫尼卡教堂，'我说，'给你半镑金币，要是你在二十分钟之内赶到那里的话。'那时是十一点三十五分，可能会发生什么事，似乎是很清楚了。

"马车飞奔向前，我觉得像风一样快，但我赶到的时候，那两辆马车已经停在那里了。两匹马正气喘吁吁，鼻孔里冒着热气。我付了车钱，急忙走进教堂。在那里只有我跟踪的一男一女和一个穿白色法衣的牧师，他们在圣坛前争论着什么。我像是一个无所事事的人，悠闲地走走看看。令我惊讶的是，圣坛前的三个人忽然把脸转向我。哥佛雷·诺顿迅速跑到我面前，'感谢上帝！'他喊道，'有了你事情就好办了。来！来！''发生什么事了？'我问道。'来，老兄，来，只需占用你三分钟时间，要不然就不合法了。'

"我还没有弄明白到底发生了什么事，就被拉上了圣坛。我下意识地对耳边的低沉话语做出答复，为我完全不知道的事作见证。这样，在短短的几分钟内，由于我的介入，未婚女子艾琳·艾德勒和单身汉哥佛雷·诺顿结合了。接着男方女方各在我的一侧分别向我表示感谢，而牧师则在我对面向我微笑。真是不可思议，这简直是我有生以来碰到的最荒谬的事。因此，我刚才禁不住大笑起来。看来事情有了点麻烦，在没有任何证人的情况下，牧师是不会给他们证婚的，幸好我出现了，要不然新郎可能得到大街上去找傧相了。新娘赏给我一镑金币。我打算把它拴在表链上戴着，以纪念这次的际遇。"

"这简直太出人意料了,"我说,"然后又发生了什么事?""我意识到我的计划正面临着很大威胁。显然这一对新人有远行的打算,所以我得立即采取措施。他们在教堂门口分手。他坐车回坦普尔,而她则回到她自己的住处。'我还像往常一样,五点钟坐车到公园去。'俩人分手时她说道。我就听到这些。他们各自乘上自己的马车背道而驰,我也就离开了那里回家做些准备。"

"什么样的准备?""一些卤牛肉和一杯啤酒,"他按了一下电铃答道,"我一直忙得连吃饭的时间都没有,晚上可能会更忙。顺便说一句,大夫,我需要你的帮助。""我很乐意。"

"你不怕触犯法律吗?""一点也不。""也不怕万一被捉住吗?""为了一个高尚的目标,顾不了那些。"

"噢,当然,这目标当然是高尚的。""既然这样,就是我了。""我早就肯定了,你就是我要找的人。""可是你有什么具体的方法吗?""我等一会儿再向你说明。"他饥肠辘辘地看着女房东拿来的东西,说道,"我必须边吃边谈,没有多少时间了。现在是五点钟,两个钟头内我们必须到达行动地点。艾琳小姐,噢!错了,现在该称她为夫人,将在七点钟回家。我们必须制造一个与她巧遇的机会。""那么巧遇之后呢?""这之后的事情我亲自办,我已经有了妥善的安排。但有一点你必须答应,就是不管发生什么事,你都不能干预,明白吗?""我什么事也不管吗?""对极了,可能会有些令人厌烦的事情发生,你千万不要介入。我被抬进屋子后,事情就成功一半了。四五分钟以后,她起居室的窗户将会打开。你一定要在窗户下等着。""是。""你一定要盯着我,我会想办法让你看见。""是。"

"我一举手——就像这样——你就把我让你扔的东西扔进屋子里去,与此同时,大声喊'着火了'。你听明白了吗?""完全懂了。"

他从口袋里掏出一只长长的像雪茄烟模样的卷筒说道:"瞧,这是一只最普通的烟火筒,管子工常用的,两头有盖子,可以自行燃烧。你的工作就是管好它,当你喊着火的时候,肯定会有许多人来救火,你要趁机走到

冒险史

街的另一头去。十分钟内,我会与你见面。我想你已经明白我的意思了。"

"不管发生什么事,我都不能干预;在窗户下等着;盯着你;当看到你举起手的时候,就把烟火筒扔进屋;然后大喊着火了;一切完成后到街的另一头去等你。""好极了,就是这样。""你等着瞧吧。""一切都很顺利。噢,该是我准备扮演新角色的时候了。"

他走进卧室里,几分钟以后,我看到一个和蔼亲切又装扮朴素的新教牧师走出来。黑帽松大,裤子松垮,领带雪白,再加上他那充满仁慈的微笑和那种凝视而好奇的神态,只有约翰·里尔先生能与之媲美。福尔摩斯不只是换了打扮,就连他的神态,他的动作,甚至于他的灵魂都随着新角色起了变化。当他成为一位犯罪研究专家的时候,舞台上就少了一位杰出的演员,科学界就少了一位敏锐的推理家。

我们在六点十五分离开贝克街,提前十分钟到达塞彭泰恩大街。天已暗了,我们在布莱宁府第外面踱来踱去等房主人回来,这时街灯亮了。这所房子正如我根据福尔摩斯的简单描述所想象的那样。但我原以为这里应该是幽静的,而事实却正相反,和附近的安静小街相比,它无疑是热闹的。街头拐角有一群人衣着破烂,正叼着烟卷说说笑笑,还有一个带着脚踏磨轮的磨剪子的人,两个正在同保姆调情的警卫以及几个衣着体面、一边吸烟一边悠闲地四处游荡的年轻人。

"想想看,"我们还在踱着步,福尔摩斯说,"他们的婚姻反倒让事情容易了。那张照片现在变成双刃剑了。我们的委托人害怕它被自己的未婚妻看见,而艾琳小姐又担心它被哥佛雷·诺顿发现。现在的问题是,我们在什么地方才能找到那张照片?""是啊!可能在哪儿呢?""她不可能随身携带,一张六英寸的照片,不可能轻易地藏到一件女人的衣服里。而且拦劫和搜查这样的事情已经发生过两次了。根据这些推断,她不会把照片放在身上。"

"能在哪儿呢?""有两种可能,一是在她的银行家手里,二是在她的律师手里。但我觉得这两种可能性都不现实。女人生性好保守秘密,她们总是用自己的方法来隐藏东西。她对自己的方法有信心,不可能把

照片交给别人保管。另外,你得注意她决意要在几天之内用到这张照片,因此照片一定在她随手可及的地方,一定在她的房子里。"

"但是屋子已经两次被盗了。""哼!他们不知道怎么个找法。""那么你怎么去找?""我根本不找。""什么?""我要她自己把照片亮给我看。""她根本不会那么干的。""她一定会那么干,我听见车轮声了,是她的马车,现在一切要按照我的计划行事。"

这时,一辆马车的车灯顺着弯曲的街道照过来。那是一辆漂亮的四轮小马车,咯哒咯哒地驶到布莱宁府第门前。马车刚停稳,角落里就冲出一个衣衫褴褛的流浪汉,趋前去开车门,希望讨个小钱儿,但被另一个窜到前头的流浪汉推开。于是爆发了一场激烈的争吵,两个警卫站在一个流浪汉一边帮他鼓劲,而磨剪刀的则站在另一个流浪汉一边帮腔。这样场面就更加杂乱了。接着不知怎么的就有人动起了手,争吵升级为打斗,正在这当口夫人下了车,立即就被卷进了纠缠的人群中。这些人打得面红耳赤,拳来脚往,粗野地互相缠斗,谁也打不过谁。福尔摩斯猛地冲入人群去保卫夫人。但是,刚挤到夫人的身边,突然大叫了一声,扑倒在地,鲜血马上流了出来。众人见他倒地,两个警卫朝一个方向拔脚就溜,那些流浪汉朝另一个方向溜之大吉。此时,有些衣着比较体面、刚才在一旁看热闹的年轻人奔了过来,扶起受伤的福尔摩斯。艾琳·艾德勒趁骚乱停止,急忙跑上台阶。但是在最后一层台阶上,她停住了。门廊的灯光照出了她那优美的身形。

她回头朝街道问道:"那位先生怎么样了?伤得严重吗?""他已经死啦。"几个声音一齐喊道。"不,还有气呢!"另一声音高叫着,"就怕还没送到医院,人已经死了。""他真是个有胆量的人,"一个女人说道,"如果没有他,夫人不定会怎么样呢,钱包和表怕早被抢走了。他们可是一伙野蛮的家伙。啊,他能呼吸了。"

"不能让他就这么躺在地上。如果能抬进屋子里去就好了,可以吗,夫人?""没问题,把他抬到起居室里去,那儿的沙发很舒适,请进来吧。"大家小心地把他抬进布莱宁府第,安置在正房里。事情发生的全

冒险史

过程我都看到了，但我站在窗口附近一直等着。灯都点燃了，可是窗帘没有拉上，所以我的目光可以一直追随着福尔摩斯。福尔摩斯对于他所扮演的角色是否有内疚感我无法知道，就我个人来说，我从来没有如此羞愧过，因为我正密谋算计着这样一个美人，而她正以那样温雅亲切的仪态照看着伤者。可是让我现在放弃先前的承诺，对于福尔摩斯来说无疑是一种不可原谅的背叛。我硬下心来，从长外套里取出烟火筒。我想，我们并没有伤害这美人，仅仅是不让她去伤害别人。

福尔摩斯躺在那张长沙发上。我看到他的动作表情像是很需要空气的样子。一个女仆赶紧走过去推开窗户。同一时间我看到他举起手，便再也没有迟疑，把烟火筒扔进屋里去，同时高声喊道："着火啦！"我的喊声刚落，全部看热闹的人，无论是穿得体面的还是不体面的人，绅士、马车夫和女仆们，也大声尖叫："着火啦！"浓烟迅速充满室内，在外面可以看见烟火从窗户缝冒了出来。我看见许多人影在匆忙地跑动。不一会儿，我听到从房里传出福尔摩斯说这是一场虚惊，大家不要惊慌的喊声。我迅速穿过聚集的人群，跑到街道的拐角。不到十分钟，我的朋友来了，他挎着我的胳膊离开喧闹的现场。在我们到艾其沃尔路的一条安静街道以前，他始终沉默地快速往前走。

"医生，你干得很好，"他说道，"没有比这更漂亮的了。计划顺利完成。""你找到那张照片了吗？""我知道它在哪儿了。""你是怎么知道的？""就像我跟你说过的那样，她自己告诉了我照片的位置。"

"我不大明白。""我不想弄得太神秘。"他说着笑了起来，"其实很简单，你应该看得出街上的每一个人都是为咱们服务的。确切地说，他们都是雇来的，就为了演这出戏。""我有点猜到了。""当大家争吵起来的时候，我冲进人群，跌倒在地上，并马上用手捂住脸，其实我手掌上有一小块红颜料。大家看到的就是我满脸鲜血，一副可怜兮兮的样子。这是老花招了。""这个我也猜到了。"

"正如我预料的，他们把我抬进了起居室。她不能让我就那么躺在街上，她只能把我弄进去。照片就在起居室和卧室之间，我决定看看到

底是藏在了哪儿。他们把我放在长沙发上,我马上表现出需要空气的样子,他们打开窗子,这样就该你行动了。""你为什么要设计这一幕呢?对你有什么好处?""这很重要。一个女人,当她发现她的房子可能要陷入火海时,她本能地会去抢救她认为最重要的东西。这是一种不可抗拒的本能,我已经利用过多次了。我曾在达林顿顶替丑闻一案中利用过它,在阿恩沃思城堡案中也是如法炮制。结了婚的女人赶紧抱起她的婴孩;未婚的女人首先去拿珠宝盒。现在我们很清楚,在这所房子里,对这位夫人来说最重要的东西是什么,当然是我们正在找的照片,所以她一定会把它抢到身边。着火的警报放得很出色。喷出的烟雾和惊呼声足以瓦解最稳固的心神。她的反应很迅速。那张照片其实藏在壁龛里,这个壁龛位于右边铃的拉索上面的那块能挪动的嵌板后面。她在那地方只停留了一会。当她把那照片抽出一半的时候,我一眼看到了它。然后,我高喊只是一场虚惊,大家不要慌的时候,她又把它放回去了。她看了一下烟火筒,就跑了出去,此后就再也没出现过。我站了起来,找个借口溜出了那所房子。我曾考虑是否直接把那张照片弄出来,但就在这时候马车夫进来了,他一直在盯着我,我只好再想办法了。否则,过分的急躁只会把事情搞糟。"

"现在我们做什么?"我问道。"我们的调查实际上已经大功告成了。明天我将同国王一块去拜访她。如果你想看看结局的话,你也一起去。我们会被引进起居室等候见那位夫人,但是当她出来见客时,我们已经拿着照片走了。亲手重新拿回那张照片,陛下肯定会很高兴。"

"那么你们准备何时去拜访她呢?""早晨八点钟。她还没起床的时候,我们可以放心干。另外,我们必须马上行动,可能她的生活习惯在婚后会有所改变。我必须立即打个电报,让国王了解事情的进展。"

这时我们已经走到贝克街他住处的门口。当他从口袋里往外掏钥匙的时候,有人从我们身边经过,并打了个招呼:"晚安,福尔摩斯先生。"此时有好几个人在人行道上。这句话好像是一个高个子、穿长外套的年轻人在匆忙走过时说的。

冒险史

"我肯定听过那声音,"福尔摩斯惊讶地望着灰沉沉的街道说,"但是我不知道到底是谁在同我打招呼。"

那天晚上,我在贝克街过夜。第二天早晨,当我们正吃烤面包喝咖啡的时候,波希米亚国王急匆匆地进来了。"你果真拿到那张照片了吗?"他双手紧紧地抓住歇洛克·福尔摩斯的双肩,目光灼灼地大声问道。"还没有。""但是有希望,是吧?""有希望。""那么还等什么,我真想现在就去。""我们得雇辆出租马车。""不用,我的四轮马车就在外面。"

"那就更好办了。"我们走下台阶,再次出发到布莱宁府第去。"艾琳·艾德勒已经结婚了。"福尔摩斯告诉国王。"结婚!真的吗?什么时候?""昨天。""跟谁结婚?""一个英国律师,叫诺顿。""但是她并不爱他。"

"我却希望她爱他。""为什么?""因为这样陛下就不用再害怕将来发生麻烦了。如果这位女士和她的丈夫婚姻美满幸福,不再爱陛下的话,她就不会也没有理由去威胁陛下了。""这倒是真的。可惜,如果她出身高贵就好了,她肯定是一个杰出的王后。"说完他又沉默了,满脸忧郁。一直到我们在塞彭泰恩大街停下来时都是如此。布莱宁府第的大门敞开着,一个老妇人在台阶上站着,用一种不屑的目光看着我们走下四轮马车。"我想是歇洛克·福尔摩斯先生吧?"她说道。

"我是福尔摩斯。"我的朋友奇怪地,又有些惊讶地看着她回答道。"真的吗?我的女主人说你可能会来。今天早晨她跟她的丈夫一起走了,乘五点十五分的火车从蔡林克罗斯到欧洲大陆去了。"

"什么!"歇洛克·福尔摩斯后退了几步,一脸的惊讶和懊恼,脸色微微发白,"你是说她今早离开了,是这样吗?""再也不回来了。""照片呢?那张照片呢?"国王哑着声音问道。"完了,一切都完了!""我得看一下。"福尔摩斯匆忙奔进了客厅,国王和我紧跟在后面。家具乱七八糟地散置在屋里,架子倒在地上,抽屉拉了出来,好像这位女士在离开前曾经匆忙地打理过行装。福尔摩斯冲到铃的拉索那儿,打开

福尔摩斯探案全集

一扇拉门，把手伸进去，掏出一张照片和一封信。照片上的人是身穿晚礼服的艾琳·艾德勒。信封上写着："歇洛克·福尔摩斯先生亲启。"信是今天凌晨写的。信中这样写道：

亲爱的歇洛克·福尔摩斯先生：

　　你干得确实漂亮，我完全被你骗过去了。在发出火警之前，我丝毫没有怀疑。但这之后，我发现我在不自觉中已经泄露了秘密，我开始思索。几个月以前，有人劝我要提防你。人家说国王如果要雇侦探，一定是你。他们甚至告诉了我你的地址，尽管如此，你还是让我泄露了极力隐藏的秘密。但是，你知道，我自己是个颇有经验的女演员，我很熟悉男性服装，我自己就常常女扮男装，并以此为乐，有时还能办成妇女办不到的事。我派马车夫约翰监视你，然后跑上楼，穿上我的男式便服，你离开的时候，我正好下楼。

　　随后，我跟着你来到你家门口，到那时，我已经肯定我确实是你——著名的歇洛克·福尔摩斯先生感兴趣的人了。于是，我冒昧地祝你晚安，并马上赶到坦普尔去找我丈夫那儿。

　　我和我的丈夫一致认为被像你这样的对手盯着是一件极可怕的事，离开是最好的对策。因此，当你今天来的时候，会发现我们已经离开了这里。至于那张照片，你的委托人再也不用担心了。我爱上了一位各方面都比他强的人，而这个人也爱我。国王可以做任何他想做的事，再也不必害怕他所伤害过的人会给他带来什么麻烦了。我是为了保护自己才保留那张照片。这是一件利器，保护我在今后的每一天都不受他可能采取的手段的伤害。现在我留下一张照片，也许他愿意收下。谨此向您——亲爱的歇洛克·福尔摩斯先生致意。

　　　　　　　　　　　　　　　艾琳·艾德勒·诺顿敬上

冒险史

"伟大的女人,噢,一个多么伟大的女人啊!"当我们三个一起念这封信时,波希米亚国王这么喊道。"我曾经告诉过你们,她是一个集美貌和智慧于一身的女人。如果她能当王后,一定是一个令人尊敬的王后。可惜我们的地位不同!"

"现在看来,她的水平确和陛下的水平很不一样,"福尔摩斯淡然地说道,"很抱歉这件事没有一个更圆满的结局。"

"亲爱的先生,恰恰相反,"国王说,"再没有任何结局比这个更好的了。我知道她是说到做到的。那张照片对于我来说仿佛已是被烧掉了。""听陛下这么说我很高兴。""对你,我深表感激,请告诉我该怎么报答你才好。这只戒指……"他从手指上脱下一只蛇形的绿宝石戒指,托在手掌上递给福尔摩斯。"但我认为陛下有一件比这戒指更有价值的东西。"福尔摩斯说道。"是什么东西,你说出来。""这张照片。"国王惊讶地看着他,双眼大睁。"艾琳的相片!"他喊道,"如果你想要的话,当然没问题。""谢谢陛下。那么事情算是完成了。我谨祝您早安。"他鞠了个躬便转身离去,对国王伸向他的手视而不见。我们一起回到他的住处。

这就是波希米亚国王如何被一桩大丑闻所困扰和威胁,而福尔摩斯又是如何被一个女人所挫败的经过。过去,他总是对女人的聪明机智不屑一顾,大加嘲笑,最近几乎听不到他的嘲笑了。提到艾琳·艾德勒和她的照片时,他总是使用"那位女人"这样的尊称。

福尔摩斯探案全集

红发会

那次我去拜访福尔摩斯时,是在秋季的一天。我到的时候,他正在和一位老先生谈话,那位先生身材矮胖,满面红光,头发是火一样的红色。我对自己的突然到访表示歉意,并准备退出来,福尔摩斯却一把就把我拽回去,随手关上了门。

他亲切地说:"我亲爱的华生,你来的正是时候。""我怕打扰了你,看你正忙着。""是呀,我是很忙。""那么,我等一会儿再过来。""不,不,威尔逊先生,跟你介绍一下,这位华生先生是我的朋友和得力助手,他帮助我办了许多大案子。我相信在处理你的案子时,他也会给我很大的帮助。"

那位矮胖的先生从椅子里站起身,微微欠身向我致意,他的小眼睛迅速转动了一下,一线怀疑的眼神很快地掠过。"你先坐下。"福尔摩斯说道,重新坐回去,两手的手指尖合拢着。这就表示他正思考着什么问题。"亲爱的华生,我了解,你也像我一样,并不喜欢日常生活中平凡普通、毫无新意的老套玩意,而喜欢古怪、不寻常的东西。从你那些充满热情的记录中,就可以看出你对它们的兴趣。如果你同意的话,我想说,你这样做为我的许多小冒险添加了亮色。"我说:"你办过的那些案子,我确实是很感兴趣。"

"你应该记得那天我们谈论玛丽·莎舍兰小姐的问题时所说的话吧,我们必须深入生活,只有如此才能获得新奇的效果和非同寻常的配合,而这本身比任何想象都有刺激性。"

"冒昧地说一句,对你的说法我有些怀疑。""是吗?医生。但你还是会同意我的说法。我会列举一系列事实,使你的道理完全站不住脚,这样你就会承认我是对的。好啦,这位杰贝兹·威尔逊先生真好,他今

冒险史

天上午专程来看我,他要给我讲一个可能是最奇特的故事。你已听我说过,最离奇、最独特的事物往往不是和较大的罪行而是和较小的罪行有联系,有时你甚至怀疑真的有人犯了罪吗?就我刚刚听到的部分,我还不能确定这个案子中是否有人犯罪,但是,事情的经过肯定是我所听到过的事情中最离奇不过的了。威尔逊先生,能否请你把故事再从头说一遍。不仅因为我的朋友没有听到前面的部分,也因为事情很离奇,我不想放过任何一点细节,我常常用其他相似的案子来启发我的思维。这次我得承认,事情确实奇特。"

这位矮胖的红头发的先生挺起胸膛,显出非常骄傲的样子。他从大衣里面的口袋里掏出一张又脏又皱的报纸来,摊开在膝盖上,身子前倾,看着上面的广告栏。我趁机仔细地观察他,想象我的朋友一样,从他的装束和外貌上看出点什么。

但是,这番观察并没有太大收获。他一看便知是个很普通的英国商人,矮胖笨拙。他的裤子松垂,是灰格子布的,燕尾服并不很干净,扣子也没系,露出里面的土褐色背心,背心上垂着一条粗铜链,是艾尔伯式的,还有一小块中间有一个方形窟窿的金属片儿作为装饰品,左右摇晃着。在他旁边的椅子上放着一顶半旧的礼帽和一件褪了色的棕色大衣,大衣的绒线领子已经不平整了。总之这个人毫无奇特之处,稍值得一提的只是他的火红头发和非常不满的表情。

歇洛克·福尔摩斯以敏锐的洞察力看出了我在做什么。当我以目光询问他时,他笑着摇了摇头。"他干过一段时间的体力活,吸鼻烟,是个共济会会员,到过中国,最近写过不少东西。这些是很容易看出来的,其他的我还推断不出来。"杰贝兹·威尔逊先生突然从椅子上挺起了身子,他的指头仍停在报纸上,眼睛已经大睁地盯着我的朋友。

他问道:"噢,天哪,福尔摩斯先生,你是从哪儿知道的这些?比如,你是通过什么认为我干过体力活?那是千真万确的事。我最初在船上当木匠。""我亲爱的先生,请比较一下你的双手,你的右手比左手大,说明你经常用右手干活,以至于右手的肌肉比左手发达。""唔,

那么吸鼻烟和共济会会员呢？""我不会告诉你原因，我并不愿看低你的理解力，但你却不顾你们的团体的严格规定，居然带了一个弓形指南针的别针。""噢，是的，这个我忘了。可是写作呢？""没有什么比这更能说明问题的了。那就是你右手袖子上足有五寸长的地方油光发亮，而左袖子靠近手腕经常贴在桌面上的地方有一个整洁的补丁。""那么，中国呢？""你的靠近右手腕的地方纹刺的鱼只能是在中国做的。对于纹刺我做过一点专门的研究，也写过这方面的论文。用细腻的粉红色给大小不等的鱼着色这种绝活儿，只有在中国才有。而且，你的表链上还挂着一块中国钱币，这不就更能说明问题了吗？"杰贝兹·威尔逊大笑起来，他说："真是妙！我怎么也想不到可以这样得出结论，刚开始我认为你真是神人，现在看来也没什么。"

福尔摩斯说："华生，我突然发现，我不应该把事情说得这么清楚。'深藏不露'才是上策。你知道，我的名声本来就不太好，太老实是会带来灾难的。威尔逊先生，你找到那个广告了吗？""当然，就在这儿。"他边说边指着那栏广告的中间。他说："就在这儿，所有事情都缘于它。先生，你们自己读吧。"

我把报纸从他手上接过来，读出它的内容：

红发会：

  因原住美国宾夕法尼亚州已故黎巴嫩人伊基亚·霍普金斯之遗赠，现留一空职，凡红发会会员皆可申请谋取。薪水为每周四英镑，没有什么具体工作，挂名而已。凡年满二十一岁、身体健康、智力健全的红发男性均可报名。有意者请于星期一上午十一时亲至舰队街教皇院7号红发会办公室邓肯·罗斯处应聘。

对于这个特别的广告，我读了两遍也找不到头绪，不禁喊道："怎么回事？"福尔摩斯坐在椅子上哈哈地笑着，不时扭着身子，这表明他现在很高兴。他说："这个广告确实很特别，是这样吧，朋友？现在，

冒险史

"威尔逊先生,请把你的一切,以及有什么人与你同去应聘,通过这个广告你得了什么好处,痛痛快快地讲出来吧。大夫,你先把报纸的名称和日期记下来。"

"是一八九〇年四月二十七日的《纪事年报》,是两个月以前的报纸。""很好。好了,威尔逊先生,请进入正题。""唔,歇洛克·福尔摩斯先生,正如我刚才跟你讲的,"杰贝兹一面用手擦拭着前额一面说,"我在市区附近的萨克斯——可波哥广场开了个小当铺。那是个小买卖,挣不了什么钱,这些年我只能靠它维持最基本的生活。以前还能雇两个帮手,现在,只能勉强雇一个,这还是因为他想学做这个买卖而自愿只要一半薪水。"

歇洛克·福尔摩斯问道:"这位好心的青年叫什么名字?""他叫文森特·斯泊汀。其实他并不是年轻人,只是具体年纪我也不知道。福尔摩斯先生,我这个伙计很能干。有一点我很清楚,那就是如果他做别的工作,他会生活得更好,钱也会赚更多。可是,既然他愿意在我那儿,我就不必多说什么了。"

"噢,是真的吗?那你可真是幸运,只用一半的价钱就雇到这么好的伙计,这可是很不平常的事啊。你的伙计是不是像你刚才的广告一样很特别?"威尔逊先生说:"啊,他也有缺点。他极喜欢照相,整天拿着照相机到处拍,有点不务正业。每次照完相他就急匆匆地到地下室去冲洗,仿佛有些急不可耐。我想这大概是他最大的缺点,但不管怎么说,他的心眼不错,是个好伙计。"

"我猜想,他现在还在你那儿干吧。""是的,先生。除他以外,还有一个十四岁的小女孩,负责做饭、打扫房子。我屋子里就这些人,因为我是个单身汉,我没有成过家。先生,我们三个人的生活很平静,住在一起,如果有债务就一起还。本来一切都好好的,是这个广告打乱了我们平静的生活。正好在八个星期以前的这天,斯泊汀拿着一张报纸走进办公室,就是刚才的这张报纸。他说,'威尔逊先生,真是太可惜了,我为什么不是一个红头发的人呢?'我问他,'发生了什么事?'他说,

'您不知道吗？红发会现在又有了个空缺。谁要是得到这个职位，那简直就是发了大财。就我所知，空缺比谋职的人还多，受托管理那笔资金的人甚至不知怎么办好了，有钱花不出去啊！要是我有一头红发，就坐到安乐窝里了。'

"我问他，'怎么会这样呢？'福尔摩斯先生，你要知道，我是个很少出门的人。因为我的买卖用不着我在外面奔波，我经常几个星期都不出门。所以，对外面的事情知之甚少，我总是希望能多听点消息。

"斯泊汀瞪着两只眼睛十分吃惊地问我说，'你从来没有听过红发会的事吗？''从来没有听说过。''简直不可思议，那个空着的职位你绝对是最有资格去申请的。虽然一年只有二百英镑酬劳，但是工作轻松，而且你可以同时干别的活儿。'

"你们可以想象，听到这个消息我是多么兴奋啊，这些年来，我的生意一直做得很艰难，如果这二百英镑能到手，那真是太好了。于是我对他说，'你把事情详细地跟我说说。'他把广告指给我看并说，'你自己看吧，红发会现在缺人手，可以按广告上的地址去办理申请手续。就我所知，红发会的发起人是一个名叫伊基亚·霍普金斯的美国百万富翁。这是个性格古怪的人。他十分自豪于自己的红头发，并且对所有红头发的人有一种惺惺相惜的浓厚感情。直到他死后，大家才知道，他把巨大的财产交给委托人处理，并留下遗嘱，用他的遗产的利息帮助红头发的男子，让他们能生活得更好。据我所知，红发会待遇不错，工作却很少。'

"我说：'条件这么好，一定会有很多红发男子去申请的。'

"他回答说，'没有你想象的那么多。因为应聘者必须既是伦敦人，又是成年男子。这个美国人最初是在伦敦富起来的，他要回报伦敦这个城市。而且我听说，有幸能得到这个空缺的人的头发只能是那种真正发亮的火红色，而不能是浅红色或深红色。好啦，威尔逊先生，如果你有心申请，那你就不妨一试。但是，如果因为几百英镑而惹上麻烦，那就得不偿失了。'

"先生们,正如你们亲眼所见的,我的头发,真是火红火红的。因此我认为,如果需要为了这个职位而同别人竞争的话,我无疑是最有希望的人。文森特·斯泊汀似乎很了解此事,所以我便想让他带我前去,于是,我便把这个意思对他说了。他很高兴这一天能够休息不干活,痛快地答应了。于是我们关了店门,奔赴广告上登的那个地址。

"福尔摩斯先生,我再也不想见到那种场面了。舰队街挤满了红头发的人,他们的头发颜色深浅不一,来自四面八方。离远看,那一颗颗人脑袋就像水果小贩放满柑橘的手推车。我真没想到这样一个小广告竟然有如此大的魅力,吸引了这么多的人前来。他们头发的颜色什么样的都有——稻草黄色、柠檬色、橙色、砖红色、爱尔兰长毛猎狗那种颜色、肝色、土黄色等等。但是,就像斯泊汀所说的,真正的火红色却很少。看到那么多的人在等着,我有点灰心,心想干脆放弃算了。但斯泊汀当时怎么也不答应。他当时连拖带拉,拽着我挤过人群,一直走到那办公室的台阶前面。楼梯上有两股人潮,这一边人们充满希望地往楼梯上走,另一边人们却充满失望地走下楼梯。我们用尽全身力气才挤进了向上的人群。不久,我们便随着人流进到办公室里了。"

这个商人停了一下,使劲地吸了一下鼻烟,这时福尔摩斯说:"你的这段经历简直太有意思了。请接着说下去,让我们看看还有什么奇异的事情发生。""办公室里只有几把木椅和一张办公桌,一个红发的小个子男人坐在桌子后面。每一个候选人站在他桌子前面的时候,他都说几句话,然后用各种方法挑毛病,说他们不行。看来,那个空缺并不好争取。但是,轮到我们的时候,他看起来态度缓和了不少。我们进去后,他把门关上,开始和我们单独谈话。

"我的伙计说,'这是我的主人杰贝兹·威尔逊先生,他愿意填补红发会的空缺。'对方回答说,'这个职务他很适合,他符合我们的一切条件,我还没有看见过有谁的头发颜色比他的更好。'他后退了一步,歪着脑袋,端详着我的头发,直看得我不知所措。然后他突然冲上前来拉住我的手,祝贺我得到了这个位置。

冒险史

"他说,'看来我们已经找到所需要的人了。不过,对不起,我必须谨慎小心,我相信你是不会介意的。'他两只手紧紧地揪住我的头发,使劲地拔,我痛得喊了出来,他才撒手。然后他对我说,'看你眼泪都流出来了,看来是真的,我很满意。我必须慎重行事,因为我们曾两次被戴假发的家伙、一次被染头发的家伙骗了。他用鞋蜡把头发染成了红色,你听了会感觉恶心的。'他走到窗户那里用尽所有力气高喊,'人选已经有了。'窗户下面传来一阵失望的叹息声,人们三五成群地走向不同的地方。一会儿,只剩下我和那个干事——两个红头发的人了。

"他说,'我叫邓肯·罗斯,我现在就是基金的受益者。威尔逊先生,你是否已经娶妻生子了?'我回答说,'不,还没有。'他严肃地说,'哎唷!这事儿可有点严重。你的情况让我感到很遗憾。你知道,这笔基金的设立,一是为了维护红发人的生活,二是为了生育更多红头发的人。而你却是个单身汉,真是不幸。'福尔摩斯先生,你别提当时我有多沮丧。我心想完了,煮熟的鸭子飞了。但是他想了一会又说,'那也没关系。'

"他说,'如果这个缺点在别人身上的话,确实是不幸的。但是,难得你的头发长得这么火红,对于像你这样的人,我们会破例给予照顾。你什么时候能来上班?'我说,'唔,事情有点难办,因为我有一个铺子。'文森特·斯泊汀说,'那不要紧,我能替你照管好生意。'我问,'上班时间是几点到几点?''上午十点到下午两点。'福尔摩斯先生,开当铺的人生意多半在晚上,特别是在星期四、星期五晚上,这正是发薪前两天。所以在上午多挣点钱对我来说是很不错的。而且我知道我的伙计人很好,他会把店里的一切都照料好的。

"我说,'这倒挺适合我。薪金多少呢?''每周四英镑。''那工作的具体内容呢?''十分轻松。''轻松,你能具体解释一下吗?''唔,办公时间内你一定要待在办公室里,至少要待在那幢楼房里;一旦离开,就表示你永远地放弃了你的职位。这一点在遗嘱上有明确的说明。在这段时间内,如果你离开一下,就表明你违背了遗嘱上的规定。'我

说，'一共只有四个小时，说什么我也不会离开。'

"邓肯·罗斯先生说，'任何理由都不能成为离开的借口，无论是生病，有事或其他，总之都不行。你一定要老实地待在那里，否则你会失掉工作。''工作？干什么呢？''你的工作是抄写《大不列颠百科全书》，这是这个版本的第一卷。墨水、笔和吸墨纸你得自备，我们只能给你这张桌子和这把椅子。明天来上班，没问题吧？'我回答说，'当然没问题。''那么，杰贝兹·威尔逊先生，再见，再次祝贺你得到这个工作。'他向我鞠了个躬。我便离开了那个房间，和我的伙计一起回家去。对于这个突然来临的好运气我简直是太高兴了，甚至有点不知怎么办好了。

"唔，我整天都在考虑这件事。到了晚上，我又没那么高兴了，仔细思量之后，我觉得这很可能是什么大骗局，虽然我不知道它的目的到底是什么。如果说有人立下遗嘱帮助人是可能的，那么给很多钱去做像抄写《大不列颠百科全书》这样的工作，就太奇怪了。文森特·斯泊汀想方设法来宽慰我。到就寝时，对于这整个事件，我已得出了结论，不管怎样，第二天早晨我都要去看看究竟是怎么回事。于是我花了一个便士买了一瓶墨水、一根羽毛笔、七张大页书写纸，便动身到工作地点去。

"令人惊喜的是，事情很顺利。桌子已经摆好了，邓肯·罗斯先生在那里等着，准备指导我。他告诉我从字母A开始抄写，之后就走出去了，但他会经常走进来看一下我的工作情况。下午两点钟我们互道再见，他说我干得不错。我走出办公室后，他就锁上了门。

"福尔摩斯先生，事情就这样继续着，没有任何变化。到了星期六，那干事进来，付给我四个英镑的金币作为我一周工作的报酬。第二个星期如此，接下来一直如此。我每天上午十点去上班，下午两点下班。慢慢地邓肯·罗斯先生来得少了，有时一个上午来一次，再过些日子，他根本不露面了。但是，我仍然不敢离开办公室，因为我知道他随时会来，而这个工作很适合我，我不想失掉它。

冒险史

"就这样,八个星期过去了。我抄写了'男修道院长'、'盔甲'、'建筑学'和'雅典人'等词条;我觉得我的努力不会白费,不久以后就可以开始抄写字母 B 开头的词条。为了买大书写纸,我花了很多钱,我抄的东西已经摆满了一个架子。但是,事情突然终止了。""终止?""是的,先生,终止。就在今天上午,我像平时一样十点钟去上班,但是门却锁着,上面用平头钉钉着一张方形小卡片。喏,就是这张卡片,你们看看吧。"

他拿出一张和便条纸一样大小的白色卡片,上面写道:

红发会宣布解散,此启。

一八九〇年十月九日

我们迷惑地看着这张简短的通告,站在后面的那个人一脸的懊恼,我们完全不能思考事情的前因后果,这件事的滑稽可笑使我们禁不住大笑了起来。

我们的委托人羞愧难当,满面通红地又叫又跳:"这没什么可笑的地方,如果你们只会取笑我而不会干些有意义的事,我会立即到别处去。"

福尔摩斯大声说:"不,不,"他把已半站起来的威尔逊推回到椅子里,"这个案子我说什么也不会放过。真是太稀奇了,完全出乎人的意料,如果你不介意的话,我想说,这件事的确可笑。请问,你在发现卡片后做了什么事?""先生,我实在太震惊了,我不知道如何是好。我向办公室周围的街坊打听,但是,他们谁也不知道发生了什么事。最后,我去找房东,他住在楼下,是当会计的。我问他能否告诉我红发会到底怎么了。他说,他从来不曾听说过有这样一个团体。然后,我问他是否知道邓肯·罗斯先生。他回答说,他根本不认识这个人。我说,'就是住在 7 号的那位先生。''那个红头发的先生吗?''是的。'

"他说,'噢,他名叫威廉·莫里斯。他是个律师,他只是暂住我

的房子，因为他的新家还没安顿好。昨天他已经搬走了。'

"'在哪儿能找到他呢？''噢，他告诉过我新办公室的地址。是的，爱德华王街17号，就在圣保罗教堂附近。'福尔摩斯先生，我立刻动身前往，但是，我找到那儿一看，才发现那是个护膝制造厂，而且厂子里的人谁也不知道有个叫威廉·莫里斯或叫邓肯·罗斯的人。"福尔摩斯问道："然后，你又做了什么？""我回到我在萨克斯——可波哥广场的家去。我的伙计劝我说，如果我耐下心来等，可能会收到信，得到消息。虽然我接受了他的劝告，但是，那根本帮不了我。福尔摩斯先生，我并不愿意莫名其妙地就丢掉了这份好工作。因为听说你总帮助一些困境中的穷人，所以我就找来了。"福尔摩斯先生说："这么做就对了。你的案子很不寻常，我很感兴趣。从你的介绍中不难看出，可能涉及的问题要比初看起来严重得多。"杰贝兹·威尔逊先生说："已经很严重啦，四英镑啊，我每周损失四英镑。"福尔摩斯又说："至于你，倒不必为这个奇怪的团体而感到难过。相反，你还从他们那里赚到了三十多个英镑。而且，你抄写了不少以 A 打头的词条，获取了不少知识。你做这个工作，并没什么坏处。"

"是没坏处。但是，先生，我想知道那究竟是怎么回事，那些人都是干什么的，他们想达到什么目的，仅仅是开我的玩笑吗？他们开这个玩笑可是没少付出啊，他们花了三十二个英镑。"

"关于这一点，请放心，我们会努力搞清楚。现在，威尔逊先生，你得回答我几个问题。首先，那个让你看广告的伙计，在你那里工作多长时间了？""大约是此事发生前的一个月。"

"他是怎么来的？""他是看广告来应征的。""只有他一个人来应征吗？""不，有十几个人。""为什么你雇用了他？""因为他看起来很能干，而且要求的薪水又不多。""你是说他只领一半工资？""是这样，没错。""这个文森特·斯泊汀长什么样子？""个子不高，身体健壮，动作灵活；虽然已经三十多岁了，皮肤却很光滑。他的前额有一块白色伤疤，像是被硫酸烧伤的。"

冒险史

福尔摩斯在椅子上直起身子，一副兴奋异常的样子。他问道："这些我已经想到了，你是否注意到他穿了耳洞？""是的，先生。他曾提过，是他年轻的时候一个吉普赛人给他在耳朵上穿的孔。"

福尔摩斯说："唔！"然后渐渐陷入沉思，"他还在你那里吗？""噢，是的，我来之前他还在。""你在红发会工作的时候，生意都是由他在经营，是吗？""先生，对于他的工作，我一直很满意，上午本来就没有多少买卖。""好啦，威尔逊先生，我会很愉快地办这个案子，而且在两天之内告诉你我的意见。今天是星期六，我想到星期一就可以给你答案。"

客人走后，福尔摩斯对我说："好啦，华生，对于这件事，你有什么看法？"我坦白地回答说："事情太不寻常，我一点头绪也没有。"

福尔摩斯说："通常来说，愈稀奇的事，真相大白后，内情愈平常，而那些非常普通的案件才令人迷惑。这正如一个人相貌平淡就很难辨认一样。虽然如此，我还是要立即开始行动。"

我问："那么你准备怎么做呢？"他回答说："我得抽足三斗烟才能解决这个问题，同时五十分钟之内不要打扰我。"他把身子缩到椅子里，瘦削的膝盖几乎碰着他那鹰钩鼻子。他静静地蜷缩在那里，眼睛闭着，嘴里叼着那只黑色陶制的烟斗，感觉像某种珍禽的长嘴。当时我想，他一定是睡着了，我也就打起盹来。就在这时候，他突然从椅子上跳了起来，一副胸有成竹的样子，随即把烟斗放在壁炉台上。

他说："今天下午萨拉沙特在圣詹姆士会堂演出。华生，你觉得怎么样？你的病人允许你离开几个小时吗？""今天不忙。我的工作闲暇还是有的。""那么戴上帽子，咱们出发。经过市区的时候，可以随便吃点东西。我注意到节目单上德国音乐不少。我觉得德国音乐比意大利或法国音乐更为优美动听，德国音乐听了引人思考，我现在需要自我反省一下。走吧。"

我们坐地铁一直到奥德斯各特，又走了一小段路，我们便到了萨克斯——可波哥广场，红发委托人所讲述的那个奇特的故事就发生在这个

地方。这是一处狭窄肮脏而又破败杂乱的陋巷，四排灰暗的两层砖房被围在一个有铁栏杆的围墙之内。院子里是一片杂草丛生的草坪，草坪上零星有几丛枯败的月桂树在烟雾腾腾的恶劣环境中努力地生长。在街道拐角的一所房子上方，有一块棕色木板和三个镀金的圆球，上面刻有"杰贝兹·威尔逊"这几个白色大字。这个招牌告诉我们，我们红头发委托人做买卖的所在地就在这儿。歇洛克·福尔摩斯停在那房子前面，歪着脑袋仔细察看了一遍这所房子，皱纹密布的眼皮下一双眼睛炯炯发亮。然后他在街上慢慢地走了一会儿，好像想起什么，又返回那个拐角，注视了那些房子好一会儿。最后他回到那家当铺所在地，用手杖使劲地敲打了两三下人行道，然后才走到当铺门口敲门。门立即开了，一个感觉很能干、下巴光溜溜的年轻男人开门询问。

福尔摩斯说："对不起，打扰您了，我想问一下，到斯特兰德应该走哪条路。"那个伙计马上说："到第三个路口往右拐，到第四个路口往左拐。"然后就把门关上了。离开那儿以后，福尔摩斯说；"我看他真是精明能干。据我看，在精明方面，他在伦敦可排名第四，在胆略方面嘛，他也许可排第三。我对他是知道一点的。"我说："显而易见，威尔逊先生的伙计在这个红发会的神秘事件中发挥了很大的作用。我想问路只是你想看看他的手段。"

"不是看他。"

"那是看什么？"

"看看他裤子的膝盖。"

"有什么发现吗？"

"我看到了我想看的东西。"

"敲打人行道又是为了什么？"

"我亲爱的医生，现在是认真观察的时候，而不是让你发问的时候，这里可是敌人的势力范围。对于萨克斯——可波哥广场我们有了一定的了解，现在我们应该去看一下广场后面的地方。"

当我们从那偏僻的萨克斯——可波哥广场的拐角转过弯来的时候，

冒险史

出现在我们眼前的是一种完全不同的景象,犹如一幅画的正面和背面那样地截然不同。那是市区通向西北的一条交通大动脉。街道上充塞着川流不息的人群,到处是做生意的人。人行道被无数人踩得又黑又亮。看到这一排排富丽堂皇的商店和鳞次栉比的商业大楼,很难想象这和我们刚刚离开的衰败的广场是紧靠在一起的。

福尔摩斯站在拐角端详着那一排房子,说:"我要仔细看一看,我想记住这里房子的排列顺序。确切了解伦敦一直是我的一种嗜好。这里有一家叫莫蒂然的烟草店,另一处是一家卖报纸的小店,再过去是城市与郊区银行的可波哥分行、素食餐馆、麦克法兰马车制造厂,一直延伸到另一个街区。好啦,大夫,任务顺利完成了,该是娱乐的时间了。来份三明治和一杯咖啡,然后到音乐厅去转一转,那里的一切都是美好的、悠扬的、悦耳的,没有诸如红头发委托人那样的难题来麻烦我们。"

福尔摩斯是个热情洋溢的音乐家,他在演奏和作曲两方面都达到了一流的水平。整个下午他坐在观众席里,全身跳动着快乐的因子。他随着音乐用手轻轻地打着拍子,他的脸上带着微笑,然而眼睛里却带着淡淡的忧伤,如入幻境。这时的福尔摩斯与那目光锐利的侦探,那个不讲情面、足智多谋、机智灵活的侦探福尔摩斯有很大不同,几乎判若两人。他的古怪的双重性格使他常常显出不同的举止,就像我总是认为的那样,他的敏锐、细心和诗情画意形成了鲜明的对比。他的性格就是这样使他从一个极端走向另一个极端,时而憔悴异常,时而精力充沛。我知道,接连几天坐在扶手椅里陷入沉思的时候,就是他最严肃的时候。强烈的寻找谜底的欲望支配着他全部的思想,而此时也正是他的推理能力最高的时刻。许多人不了解他的做法,把他看成是一个全知全能的人。那天下午,当他沉醉在圣詹姆士会堂的音乐中时,我觉得被他追查的人要倒霉了。

当我们随着四散的人流走出来的时候,他说:"华生,你一定想要回去了。""是该回家去了。""我还要耽搁几个小时去调查一些事情。发生在可波哥广场的事看来是一桩重大案件。""根据什么这么说呢?"

"一件重大案件正在密谋中,我敢确定我们可以及时阻止他们。但是,今天是星期六,事情比较复杂。今晚你得帮帮我。"

"什么时间?"

"十点钟可以吗?"

"我十点到贝克街。"

"那真是好极了。不过,医生,也许会有点儿危险,把你在军队里用的手枪带在身上。"他摆了摆手,转身离开,马上融入人群中。

我敢说,和我的其他朋友相比,我并不愚蠢,但是,在我和歇洛克·福尔摩斯的交往中,我总感觉到一种压力:我自己太笨了。比如这件事,他听到的我也都听到了,他见到的我也都见到了,但从他的言谈中可以看出他已胸有成竹,对于已经发生的事情和即将发生的事情他都有很清楚的脉络。而在我看来,这件事仍然是杂乱和荒谬的。当我乘车回到我在肯辛顿的家时,我又把事情从头到尾想了一遍,从我们的委托人莫名其妙地成了红发会的一员并抄写《大不列颠百科全书》,到去访问萨克斯——可波哥广场,到福尔摩斯和我分手时所说的重大阴谋。夜间我们要去干什么?为什么要我带武器去?我们准备到哪里去?去干什么?福尔摩斯暗示我,当铺里的那个皮肤光滑的伙计是个阴险的家伙,可能会耍花招。我总是想在这些事情中找出思路,但总是失望,只好不再想,反正晚上就知道是怎么回事了。

我九点一刻从家里出发,穿过公园,再穿过牛津街,然后到达贝克街。两辆双轮双座马车停在门口。当我上楼的时候,我听到从楼上传来说话的声音。来到福尔摩斯的房间,我看见他和两个人正说得高兴。我认出其中一个人是警察局的官方侦探彼得·琼斯,另一个是个面色青黄的高个子男人,他头戴亮闪闪的帽子,身穿一件厚重而非常考究的礼服大衣。

福尔摩斯说:"好极了,人全到齐了。"他一边说一边扣上他粗呢大衣的扣子,并从架上取下他那根笨重的猎鞭。他又说:"华生,我想你认识苏格兰场的琼斯先生吧?这位是梅里韦瑟先生,他是我们今晚的伙伴,和我们一起参加冒险。"

冒险史

琼斯傲慢地说:"医生,你瞧,我们又成为搭档了。我们这位朋友是追捕能手,只需要一条老狗,他就能把猎物捕获。"梅里韦瑟兴致低落,说:"希望这次行动能顺利完成,不要无功而返。"琼斯依然傲慢地说:"你得对福尔摩斯先生充满信心,他有自己的办案方式,尽管这套办案方式有点太理性化和奇异无常。但他是一名真正的侦探,像肖尔托凶杀案和阿拉珍宝盗窃案中,他都判断得比官方侦探更为准确。我这些话是最实在的。"

梅里韦瑟顺从地说:"琼斯先生,对于你的说法我没有异议。不过,我还是要声明,平常这个时候我正在打桥牌,这是我二十七年来头一次星期六晚上不打桥牌。"歇洛克·福尔摩斯说:"我向你保证,今天晚上的赌注会是你下得最大的,而且场面绝对惊心动魄。梅里韦瑟先生,对你来说,赌注约值三万英镑;而琼斯先生,对你来说,赌注是你想要逮捕的人。

"约翰·克莱这个杀人犯、盗窃犯、抢劫犯、诈骗犯,年龄虽不大,梅里韦瑟先生,但他却是这帮罪犯的首领。"琼斯说:"在我看来逮捕他是目前最要紧的事,比逮捕伦敦的任何其他罪犯都要紧,他是个值得注意的人物。这个年纪轻轻的约翰·克莱的祖父是王室公爵,他本人在伊顿公学和牛津大学读过书。他头脑灵活,身手利落。虽然我们在很多地方查到他曾停留的痕迹,但是,我们就是不知道在哪儿才能抓住他。他这个星期在苏格兰破坏一个儿童床,另一个星期又在康沃尔设法建孤儿院,这许多年来我一直跟踪着他,就是没见过面。"

"我希望我们今晚能彼此认识一下。我也和这个约翰·克莱交过一两次手。"福尔摩斯说,"你所说的我很赞同,他是个盗窃集团的头子。好啦,现在已经十点多,应该出发啦。我看你们二位坐第一辆马车,我和华生坐第二辆马车跟着。"一路上,歇洛克·福尔摩斯几乎没讲话,他在座位上向后靠着,口里哼着当天下午听过的乐曲。马车在似乎是永远也走不到尽头的街市上行驶着,街上由于有许多煤气灯而显得雾气腾腾,这样一直到了法林顿街。

我的朋友说:"我们快到了。梅里韦瑟是个银行董事,他本人对这个案子很感兴趣。我认为让琼斯一起来是有益处的。虽然在他的本行中,他是个蠢蛋,但他还是不错的人。他有一个值得肯定的优点,就是面对罪犯时,他会勇敢得像猎狗,顽强得像龙虾。好,到了,他们正等着。"

我们又来到了上午去过的那条平时拥挤热闹的大马路上。我们下了马车,跟着梅里韦瑟先生,通过一条狭窄的通道。他打开一个旁门,我们走了进去,发现里面是一条小走廊,尽头则是一扇很大的铁制的门。梅里韦瑟先生把那扇铁门打开,进门后看到螺旋式石板台阶,它通向另一扇让人心生恐惧的大门。梅里韦瑟先生停下来把提灯点着,领我们沿着一条充满泥土味儿的通道往下走,然后再打开第三道门,我们便来到了一个庞大的拱顶的地下室。那里堆满了板条箱和很大的箱子。

福尔摩斯举起提灯四周照着察看了一下。他说:"这个地下室要从上面突破一定很困难。"梅里韦瑟先生用手杖敲着地上的石板,说:"从地下突破也很困难。"突然他惊讶地抬头说:"空的,这下面是空的。"福尔摩斯严肃地说:"安静,我要求你们必须安静!你已经破坏了我们的这次行动。请你找个箱子坐下,不要出声。"

梅里韦瑟先生只好坐到一只板条箱上,一副委委屈屈的样子。只见福尔摩斯跪在石板地上,一手拿着提灯,一手拿着放大镜,开始仔细地检查石板之间的缝隙。一会儿工夫,他检查完了,挺身站起来,并把放大镜放回口袋里。他说:"我们至少要等一个小时,在那个老实的当铺老板睡着之前,他们会按兵不动,等到当铺老板睡稳后,他们会迅速行动,这样才有更多的逃跑时间。华生,你肯定已猜到了,这是伦敦的一家大银行的市内分行的地下室。这家银行的董事长就是这位梅里韦瑟先生。他会让你明白,伦敦的那些大胆的罪犯为什么对这个地下室这么有兴趣。"

那位董事长小声说:"这里存有法国黄金。已经有人提醒过我们,说可能有人企图偷走它们。""法国黄金?""是的,几个月以前,有一个好机会使我们可以增加资金来源,为此我们向法兰西银行借了三万个

冒险史

法国金币。因为我们总是没有时间开箱把这些钱拿出来,所以仍然放在地下室里。我屁股底下的这个板条箱子里面就有两千个法国金币,是用锡箔层层包裹的。我们的黄金储备现在比一家分行所应该储备的数量多得多,对于这件事,董事们很担心。"

福尔摩斯说:"他们担心是很正常的。现在让我们安排一下计划。我估计在一小时内事情就会水落石出。现在,梅里韦瑟先生,让我们用灯罩把提灯遮上。""在黑暗中坐等吗?""必须这样。我原本打算,我们四个人可以打打桥牌,牌我都带来了,但现在看来不行。敌人已经准备好了,漏出光亮会带来危险。首先,我们必须选好位置。这都是一些胆大粗蛮的家伙,我们必须迅速出击,攻其不备。我们要谨慎小心,尽量避免被伤害。我将站在这个板条箱后面,你们都藏在那些箱子后面。当我把灯光照着他们的时候,你们要快速冲过去。华生,一旦他们开枪,你要毫不手软地打倒他们。"

我把手枪推上子弹,放在我后面的那个木箱上面。福尔摩斯迅速地把提灯的滑板拉下来罩住灯光,于是我们处于一片黑暗之中——我以前从来没有在这么暗无天日的地方待过。时时传来的热金属的气味儿,使我们知道灯是亮的,一有信号就会照亮全室。在一片黑暗中,我感觉神经紧张,肌肉紧绷,阴寒的地下室给人一种压抑之感。

福尔摩斯压低嗓音说:"他们的退路只有一条,那就是退到屋子里去,然后再跑向萨克斯——可波哥广场。琼斯,我想你已经照我的要求布置好了吧?""我已派了一个巡官和两个警官守候在前门。""好极了,所有的漏洞都被我们堵死了,现在,等待是我们唯一的工作。"

时间一分一秒地过去,事后我们对了一下表,一共等了一小时十五分钟,对我来说却好像是整整一夜,似乎天马上就要亮了。由于不敢弄出声音,所以不能变换姿势,累得手脚发麻。我的神经绷得像一张拉满的弓,但听觉却十分敏锐,不但能听见福尔摩斯轻轻的呼吸,就连大块头琼斯又深又粗的喘息和那银行董事轻微的叹息我也能分辨出来。我从面前的箱子上一动不动地盯着石板地那个方向。忽然,我看见有隐约的

光亮从石板缝中透了出来。

　　开始,那只是时明时灭的灰黄色的小火星,接着火星组成了一条黄色的光束。忽然间地板上慢慢地出现了一道缝儿,一只几乎像女人那样又白又嫩的手从那里伸了出来,在有亮光的一小块地方的中间摸索着。大约一分钟之后,这只手慢慢地伸出了地面,然后又在瞬间缩回去了。四周又陷入了黑暗中,只有一点儿暗暗的火星在石板缝中闪动。

　　不过,那只手只是消失了一会儿。忽然间响起一阵刺耳的撕裂声响,地板中间的一块宽大的白石板被翻了过来,那里马上出现了一个四方形缺口,同时从缺口里射出一缕提灯的亮光。在边缘上露出一张清秀的娃娃脸,这个人迅速向四周察看了一下,然后用两只手扒着那缺口的两边向上攀爬,肩膀和腰部已经进了地下室,然后一个膝盖撑地,一个挺身,他已站在洞口一边,并把一个同伙拉了上来。那同样是一个身手灵活的人,矮个儿,面无血色,顶着一头杂乱的火红色头发。他小声地说:"事情很顺利。工具都带来了吗?噢,上帝啊!情况不妙,艾奇,走,快走,剩下的我来应付!"

　　歇洛克·福尔摩斯一跃而起,跳过去一把揪住这个先上来的人的领子。另一个人见事不妙,猛地一下子跳到洞里去了。我听到衣服被撕裂的声音,琼斯只来得及抓住他的衣摆。一支左轮手枪的枪管在亮光中闪现了一下,但福尔摩斯的猎鞭骤然打在他的手腕上,手枪应声掉在石板地上。

　　福尔摩斯轻松地说:"约翰·克莱,没用,你逃不掉了。"对方的回答极其冷静:"看来是这样了。但是我的朋友会安然离开的,虽然你们抓住了他的衣摆。"

　　福尔摩斯说:"门口有我们的人等着他呢。""噢,是这样吗?看来,我应该向你们致敬,你们把事情办得毫无漏洞。"福尔摩斯回答道:"彼此,彼此。那个红头发的点子真是特别,效果不错。"琼斯说:"放心,你会与你的同伴见面的,虽然他的动作比我快一点儿。把手伸出来,让我铐上。"

冒险史

当手铐扣上我们的俘虏的手腕的时候,他说:"你们难道不知道我是皇族后裔吗?不要用你们的脏手碰我。并且,请你们在跟我说话时,不要忘记用'先生'和'请'的字样,明白吗?"琼斯睁大眼睛,忍住笑说:"好吧,唔,'先生'请走吧,从台阶上上去,我们会用马车把您送到警局。这样您满意吗?"约翰·克莱安静地说:"这样才好。"他向我们三人彬彬有礼地鞠了个躬,然后默不作声地在警探的押护下走了出去。我们跟在他们后面从地下室走出来。梅里韦瑟先生说:"真是不知道怎么感谢你们才好。这案子无疑是经过最精心的策划的,幸好有你们,想出了如此周密的破案方法。"福尔摩斯说:"和约翰·克莱早就有几笔账要算。我想,我在这个案子上的花费银行会付给我的。但是,除此以外,我还得到其他方面的丰厚报酬,这次破案给了我许多独一无二的经验。何况听那红发会的故事也让人颇有收获。"

清早,我们在贝克街喝着威士忌酒加苏打水,福尔摩斯解释说:"华生,你看,从一开始就十分明显,之所以设置一个'红发会',并刊登那奇特的广告,让当铺老板抄写《大不列颠百科全书》,就是让这个糊涂的当铺老板每天离开几个小时,所以才有不得离开办公地点的规定。这种做法很奇特,但又的确是很巧妙的法子。这个办法无疑说明克莱的别出心裁,他利用了当铺老板的头发颜色,每周四英镑肯定会诱他上钩。这点小钱对他们来说根本不算什么,他们想的是把成千成万的钱弄到手。他们登了广告,一个流氓搞了个临时办公室,另一个流氓极力鼓动他去申请那个职位。他们一起策划,保证当铺老板每天上午不在店铺。当听到那伙计自愿只要一半工资的时候,我就想,他一定是另有目的。"

"但是,你是怎么猜出他的最后目的的?""如果在那店铺里有女人的话,我会以为是想搞些风流韵事。但是,根本不是那么回事。这个当铺老板做的是小本经营的买卖,铺里根本没有什么值钱东西,不值得他们花这么大的精力和这么多的金钱。因此,他们的目标肯定不在当铺。那么可能是什么呢?我想到这个伙计喜欢照相,想到他经常出没于地下室这个线索。地下室!这才是整个案件的关键所在。然后,我着手调查

了这个神秘的伙计。我发现,我的对手是伦敦最沉着、最大胆的罪犯之一,在地下室里,他肯定做了什么,而且必然是每天干很长时间,几个月才能完成的事儿。那再深究一下,可能是什么呢?我想只能是挖一条通往其他楼房的地道。

"当我们去察看作案地点时,我就完全清楚了。我故意用手杖敲打了一下人行道,当时这让你颇为惊讶。其实我是要检查一下地下室在屋前还是屋后,结果表明它向后延伸。我按了门铃后,正像我期待的那样,是那伙计出来开门。我们曾经有过一些较量,但是,在这以前,彼此从未正面见过。我几乎没看他的脸,我想要看的是他的膝盖。你自己也一定觉察到,他的裤子膝部那个地方是多么破旧不堪而又肮脏无比。这些都表明,他花了很长时间在挖地道。这样就只剩下一个问题需要解决,他们为什么挖地道?于是,我在那拐角周围巡视了一番,我看到原来有家银行和这所房子紧挨着。我觉得答案已经找到了。我们听完音乐会,你回了家,而我则去拜访了苏格兰场和这家银行的董事长,结果就是你刚才看到的。"

我问他:"那么,你又是如何断定他们会在当天晚上行动呢?""唔,他们的红发会办公室停止经营是个讯号,他们已经不在乎杰贝兹·威尔逊先生是否在当铺里了。那也就是说,他们的地道已经挖好了。但是,最关键的一点是,地道随时可能被发现,黄金随时可能被搬走,所以他们必须尽快行动。星期六是最适合他们的日子,这样他们有两天的时间可供逃跑。根据上述种种理由,我预料他们会在当天晚上下手。"

我毫不掩饰地大声赞叹道:"你真是太棒了,环环相扣,任何一个细节都想到了。事实已经证明,你的推断是正确的。"

他回答说:"这可以让我感到兴奋。"他打个哈欠,接着说,"唉,生活是很枯躁的,我的一生就是力求不要在平庸中虚度光阴,这些小小的案件让我遂了心愿。"我说:"你真像这世界的救世主啊!"他耸了耸肩,说道:"唔,有用就好。正如居斯塔夫·福楼拜在给乔治·桑的信中所说的,'人是渺小的——工作才是一切。'"

冒险史

身份案

　　我同福尔摩斯两人在贝克街他寓所的壁炉前对坐着,他说:"亲爱的朋友,生活是很奇妙的,远超过人们的想象。平常存在的事,我们根本不去想。如果我们能从那个窗户飞出去,在这个城市上空飞翔,去观察发生在不同角落的不平常的事情,离奇的相遇、密室的阴谋、互相闹别扭,甚至其他的一连串让人吃惊的故事,它们就这样不断地发生,产生许多不可思议的后果,这将会使一切老套的、看开头就猜得出结局的小说,变得多么无味啊。"

　　我回答说:"但是,我并不相信。报纸上发表的案件,总的来说,都十分无趣、单调。警察的报告也现实到了极点,你得承认,结果既无趣,又缺乏艺术性。"

　　福尔摩斯说道:"要想产生预期的效果必须运用一些选择和判断。警察报告缺乏这些,他们把重点都放在长官的陈腔上去了,而没有放在整个事件的实质部分,也就是细节上。可以肯定的是,司空见惯的东西是最不自然的了。"

　　我笑着摇摇头说:"你这么想我很理解。当然,你已声名远播,三大洲任何一个处在困境中的人都希望能得到你的帮助,这使你有机会经常接触不寻常的人和事。可是在这儿——"我拾起地上的一份晨报,"我们试验一下,这儿是我看到的第一个标题,《丈夫虐待妻子》。这条新闻占了半版,可是我看题目就知道内容是什么。当然,其中牵涉到与第三者的暧昧交往,对正室的打骂虐待以及旁观者的同情与谴责,诸如此类。即使最没水平的作者也写不出比这更拙劣的文章了。"

　　福尔摩斯拿过报纸,大略地看了一下,然后道:"其实,你举的这

个例子是不能用来证明你的论点的。这是邓达斯家分居的案子,事情发生的时候,我正在了解一些和此案有关的细节。丈夫是绝对的滴酒不沾,不玩女人。被控的行为是,他有一种坏习惯,在每顿饭吃完后,他会把假牙取下来向他的妻子扔去。你会认为,这件事是一般人想象不出来的。医生,来一点鼻烟,你必须承认,根据你刚才举的例子,你输了。"

他手里拿着他的旧金鼻烟壶,壶盖的中心嵌上了一颗紫色水晶。水晶的华贵光彩同他的朴素作风和简单要求形成鲜明的对比,于是我不得不说几句。"啊,"他说,"我不记得多长时间没与你见面了。这是波希米亚国王为酬谢我在艾琳·艾德勒相片案中的工作而赠送的小小纪念品。""那个戒指呢?"我盯着他手指上光彩照人的钻戒问道。"这是荷兰王室送给我的,由于我给他们破的案件非常敏感,即使是你,经常把我的小事迹记述下来的朋友,我也不能透露。"

"那么,目前你手上有什么案件吗?"我很感兴趣地问他。"有个十一二件,但是没有特别有趣的。虽然它们很重要,但是并不令人感兴趣,我想你了解这一点。的确,我发现通常在不重要的事件里倒有观察和仔细探究的余地,这样的调查工作就很有趣味了。罪行越严重,往往越容易处理,因为动机实在很明显。这些案件中,除了马赛的那个案件还有点意思以外,其他就没有一件特别有趣的了。不过,也许马上就会有更有趣的案件找上门来,因为如果我猜得不错的话,现在正有位委托人朝这里走来。"

他站起来,走到拉开了窗帘的窗子前,注视着窗外萧条的伦敦街道。我从旁边望过去,对面人行道上站着一个身材高大的女人,围着厚毛皮围脖,戴着一顶宽边帽子,帽上插着一支大而卷曲的羽毛,帽子卖弄风情地歪戴在一只耳朵上面。盛装之下,她的表情却是异常紧张,犹豫不决地不断窥视我们的窗子,同时摇动着身子,手指不安地拨动着手套上的扣子。突然,那人像游泳的人跳入水里一样,迅速穿过马路,随后我们听到了门铃声。

冒险史

福尔摩斯把烟头扔到壁炉里，说："我以前见过这种情形，在人行道上犹豫不决多半是因为出现了桃色事件。她想要征询一下别人的意见，但是又不知这样敏感而微妙的事情是否该对别人说。就这一点也是有所不同的。一个女人觉得男友做了非常对不起她的事，她便不再犹豫了，通常的情况是急得把门铃线都给你拉断了。眼下这个我们姑且看做是桃色事件，不过这个女子情绪还好，只是有点忧郁和迷惘。好在目前她亲自造访，我们的疑团也就可以很快解开了。"

这时，穿着号衣的男仆进来，说玛丽·萨瑟兰小姐来访。话音未落，她就站在了男仆那矮小身体的后面，就像跟在领港小船后面泊岸的一艘商船。福尔摩斯态度和蔼，仪表大方地迎接了她。他随手推上门，微微鞠躬，请这个女人坐在扶手椅上。一会儿，福尔摩斯就以他独有的漫不经心的表情把她打量了一番，说道："你眼睛不好，每天打那么多字，不累吗？"她回答说："刚开始实在很累人，但现在好了，闭着眼睛也知道字母的位置。"突然，她意识到他这句话的意思，感到十分震惊，抬起头来仰视着，她的宽阔而和善的脸上露出害怕和惊奇之色。她叫道："福尔摩斯先生，您一定听说过我，否则，您是怎么知道这一切的呢？"福尔摩斯笑着说道："这没什么，我的工作要求我必须知道一些事情。可能我已经锻炼得能注意一些别人忽视的问题，否则，你为什么来找我呢？""先生，埃思里奇太太向我说过您。警察和大家都认为她的丈夫已经死了而放弃寻找了，但是您却轻易地找到他了。哦，福尔摩斯先生，我衷心希望您也能帮助我。我并没有多少钱，但是除了打工赚的钱之外，我还继承了一笔财产，每年大约有一百英镑的收入。我愿意把这些全部拿出来，只要能知道霍斯摩·安吉尔先生的消息。"

福尔摩斯问道："你这样匆匆忙忙地离开家来找我就是为了这个吗？"他把两个手指尖顶在一起，眼睛望着天花板。

惊奇的神色再次回到玛丽·萨瑟兰小姐有些迷茫的脸上。她说："您说对了，我是突然出来的。因为我的父亲——温蒂班克先生，对此事毫不放在心上，这让我很生气。他既不肯向警察报告，也不肯来找您

帮忙,他只会说,没事,没事。这让我十分气愤,于是,我穿上外衣,就到您这儿来了。""您的父亲,"福尔摩斯说,"显然是继父,因为不是同姓。"

"是的,是我的继父。我叫他父亲,尽管听起来很滑稽,因为他比我只大五岁零两个月。"

"你母亲还健在吗?""是的,我母亲还健在。福尔摩斯先生,她在父亲死后不久就结婚了,嫁了一个比她小十五岁的男人,这让我很生气。我父亲生前在托特纳姆法院路做管子生意,他遗留下来一个相当大的企业,父亲去世后,这个企业由母亲和工头哈迪先生继续经营。可是,温蒂班克先生一来就强迫母亲卖了这个企业。他是个推销酒的旅行推销员,很有地位。企业共卖得四千七百英镑。如果父亲还在,会得到比这些更多的钱。"

我原以为福尔摩斯肯定会厌烦,毕竟这些话说得太杂乱、太无头绪了,但恰恰相反,他听得很认真。他问道:"你说的继承遗产和这个企业有关吗?""啊,先生,不是。那是另外一笔的收入,是在奥克兰的奈德伯父遗留给我的。是新西兰股票,利率是四分五厘。股票金额是二千五百英镑,但是我能动用的就只是利息。"

福尔摩斯说:"你说的我很感兴趣。既然你每年能领到一百英镑这么大数目的钱,再加上你打字赚的,你可以生活得很舒适,甚至可以去旅行。我相信,一年大约有六十英镑的收入就可以让一位独身女士生活得很好了。"

"即使少于这个数目,福尔摩斯先生,我也能生活得很好。但是,您可以想到,只要是住在家里,我就不想成为负担,因此同他们住在一起时,他们都用我的钱,当然,这是短时间的。温蒂班克先生每季度把我的利息提出来交给母亲,我觉得我只靠打字所挣的那点钱就能过得很好。每打一张挣两便士,一天往往能打十五到二十张。"福尔摩斯说:"你的情况我已经了解了。这是华生医生,我的朋友,在他面前,你不用拘束,随便谈。请你把同霍斯摩·安吉尔先生的关系全部告诉我

冒险史

们吧。"

萨瑟兰小姐的脸上泛起了红晕，紧张不安地用手摆弄短外衣的镶边。她说："我是在煤气装修工的舞会上认识他的。父亲活着时，他们总是送票给他。此后，他们还记得我们，把票送给我母亲。温蒂班克先生不愿意我们去参加舞会，他希望我们安静地待在家里，哪儿都不要去，甚至我想到教堂做礼拜，他都表现出气愤的样子。可是这次我决心前往，如果我坚持去，他也没有阻止的权力。他说，父亲的昔日朋友都会在那里，我们与他们交往不会有好处。他还说，我没有合适的出门穿的衣服。而我那件紫色长毛绒衣服，甚至从来没穿过，一直放在柜子里。最后，他只好妥协了。然后他为了公司的事到法国去了。我和母亲以及哈迪先生，他曾当过我们的工头，三个人一起去了舞会。正是在那里我遇到霍斯摩·安吉尔先生的。"福尔摩斯说："我想，温蒂班克先生从法国回来后，知道你去参加了舞会一定非常气愤。"

"啊，他的态度真是出人意料。我还记得他笑笑，耸耸肩膀，说女人总是想干什么就干什么，你怎么劝也没用。"

"我懂了。我想你是在煤气装修工舞会上遇见一位叫霍斯摩·安吉尔的先生的。""先生，您说的没错。我在舞会上遇到了他。第二天他来造访，问我们是否安然到家，从那以后，我们又见过面……福尔摩斯先生，我的意思是，我同他一起散过两次步，但是不久我父亲就回来了，而霍斯摩·安吉尔先生就不再到我家来了。"

"不能正常交往了吗？""是的，您知道我父亲讨厌那种事。如果可能，他尽量不让客人到家里来。他总是说，女人应该安心地和家人在一起。不过我却常常对母亲说，作为一个女人，她应该有自己的交际圈，但我却没有。"

"那么霍斯摩·安吉尔先生又怎么样了呢？他没有再来看你吗？""父亲一星期内又要去法国了。霍斯摩来信说，在他走后再见面，这样比较保险。在这期间我们可以通信，他的信每天都有。我早早就把信拿进来，没有让父亲知道。""这时候你和那先生订婚了吗？""啊，是

的，福尔摩斯先生。我们在第一次散步后就订了婚。霍斯摩·安吉尔先生……是莱登霍尔街一家办公室的出纳员，而且……""办公室叫什么名字？""福尔摩斯先生，这就是问题所在，对此我一无所知。"

"那么，他的住址呢？"

"他就住在办公室。"

"你不知道他的地址？"

"不知道……只知道莱登霍尔街。"

"那么，你把信寄到哪儿呢？""寄到莱登霍尔街邮局，等他亲自去取。他说，如果寄到办公室，他会被同事取笑。因此，我提议用打字机打出来，他就是这么做的，但是他却不答应。因为他说，看我亲笔写的信就像看到了我本人，而看打字的信，总觉得我们俩中间隔着一部机器。福尔摩斯先生，这证明他是多么爱我啊，即使是很细小的事他都想得很周到。"

福尔摩斯说："小事情恰恰最能说明问题，一直以来，我都是这么认为的。你还记得霍斯摩·安吉尔先生的其他小事情吗？""福尔摩斯先生，他是一个非常害羞的人。为了不受人注意，他总是约我在晚上散步，从来不在白天出去。他彬彬有礼，颇有风度，甚至说话的声音都很轻柔。他告诉我，他小时候患过扁桃腺炎和颈腺肿大，所以嗓子一直不大好，说起话来有点模糊、细声细气。他很注意衣着，总是干净清爽地出现在我面前，因为视力不好，所以，他也和我一样戴着浅色眼镜，阻止亮光的伤害。"

"好，你继父温蒂班克先生再次去法国以后又发生了什么事呢？""霍斯摩·安吉尔先生又来我家，并且提议，我们在父亲回来前就结婚。他很严肃地要我把手放在《圣经》上起誓，在任何情况下，我都不能背叛他。母亲说，他要我这样做非常对，这表示他十分爱我。母亲一直很喜欢他，甚至比我还喜欢他。这样，当我们谈论婚礼在一星期内举行时，我想起了父亲。可是他们说，不用告诉父亲，他回来后通知他一声就行了。母亲又说，她会和父亲沟通，使事情顺利进行。福尔摩斯先

冒险史

生,我并不同意这样一种做法。虽然他只比我大几岁,结婚还要得到他的允许,听起来未免可笑,但是我想任何事都要公开进行。所以我给父亲写了封信,寄往公司驻法国办事处所在地波尔多,但是信在我结婚那天早晨给退回来了。"

"也就是说,这封信他没有收到?""是的,先生,因为这封信寄到时,他刚好已经动身回英国来了。"

"哈哈!真是不巧啊。那么,你的婚礼是安排在星期五。已经预定好要在教堂举行吗?""是的,先生,我们并没有声张,一切都在静悄悄中进行,本来婚礼定在皇家十字路口的圣救世主教堂举行,然后到圣潘克拉饭店进早餐。霍斯摩乘了一辆双轮双座马车来接我们。我们只有两个人,他安排我们坐上这辆马车,当时街上刚巧驶来另外一辆四轮马车,他就坐上那一辆马车。我们到教堂后,四轮马车随后就到了,我们等着,却迟迟不见他出来,马车夫打开车门时,我们发现人已不见了。车夫说他也不知道人怎么没了,因为他亲眼看见他坐进车厢。福尔摩斯先生,那是上星期五,从那以后,他就彻底消失了。"福尔摩斯说:"他竟然这样对待你,真是太侮辱你了。"

"啊,不,不,先生。他对我很好,很体贴我,一定是发生了什么事,否则,他不会离开我的。您瞧,他老早就告诉我说,我要忠于他,不管发生什么事。即使突如其来的情况使我们分离,我也要铭记我是订了婚约之人,他一定会回来要求我履行诺言的。在结婚当天早晨,这样的话听起来有点不吉利,但是从以后发生的事看,这话不是凭空说出来的。"

"当然,这话肯定是有含义的。那么,你认为呢?你认为他遇到了什么不寻常的事,是这样吗?""是的,先生。我想他一定预感到了某种危险,要不然他不会这样讲。之后发生的事,我相信是危险发生了。""那么,你想过可能是什么事吗?""没有。"

"还有一个问题,对于这件事,你母亲有什么反应?""她非常愤怒,让我永远不要再提这事儿。"

"那么你父亲呢？你告诉他了吗？""告诉了，他似乎同我想法一样，认为一定是有什么事发生了，但是我一定会得到霍斯摩的消息的。据他分析，在教堂门口把我抛下，怎么说都没有什么好处。好，如果他借了我的钱，或者同我结了婚而我把财产转让给他，他这样做也许有点理由可说，但是霍斯摩在钱这个问题上是很独立的，他从来不用我的钱，哪怕是一个先令，他也从来不用。既然如此，还会发生什么事呢？为什么连信也不写一封呢？唉，一想起这些，我就像疯了一样，整夜都不能合眼。"她从皮手袋里抽出一块手帕，蒙着脸开始饮泣起来。

福尔摩斯边站起来边说道："这个案子我接。我们一定会查个水落石出，这是肯定的。现在把事情交给我吧，你不用再烦心了。重要的一点是，把霍斯摩先生从你记忆中赶出去吧，就像他在你生活中消失了一样。"

"那么，您认为我再也见不到他了吗？"

"恐怕是这样。"

"那么，他会出什么事呢？"

"这个问题你就让我来负责吧。我希望你能准确地描述这个人，并请你把手上的他写给你的信交给我。"

她说："我在上星期六的《纪事报》上登过的寻找他的广告里有对他外貌的详尽描述。这就是那条广告，这里还有他的几封来信。""谢谢你。我们该如何与您保持联络呢？"

"坎伯韦尔区，里昂街31号。"

"我知道你没有安吉尔先生的地址，那么，你父亲在哪儿工作呢？""他是芬丘奇特的法国红葡萄酒大进口商韦斯特豪斯·马班克商行的旅行推销员。""谢谢你。整个事情的经过你已说得很明白了。文件请留下来，记住，把他忘记。事情就这样结束了，过你自己的生活吧。""福尔摩斯先生，您真好，但是您的劝告我实在做不到。我不能背叛霍斯摩，他一回来我们就结婚。"

我们的客人虽然戴着一顶可笑的帽子，显得不知所措，但是她那朴

冒险史

实的忠诚之心具有一种高尚的情操，令人感动而肃然起敬。她把那沓信件放在桌上之后离开了，并说她会随传随到。

福尔摩斯默默思考了几分钟，他仍然把两手指尖顶在一起，两腿向前伸展，眼睛专注地瞅着天花板。然后，他从架子上取下使用多年满是油腻的陶制烟斗，这烟斗就好像是他的一个顾问。点燃烟丝以后，他仰靠在椅子上，在浓浓的袅袅上升的蓝色烟雾中，他那陷入沉思的脸若隐若现。他说："那个姑娘本人就很有趣，值得好好研究一番。她本身比她的问题更有意思。再说一句，关于她的问题，那实在是不值一提的小问题。如果翻阅一下我的索引的话，就能发现同样的例子，而且去年在海牙也发生过一些类似事件。那都是老套了，但我认为其中有几个情节很新鲜有趣。可是这位姑娘本人却是最值得思索的。"我说："在她身上，你好像看出很多我完全看不出的东西。"

"不是这样，华生，你是不知道该怎么看，该注意哪里，所以很多重要的事被你忽略了。我从来没有告诉你袖子的重要性以及能从大拇指指甲或者在鞋带上发现大问题的可能性。好了，说说你从这个姑娘的外表看出了什么。"

"唔，她头上的帽子是一顶蓝灰色的宽边草帽，上面插着一根砖红色羽毛。她身穿灰黑色的短外套，缝缀黑色珠子，边缘镶嵌小小的黑玉饰物。她的上衣是褐色的，比咖啡色深，领部和扣子上镶着窄条紫色长毛绒。手套是浅灰色的，右手食指已经磨破。我并没有注意她穿的是什么鞋，感觉她有点胖，戴着下垂的金耳环，总的感觉是很富有，神态平和，让人很舒服自在。"福尔摩斯赞赏地拍着手，抿嘴微笑。

"华生，我不得不称赞你，你有了很大的进步。对她的外表，你描述得好极了。虽然你忽略了很多重要的东西，但是已经知道了方法。对于颜色，你的眼睛很敏感。老弟，你不能依靠一般印象，而要集中注意细节。我最先着眼的总是女人的袖子。看一个男人，也许首先观察的该是裤子的膝部。正如你看到的，这个女人的袖子上有长毛绒，这是证明事实的最有力的证据。手腕再往上一点的两条纹路是打字员压着桌子的

地方,看来十分明显。手摇式的缝纫机也会留下类似的痕迹,不过是在左臂上,离大拇指最远的那一侧边,而不是像打字痕迹那样正好横过最宽的部分。在这之后,我观察了一下她的脸,见鼻梁两边都有夹鼻眼镜留下的凹痕,于是我推测出了近视和打字这两种说法,看来,她很惊讶于这一点。"

"这也使我感到惊奇。""可是那是事实,是非常明显的。我接着往下看去,颇让我惊奇和感兴趣的是,她所穿的两只靴子实际上并不是原有的一对。因为一只靴尖上有带花纹的皮包头,另一只却没有。一只靴子的五个扣子中只扣了下面两个,而另一只则扣上了第一、第三和第五个扣子。想想看,一位青年女士,穿戴得很整洁,却穿着不配对的靴子出门,靴子扣都没扣全,那说明了一个事实,她是在很匆忙的情况下离开的,这是一个很简单的推论。""还有呢?"我问道,我总是会对福尔摩斯的推理产生强烈的兴趣。

"顺便提一下,我注意到她在走出家门之前写了一张便条,而且是在穿戴好了之后写的。她右手套的食指那个地方破了,这点你注意到了,但是你忽略了她的手套和食指都沾有紫色墨水。她写得很匆忙,蘸墨水时笔插得太深了。事情是在今天早上发生的,否则墨迹不会清晰地留在手指上。这一切简单而有趣。现在让我们回到正题上来,华生,念一念关于寻找霍斯摩·安吉尔先生的启事好吗?"我把那一小张印刷的字条举到灯前。

十四日晨,霍斯摩·安吉尔先生失踪。该先生身高五英尺七英寸,体壮,淡黄色皮肤,黑发略带秃顶,两颊蓄浓墨黑胡须,有唇髭,经常带浅色墨镜,说话声音低而细。出走前穿丝镶边的黑色大礼服,黑马夹,绑腿为褐色,穿着两侧有松紧带的皮靴。马夹上挂有一条艾伯特式金链。失踪前在莱登霍尔街的一处办公室工作。如果有人……

冒险史

"到这儿就可以了,"福尔摩斯说,"这些信件嘛,"他看了看,继续说,"很普通。除了一次引用过巴尔扎克的话以外,没有任何地方可以找到关于霍斯摩先生的线索。不过有一点很特别,它无疑会使你震惊。"

"这些信件是用打字机打的。"我说。"不单是这样,甚至签名都是打的。你看信的末尾这几个工整的小字:'霍斯摩·安吉尔。'有日期,只有一个含糊的地址:'莱登摩尔街'。实际上,这个签名恰恰是问题的关键所在。""怎么说?""我的伙伴,不要告诉我你还没有弄清这签名和案子之间的关系。""我想他可能是想,一旦有人起诉他的毁约,他可以否认说那不是他的签名。"

"不,这不是关键之处。要想解决问题,我得写两封信。一封给伦敦的一个商行,另一封给那位年轻小姐的继父温蒂班克先生,问他是否有空儿,明晚六点钟我想跟他见个面。好吧,医生,在这两封信没收到回音之前,我们无事可做了,我们可以把这小小的问题暂放一边。"我想我的朋友是值得信任的。他在行动中思维敏捷,推理严密,精力充沛,所以我能理解他在这个案子中表现出的胸有成竹和从容不迫。我知道他只失败过一次,就是波希米亚国王和艾琳·艾德勒的照片案。但是当我回顾"四签名"那种怪事以及与"血字的研究"案件联系在一起后的那种颇为奇特的情况时,我认为如果连他都找不出答案的话,那这个案子就不是一般的玄妙了。

我走时,他还在抽着那只黑色的陶制烟斗,我相信明晚再来时会发现,他已掌握了足够的线索来确定玛丽·萨瑟兰小姐那位失踪的新郎到底是何许人。

由于我有一个患者病情严重,第二天一整天我都忙碌在他的病床边,快六点时我才真正得到空闲,于是跳上一辆双轮小马车直奔贝克街,心里有些着急,怕去晚了会赶不上这件案子的结局,帮不上什么忙。我见到歇洛克·福尔摩斯时,他正独自一人在家,瘦长的身子深陷在扶手椅中,正处于半入眠状态。让人心生恐惧的是,他面前摆着一排

排烧瓶和试管,散发出一股刺鼻的盐酸味儿,这表明他一整天都沉醉于他喜欢的化学试验中。"喂,事情怎么样?"我边问边走进门。"完了,是硫酸氢钡。"

"不,不,我说的是那个失踪之谜啊!"我叫道。"啊,那个!我想的却是我一直在做试验的这种盐。虽然我昨天提到,这案子没有什么神秘的地方,但还是有些有趣的细节。唯一的不足是我担心那个混蛋会逃过法律的处罚。"

"他是谁?他为什么要抛弃萨瑟兰小姐呢?"福尔摩斯刚要回答,楼道里忽然传来一阵沉重的脚步声,然后是咚咚咚的敲门声。

"是那位姑娘的继父詹姆斯·温蒂班克先生。"福尔摩斯说道,"他给我的信上说,将于六点钟前来。请进吧!"进门的男人身强体健,中等身材,三十来岁,下巴刮得干干净净,肤色淡黄,一副殷勤、阿谀奉承的样子,他的眼睛是灰色的,闪着逼人的光芒。他询问地打量了我们俩一眼,把那顶有光泽的圆式帽子放在衣架上,欠身鞠了个躬,侧身坐在旁边的椅子上。

"晚安,詹姆斯·温蒂班克先生,"福尔摩斯说道,"我想这封信是您用打字机打出来的吧,在信中您和我们约定在六点钟见面,没错吧?"

"是的,先生。我可能来晚了一点儿,不过我没办法。我很抱歉萨瑟兰小姐用这种小事来打扰你们,我觉得还是不要让外人知道的好。她来打扰你们,这是我非常不同意的。你们也已看到了,她的脾气不好,又容易贸然行事,她一旦决定干什么就控制不住自己。当然我并不介意你们知道这件事,因为你们跟警察不一样,但是让这种家庭丑闻传到社会上去还是不太好的事。而且,这么做也没有什么用处,你们不可能找到霍斯摩·安吉尔这个人。"

"正相反,"福尔摩斯平静地说,"我有足够的信心,我一定会找到那位霍斯摩·安吉尔先生。"温蒂班克先生听了这话身子猛然一惊,手套掉在地上,他说道:"你这么说,我真是太高兴了。""你知道吗,"福尔摩斯说,"打字同手书一样能表现出一个人的性格。除非打字机是

冒险史

新的,否则两台打字机打出来的字绝不可能完全相同。比如,有的字母磨损得更厉害些,有的字母只磨损了一边。温蒂班克先生,请看你自己打的这张短笺,字母'e'总是有点模糊不清,字母'r'的尾巴总有点儿缺损。此外还有其他十四个更加明显的特征。"

"我们都是使用事务所里的打字机来回复信函,所以磨损是必然的。"温蒂班克说,小眼睛很快地瞄了一下福尔摩斯。"温蒂班克先生,现在我们开始真正有趣的研究,"福尔摩斯继续说,"我想在这几天再写一篇短小的专题论文来说明打字机以及打字机与犯罪的关系,这个问题我曾很留意。我手边有那个失踪的男人写的四封信,全是用打字机打出来的。不仅每封信中字母'e'都是模糊的,字母'r'都是缺尾巴的,而且要是用放大镜看一看,我所说的那其余十四个特征也是清晰可见的。"

温蒂班克先生从椅子上跳了起来,捡起帽子,说:"福尔摩斯先生,我不想在这种无聊的事情上花费时间。如果你抓到那个人,请别忘记通知我一声。"

福尔摩斯大步上前,锁上门,说:"那么我现在就可以告诉你,我已经抓到他了。""什么,真的吗?人在哪儿?"温蒂班克先生喊道,嘴唇唰地一下变白了,眼睛乱转,像老鼠掉进了捕鼠笼里一样。"啊,你叫也没用,一点用处也没有,"福尔摩斯温和地说,"温蒂班克先生,事实摆在眼前,你是赖不掉了。你竟然说我不能解决这种简单的问题,真是岂有此理。这个问题其实真是简单!坐下吧,先生,让我们谈谈。"客人突然瘫在椅子上,脸色惨白,额上见汗,结结巴巴地说着:"这……这还不到提出诉讼的程度。"

"的确,也许如此。但是,温蒂班克先生,你所做的事,是我所见过的最自私、最残忍、最不人道的把戏。我把事情详细说一遍,如果不对请纠正我。"

温蒂班克蜷缩成一团,耷拉着脑袋,精神全线崩溃。福尔摩斯把脚放松地踩着壁炉台的一角,手插在口袋里,身子略仰,自言自语似的开

始说起来。

"一个贪图钱财的男人跟一个年龄比他大得多的女人结了婚,"他说道,"只要女儿跟他们住在一起,他就可以随便用她的钱。就他们现有的情况看,这是一笔不小的数目,失掉这笔钱,情况将恶化不少,所以必须保住它。女儿心地纯洁、真诚善良,个性温柔多情,因而一直独守空闺。不然,有她这样品貌和收入的姑娘早就为人之妻了。一旦嫁了人,这个男人他就失掉了每年一百英镑的收入,他一定要阻止女儿的婚事。他显然是想方设法把她关在家中,不让她和同样年纪的朋友们交往。不久,他发现这样做不是长久之计。她开始变得不听话了,做自己想做的事,甚至要去参加舞会了。这么一来,该怎么办呢?于是诡计多端的继父想出了一个毒辣的妙计。得到妻子的默许和帮助后,他把自己伪装起来,给敏锐的眼睛戴上墨镜,给自己的脸戴上假髭和毛绒绒的假络腮胡子,让自己的语音听起来低沉柔润。因为女儿眼睛不好,他的伪装就更是无懈可击。他以霍斯摩·安吉尔先生的名义出现,向自己的女儿求爱,杜绝一切她可能爱上别人的机会。"

"我当初仅仅是跟她开玩笑,"客人支支吾吾地说,"我们根本没有想到她会陷得那么深。"

"那根本就不是玩笑。不过,那位年轻姑娘确实是被冲昏了头脑,始终以为她的继父是在法国,从来不认为自己被骗了。她得意于那位先生的殷勤奉承,而她母亲的一片赞扬声使她更加高兴。于是安吉尔先生开始造访,一击成功后,事情继续发展下去。经过几次接触后,二人订了婚,这样姑娘就不会移情别恋了。但是骗局不能永远继续下去,总是假装去法国出差也太麻烦了,所以决定把事情做一个收场,并且使姑娘受到深刻影响,以防她再看上别人。于是,就出现了这样的把戏,手按《圣经》,发誓白头偕老,婚礼当天的早晨暗示可能发生某种事情等。詹姆斯·温蒂班克希望萨瑟兰小姐对霍斯摩·安吉尔忠贞不渝,在等待和盼望中度过自己的妙龄阶段,总而言之,可使她在以后的十年里不会移情别恋。霍斯摩陪她到了教堂门口,他不能再往前走了,他要起了老

冒险史

花招,从四轮马车的这扇门钻进去,又从那扇门钻出来,轻轻松松地溜走了。我认为这就是整个事情的经过,温蒂班克先生!"

在福尔摩斯讲述经过时,我们的客人恢复了常态,他从椅子上站了起来,一脸讥嘲的神情。"不管是真是假,福尔摩斯先生,"他说道,"你聪明绝顶啊,但你还是不够聪明,不然你就会看到是你在侵犯法律,而不是我。我一直都没有做出什么可以被起诉的事,但是你把门锁上,只这件事就可以使你因'攻击人身和非法拘留'而被诉诸法庭。"

"也许如你说的,法律不能制裁你,"福尔摩斯说着打开锁,把门打开,"可是你确实应该受到最严厉的惩罚。要是这位可怜而无辜的姑娘有兄弟或朋友,他们会毫不留情地鞭打你这个家伙的!"但那个男人只是嘲讽地冷笑着,福尔摩斯愤怒得脸都涨红了,他继续说道:"虽然我的委托人没有给我这样的权力,但是猎鞭近在咫尺,我想我还是狠狠地抽……"他跨步上前去拿鞭子,但是鞭子还没拿到手,我们就听见楼梯上响起乒乒乓乓的脚步声,然后大厅门嘭地响了一下,我们从窗子向外看,詹姆斯·温蒂班克先生正拼命地在大路上奔跑。"真是个无耻的败类!"福尔摩斯边说边笑,一屁股坐进他的扶手椅,"那个坏蛋犯了这么多事儿,总有被送上断头台的一天。从几方面来看,这个案子还是很有趣的。""我现在还不能全面了解你是怎样进行推理的。"我说。

"唔,显然第一步应该想到的是:这个霍斯摩·安吉尔先生的奇怪行为一定有什么目的,不难看出,能从这件事中真正得到好处的只有这个继父。然后看这个事实,两个人从来没有同时出现过,一个人出现时,另一个总是不在。这是很有启发性的。墨镜、奇异的说话声、毛蓬蓬的络腮胡子都表明着伪装。这些也说明了一些问题。他用打字机来签名,从这一点可以看出那个可怜的女士一定非常熟悉他的笔迹,从最细小的方面也能分辨出他的字。这个做法不能不令人生疑。所以,当你把这些看起来孤立和无联系的细节拼凑在一起时,就会发现它们指向同一目标。""你怎样证实它们呢?"

"一旦认出了犯人,其他的事就好办了。我认识这个人工作的商行。

我把那份印在报纸上的寻人启事仔细分析后,把其中可能是伪装的部分都去掉——络腮胡子啦、眼镜啦、声音啦——然后把这份寻人启事寄给商行,请他们仔细想一下去掉了伪装部分的这个人的外貌是否和他们商行里一位经常出外旅行的人相似。我已注意到打字机的特点,我写信到他的办公地点给他本人,问他是否有时间来一趟。正如我期望的,他是用打字机打的回信,这样就可以辨别出前后信的某些相同的毛病。邮局送来的来自芬丘奇街韦斯特豪斯·马班克商行的信中说,外貌描述与他们的雇员詹姆斯·温蒂班克的各个方面都十分一致。这就是事情的全部经过。""那么,萨瑟兰小姐呢?""即使我告诉她事情的真相,她也不会相信的。这正应了那句波斯谚语,'打碎一个女人心中的幻想,就像从老虎身旁抢夺小虎一样危险。'"

冒险史

博斯科姆比溪谷奇案

一天早上，我和妻子正在吃早餐，我们的女仆送进来一封歇洛克·福尔摩斯打来的电报，电报上这样写着：

能抽出几天时间吗？不久前接到英国西部为博斯科姆比溪谷惨案所发来的电报。如果你能来，我很高兴。那里空气和景色都很好。希望能于十一时十五分从帕丁顿出发。

"亲爱的，你怎么想？"我的妻子在餐桌那边看着我说，"你有兴趣吗？""现在工作很多，我也拿不定主意。""噢，安特路舍会替你把工作做好的。你最近精神不太好，我想，换换环境也好，歇洛克·福尔摩斯侦查的案件总使你那么感兴趣。""从他的案子中，我确实得到了很多益处，如果不去，就有点对不起他了。"我回答道，"但是，如果我要去的话，就得赶快打点行装，因为还有半小时就该出发了。"

在阿富汗军中度过的岁月，使我养成了动作迅速，甚至可以立即动身的习惯。我随身携带的生活必需品不多，所以很快我就带着我的旅行皮包上了出租马车，迅速驶向帕丁顿车站。歇洛克·福尔摩斯已经在那儿等着我了。他身披一件长长的灰色旅行斗篷，戴着一顶紧紧贴着头的便帽，他那瘦削挺拔的身躯显得更加明显。

"华生，你能来我简直太高兴了，"他说道，"有个完全信得过的人在身边，情况会很不同。地方上的帮助不是没有用处，就是太偏激。角落里的那两个座位你先占着，我买票去。"

在车厢里，只有我和福尔摩斯两个乘客，他带了一大卷杂乱的报纸。他在这些报纸里东翻西找，有时阅读，有时记点笔记，有时陷入沉

思,直到我们已经过了雷丁为止。然后,他忽然把所有报纸卷成一大捆,扔到行李架上。"对于这个案子你了解多少?"他问道。"一无所知。最近几天,我一直没看报纸。""伦敦报纸上的报道都不完整。我一直在看最近的报纸,想掌握一些具体情况。就我的判断,这件案子会极难侦破,但却是个简单的案子。"

"这话听起来有点矛盾。""但这是一个值得品味的真理。不寻常的现象总能给人提供一些线索,而没有什么特征的平常的案子却是难以侦破的。这个案子,他们已经有了结论,他们认定是子杀父的案子。"

"也就是说,这是个谋杀案。""唔,他们是这样认定的。在我没亲自侦查这个案件之前,我决不会武断地肯定什么。到目前为止,我已经了解了一些情况,我说给你听听。"

"博斯科姆比溪谷位于荷尔夫德郡,是距离罗斯很近的一个乡间地区。约翰·特纳先生是那个地区最大的农场主。他在澳大利亚赚了钱,于若干年前返回故乡。他把他的农场之一,哈舍利农场,租给了也曾经在澳大利亚呆过的查尔斯·麦卡锡先生。他们在澳大利亚就认识了,而且有一种良好的关系。因此,当他们决定定居下来时,就选择了比邻而居的方式。显然特纳比较富有,所以麦卡锡成了他的佃户。但是,他们完全以一种平等的关系相处在一起,和过去没有什么不同。麦卡锡有一个儿子,是个十八岁的小伙子,特纳有个同龄的独生女。他们两个人的妻子都已去世了。他们同附近的英国人很少往来,过着隐居一样的生活。只有麦卡锡父子比较喜欢运动,不时地在赛马场上出现。麦卡锡有两个仆人,一个男仆和一个女仆。特纳一家人口比较多,大约有五六口人。这就是我现在了解到的这两家人的情况。

"现在再说案发时的情景。六月三日,即上星期一下午三点钟左右,麦卡锡从他在哈舍利的家里外出,步行到博斯科姆比池塘。这个池塘是从博斯科姆比溪谷倾泻而下的溪流形成的一个小湖。那天上午,他和仆人去了一趟罗斯,并且跟仆人说他下午三点有一个很重要的约会,因此必须快点办事。约会后,他就没有活着回来。

冒险史

"哈舍利农场距离博斯科姆比池塘四分之一英里,当他走过这段路时,有两个人看见过他。一个是老妇人,报纸没有提到她的姓名,另一个是特纳先生雇用的猎场看守人威廉·克劳德。这两个证人都发誓作证说,麦卡锡先生走过去的时候是独自一人。那个猎场看守人还补充说,麦卡锡先生走过去几分钟后,他看见麦卡锡先生的儿子詹姆斯·麦卡锡先生腋下夹着一支枪走在后面。他确信当时这个父亲处在他后面的儿子的视野之内。他当时并没有想到什么,直到晚上听说发生了惨案。

"在猎场看守人威廉·克劳德目睹麦卡锡父子走过之后,另外一个人也看到了他们。博斯科姆比池塘附近都是浓密的树林,池塘周围长满了杂草和芦苇。博斯科姆比溪谷庄园看门人的女儿佩兴斯·莫兰是个十四岁的女孩子,当时她正在附近的树林里采花。她说,她看见麦卡锡先生和他的儿子站在树林边临近池塘的地方,他们好像意见不合而大吵了起来,双方都很激动,老麦卡锡先生大声地骂着他的儿子,儿子一副要打父亲的样子。她被吓坏了,于是赶紧跑回家,对她母亲说,麦卡锡父子正在池塘边吵架,马上就要打起来了。她的话音刚落,小麦卡锡便冲进房来说,他发现他父亲死在树林里,他请求看门人的帮助。他当时很激动的样子,他没带枪,也没戴帽子,右手和袖子上沾了不少血迹。他们跟着他来到事发现场,看见尸首倒在池塘边的一块草地上。死者头部凹了进去,显然是被人用某种又重又钝的武器猛击过。从受伤的地方看,很可能是他儿子用枪托打的,那枝枪扔在草地上,离尸体很近,只有几步的距离。于是,那个年轻人立刻被逮捕,星期二传讯时被控告犯有'蓄意谋杀'罪,星期三将提交罗斯地方法官审判。罗斯地方法官现已把这个案件提交巡回审判法庭去审理。这就是验尸官和法庭整理出的事情经过。"我当即说:"这确实是一个恶毒的案子。如果现场证据属实的话,那可以确定是一桩谋杀案。"

福尔摩斯沉思着回答说:"现场并不是靠得住的证据。它好像可以直接证实某一种情况,但是如果你稍微改变一下观点,那你可能会发现它同样可以鲜明地证实另一种截然相反的情形。但是,由现在的情况

看，案情对这个年轻人很不利。他可能确实就是杀人犯。当地倒有几个人，其中包括农场主的女儿特纳小姐，相信他是无罪的，并且委托雷斯德承办这件案子，为小麦卡锡辩护——你可能还记得雷斯德，就是同'血字的研究'一案有关的那个人——但是，雷斯德认为此案很不好办，所以请求我的帮助。因此，我们两个才坐在火车上，以每小时五十英里的速度向那里赶，而不能在家里舒服地吃早餐。"我说："事实很明显，你可能在这个案子中得不到益处。"

他笑着回答说："明显的事实容易让人上当，也许我们可以找到雷斯德没注意到的事实。我说，我们将用雷斯德根本无法使用甚至难于理解的方法来调查。你对我很了解，我这样说你不会认为我在吹牛吧。例如，我十分清楚地看到你卧室的窗户是在右边，而我怀疑雷斯德先生连这样一个明显的事实都没有注意到。"

"那你怎么能知道……""我亲爱的伙伴，我很了解你，我知道你有军人所特有的那种爱清洁的习惯。你每天早上都刮胡子，现在的季节，你借着阳光刮。但你的左颊，越往下刮得越不干净，下巴附近尤其如此。很显然，左边的光线没有右边的好。我想象你这样一个爱干净的人，在两边光线一样的情况下，是不会把脸刮成这样的。我说这个小事是例证观察和推理的重要性。这是我的长处，也许对我们当前所要进行的调查有帮助。所以，对在传讯中提出的一两个次要问题得加以研究。"

"什么问题？""看来没有当场逮捕他，而是回到哈舍利农场以后才逮捕的。当巡官告诉他他将被逮捕时，他很平静，并说这是他应得的。他的这段话自然消除了验尸陪审团心目中还存在的任何一点怀疑。"我脱口而出："这应该算作坦白交待。"

"不是这样，那之后有人提出了不同的看法，认为他是无罪的。""在发生了这么一系列事件之后还有人提出异议，这十分让人怀疑。"

福尔摩斯说："恰好相反，我认为那是黑暗中的一点光芒。他再单纯也应该知道情况对他是多么的不利。如果他表现出一些惊讶和气愤的情绪，我可能会怀疑他，因为惊讶和气愤正是一个狡猾的人在那种情况

冒险史

下的正常反应。他当时却坦白承认了,这说明他要么是无罪,要么是很能自我克制的意志坚强的人。至于他说罪有应得的话,如果你考虑一下就会觉得是自然的,那就是,他曾和他父亲站在一起,尸体也是在那个地方发现的,而且显而易见那一天他居然不知长幼尊卑,同他父亲吵起来,正如那个目击证人小女孩所言,甚至还有打他父亲的冲动。我看那表现的正是他的自我谴责和内疚,也说明他是一个身心健全的年轻人。"

我摇头说:"有许多人在证据很少的情况下都被绞死了。""是有许多人被绞死了,但他们中有些人是无辜的。""那个年轻人自己是怎么交待的?""他自己的交待对支持他的人们没什么鼓励,其中倒有一两点引人思索。报纸上有,你自己看好了。"

他从那捆报纸中抽出一份荷尔夫德郡当地的报纸,找到其中一页,指出那不幸的年轻人对所发生的情况交待的那一大段。我安静地坐在车厢的一个角落里认真地阅读起来。其内容如下:

死者的独生子詹姆斯·麦卡锡先生出庭时证言如下:

"我曾离家三天去布里斯托尔,上星期一(三日)上午返回。我回到家里时,父亲不在,女佣人告诉我,他和马车夫约翰·科布驱车到罗斯去了。不久后听见马车进院的声音,我从窗口看见他正往外走,当时我并不知道他要干什么去。于是我拿着枪慢慢地朝博斯科姆比池塘方向走去,准备到池塘边的养兔场转转。正如猎场看守人威廉·克劳德的证词所说的,我在路上见到了他。他认为我是跟踪着父亲去的,那是他瞎猜的。我根本不知道我父亲在我前面。当我走到距离池塘约一百码时,我听见有人喊:'库伊!'这喊声是我们父子之间的联络信号。于是我快步上前,看见他站在池塘旁边。看到我,他表现出很惊讶的样子,并且语气很不友好地问我为什么到那儿去。然后我们说了会儿话,跟着就开始争吵,并且几乎动起手来,因为我父亲脾气不好。他的情绪越来越坏,有些失控,于

福尔摩斯探案全集

是我离开他,准备回哈舍利农场。但是我走了不过一百五十码左右,一声恐怖的喊叫从我身后响起,我赶紧往回跑。我发现我父亲倒在地上,已奄奄一息,他头部受了重伤。我把枪扔下,将他抱起来,但他很快就死了。我在他身旁跪了几分钟,然后到特纳先生的看门人那里去请求帮助,因为那里离他的房子最近。我听到喊叫回到我父亲身边时,没有发现一个人影,他是如何受伤的,我一无所知。我父亲不是一个能与人融洽相处的人,他对人很冷漠,行为令人害怕。但是,就我所知道的,他并没有什么敌人,至少现在没有。这就是我所了解的情况。"

验尸官:"你父亲临终前对你说过什么吗?"

证人:"他模糊地说了几句话,但我只听到有一个音是'拉特'。"

验尸官:"你了解那个是指什么吗?"

证人:"不,我不知道,我想当时他已经神志不清了。"

验尸官:"当时,你和你父亲为什么争吵?"

证人:"我不回答这个问题行吗?"

验尸官:"我认为你必须回答。"

证人:"我真的不能说。但我保证,这和案子无关。"

验尸官:"这要由法庭来裁决。你必须明白,不回答问题,在起诉时,会对你非常不利。"

证人:"我还是不能回答。"

验尸官:"就我所知,'库伊'是你们父子之间常用的暗语。"

证人:"是的。"

验尸官:"既然这样,为什么他没有见到你,甚至不知道你已经从布里斯托尔回来就喊这个暗语?"

证人(有些慌乱):"我也不知道。"

冒险史

一个陪审员:"当你听到喊声,并且发现你父亲受重伤的时候,没有什么东西引起你的怀疑吗?"

证人:"没有具体的东西。"

验尸官:"你这话怎么解释?"

证人:"我匆忙跑回去的时候,心里很着急,我脑子里想的只是我的父亲。不过,我好像模糊地记得,我往前跑的时候,在我左边地上有一件东西,好像是灰色的,可能是大衣或类似的东西,也可能是件方格呢的披风。我从父亲身边站起来后,准备去找它,但怎么也没找到。"

"你是说,在你去叫人的时候它就已经不见了?"

"是的,我肯定。"

"是什么东西,你并不能确定?"

"是的,我只感到那里有件东西。"

"它离尸体有多远。"

"大约十几码远。"

"离树林边缘有多远?"

"也是十几码远。"

"那么,有人把它拿走的时候,你离它只有十几码远。"

"是的,但当时我正背对着它。"

询问到此结束。

我一面读一面说:"我看验尸官最后问的那些话对小麦卡锡有些严重了。他有理由来提醒证人注意供词中相互矛盾的地方,即他父亲发出暗语时并没有看到他。验尸官还要求证人注意,他和他父亲谈话的细节以及他父亲死前所讲的奇怪的话。看来,所有这一切对小麦卡锡都相当不利。"

福尔摩斯暗笑了一声。他伸着腿半躺在软垫靠椅上,说:"你和验尸官一样,都在突出那些对年轻人不利的方面。难道你没发现,你一会儿说他想象力丰富,一会儿又说他缺乏想象力,这是为什么? 太缺乏想

象力,因为他未能编造他和他父亲吵架的原因来让陪审团同情他。想象力太丰富,因为他根据自己的感觉夸大了死者临终前的怪叫声以及'拉特'这句话,还有衣服忽然间不见了的事实。不是这样的,朋友,我将以这个年轻人是清白无辜的这个出发点去推断这个案子。如果这样假设,看看推下去会怎么样。这是我的彼特拉克诗集袖珍本,你看看吧。在到达作案现场之前,我不想再谈任何一个和本案有关的话题。我们去斯温登吃午饭。用不了二十分钟我们就可以到那里。"

经过景色如画的斯特劳德溪谷,越过波光粼粼的塞文河,我们终于到达了罗斯,一个风光宜人的小镇。一个瘦高个子、面露狡诈之色的仿佛侦探模样的男人正在站台上等候我们。尽管他按照当地农村的习俗穿了浅棕色的风衣并打了皮裹腿,我还是一眼就认出他是苏格兰场的雷斯德。我们和他一道乘车到荷尔夫德阿姆斯旅馆,他已经在那儿为我们预定了房间。

我们在旅馆里喝茶稍作休息,雷斯德说:"马车我已经雇好了,我想以你的性格,一定希望尽快赶到作案现场去。"福尔摩斯回答说:"客气了。是否现在去得看晴雨表上是多少度。"雷斯德听了这话很惊讶。他说:"我不懂你说的是什么意思。"

"水银柱上是多少度?我看是二十九度。无风无云。我这里有一盒香烟可以抽,而且这里比一般农村旅馆舒服。我看今晚不用出去了。"雷斯德朗声而笑。他说:"看来,你已经根据报纸下了结论。这个案子的案情一目了然,你愈是深入了解就愈是清楚。当然,我们不好拒绝如此娴淑端庄的女士的要求。虽然我一再强调,我办不成的事,你也不行,但她坚持一定要问问你的意见。噢,上帝,她来了。"他还没说完,一位异常秀丽的年轻女士匆忙地走了进来。她的蓝色眼睛晶亮,双唇微张,两颊略红,可以看出她的激动和忧心,甚至忘记保持女性的矜持。

她说道:"噢,歇洛克·福尔摩斯先生,"同时眼光在我们两个人身上转了一圈儿,凭着一个女人的第六感觉,她把目光锁定在我的朋友身上,"你来了我很高兴,我赶到这里来是为了向你说明,我知道詹姆

冒险史

斯是无辜的,我希望你了解这一点,从这一点出发侦查此案。我们从小就在一起,他的为人没有人比我更清楚。他这个人心软,连个蚂蚁都不肯伤害。真正了解他的人都不能接受这种指控。"

福尔摩斯说:"请相信,我会尽力去证明他的清白。""看过证词以后,你一定有了自己不同的结论。难道你没看出这其中的毛病吗?你不认为他是无辜的吗?""我想你说的可能对。"

她高兴地仰起了头,以蔑视的眼光看着雷斯德大声地说:"好啦!你听到了吗?他给了我希望。"雷斯德耸了耸肩说:"我想这结论下得十分草率。"

"但是,他是对的。噢!我知道他是对的。詹姆斯绝不会干这种事。至于他和他父亲争吵的原因,我敢肯定,他不说出来,一定是因为怕牵连到我。""为什么这么说呢?"福尔摩斯问道。

"我不能再隐瞒下去了。詹姆斯和他父亲为了我的缘故意见不合。麦卡锡先生迫切希望我们结婚,我和詹姆斯从小就亲如兄妹。当然,他还年轻,没有经过生活的考验,而且……而且……唔,他并不想在这么年轻的时候就结婚,所以他们吵了起来。我肯定这是吵架的原因之一。"福尔摩斯问道:"那你的父亲呢?他是什么意思?""噢,是的,他也不同意。只有麦卡锡先生一个人赞成。"

当福尔摩斯怀疑地看了她一眼时,她娇艳、年轻的脸忽然红了一下。他说:"谢谢你提供的这个线索。我想明天去拜访你父亲,能见到他吗?""我怕医生会拒绝父亲见客。""医生?""是的,可能你没听说过,我父亲的身体状况不佳,这件事更给了他很大的打击。他一直卧床不起,威罗医生说,他的健康已受到了极度损害,他的神经系统极度衰弱。在这儿我父亲唯一在维多利亚时认识的人就是麦卡锡先生。""哈!在维多利亚!是个重要线索。""是的,在矿场。"

"这就对啦,在金矿场。就我所知,你父亲是在那里发了财的。""是的,你说得完全正确。""谢谢你,特纳小姐,你的这番话给了我很大帮助。""如果你明天有什么新的进展,请马上通知我。你也许会去

监狱看望詹姆斯。噢,如果你去了,福尔摩斯先生,务必告诉他,我相信他是清白的。"

"谨遵吩咐,特纳小姐。""我必须离开了,我爸爸的病很严重,我离开他会不放心。再见,先生,上帝保佑你们。"她离开了我们的房间,同进来时一样激动而又匆忙。我们随即听到她乘坐的马车向远处驶去。

雷斯德在沉默了几分钟后认真地说:"福尔摩斯,我为你羞愧。你为什么给她以毫无指望的希望呢?虽然我并不心软,但是,你这样做实在太残酷了。"

福尔摩斯说:"我相信我可以为詹姆斯·麦卡锡平反。我能到监狱里去看他吗?""能,我可以带你去。""看来,我今天必须得走出这个旅馆了。我们今天晚上还有时间乘火车到荷尔夫德去看他吗?""时间很充裕。""就这么办。华生,我希望你不会觉得事情进行得太慢。这次我只去一两个小时。"我送他们一起步行来到火车站,然后在街上闲逛了一会儿,最后回到旅馆。

我躺在旅馆的沙发上,拿起一本黄色封面的流行小说,希望以此消磨时间。但是那简单的小说情节同我们正在侦查的曲折复杂的案情相比显得太无聊了,因此,那小说的虚构情节我根本看不进去,总是想着现实中的这个案子。最后我不得不放弃那本小说,把精力放到当天所发生的事情中。如果这个不幸的青年所说的事情都是事实,那么,从他离开他父亲到听到他父亲的尖声叫喊而急忙赶回到那林间空地的片刻之间,到底发生了什么?是什么意想不到的灾难呢?这是某个骇人听闻的突发事件。可能是什么样的事件呢?也许我能凭我医生的素质从死者的伤痕上看出点问题来。

我拉铃叫人把郡里出版的周报送来。周报上全文登载着审讯记录。我在法医的验尸证明书上看到:死者脑后的第三个左顶骨和枕骨的左半部因受到钝器的击打而破裂。我在自己头部模拟那被猛击的位置,显然,这一猛击是来自死者背后的。这一点在一定意义上对被告有利,因为证人看见他们父子俩是面对面吵架。但这并不能说明什么问题,因为

冒险史

死者也可能是在转过身时被打死的。无论如何,还是应该提醒福尔摩斯注意这一点的。另外,那个人在死前喊了一声"拉特",这又是什么意思呢?这决不可能是人在神志不清时的呓语。通常情况下,遭受致命一击而濒临死亡的人是不会说呓语的。不会的,这好像是在说他的死亡原因。可是,它究竟是要说明什么呢?为了找到令人信服的解释,我费尽了心思。还有小麦卡锡看见灰色衣服的事件。如果这一情况属实,那么衣服一定是凶手在逃跑时掉下的,也许是他的大衣,而且他竟胆大到在小麦卡锡跪下的时间内,在离他只有十几步的地方把衣服拿走。这案子真是太复杂了,令人沉思。对于雷斯德的看法,我并不觉得奇怪。但是,由于我很相信歇洛克·福尔摩斯的判断力,所以,当前要做的就是不断地寻找事实来加强小麦卡锡是无辜的这一论断。

歇洛克·福尔摩斯回来得很晚。因为雷斯德在城里住下了,他是独自回来的。

他坐下后说:"晴雨表的水银柱仍然很高,希望在我们到现场之前不要下雨,这可是关系重大。同时,我们去做这种细致的工作必须精力旺盛、思维敏捷才行。我们不希望在长途跋涉后十分疲惫的时候去做这些。我见到了小麦卡锡。"

"你了解到什么新情况吗?""没有。""他不能提供点线索吗?""他什么也提供不了。我曾经这样想过,他知道凶手是谁,而他是在为他或她掩盖。但是,我现在确信,他对这件事同样感到迷惑不解。他虽然外貌英俊,但并不是一个机敏的人,我觉得他心地还算忠厚。"我说:"如果他真不愿意娶像特纳小姐这样十分有魅力的年轻姑娘的话,那他就太没眼光了。"

"这里面涉及一个很痛苦的故事。这个小伙子甚至可以为她牺牲生命,他当然是爱她的。但是在他真正了解她之前,她曾离家五年,到寄宿学校读书。两年前,这小伙子还很年轻,他被一个布里斯托尔的酒吧女纠缠,被迫在结婚登记本上签了字。他真是傻呀!这件事没有其他人知道,你可以想象他事后是多么着急,他实在是做了不应该做的事。他

肯定要受到责备。在他同父亲的最后一次谈话中，父亲劝他向特纳小姐求婚，因此他非常着急。而且，他并没有钱，他父亲的刻薄使他不可能得到父亲的帮助。那三天他是在布里斯托尔同那个酒吧女一起度过的。对于这一点，他父亲一无所知。注意，这点很重要。由于这件案子，那个酒吧女终于决定放弃这个小伙子，说她有一个在百慕大工作的丈夫。这对于不幸的小麦卡锡真是一件好消息。"

"但是，如果他是无辜的，那凶手又是谁呢？""哦！是谁呢？有两点你要特别注意。首先，遇害者约定和某人在池塘会面，这个人不会是他的儿子，因为他赴约时他的儿子不在家，何时回来尚不确定。第二，在遇害者未见到归来的儿子之前，有人听见他大声喊'库伊'！这两点是此案的关键所在。现在，如果你愿意的话，让我们来谈谈乔治·梅瑞狄斯吧。那些次要的问题留待明天再说。"

正如福尔摩斯预测的，第二天没有下雨，而且万里无云。上午九时，雷斯德乘坐马车来接我们同去。我们随即动身去哈舍利农场和博斯科姆比池塘。

雷斯德说："今天早上有消息说，庄园里的特纳先生病情加重，可能不行了。"福尔摩斯说："我想他大概年纪很大了。"

"六十岁左右，他在国外的时候身体已经很坏了，他的健康状况不佳已经很多年了。这件事更使他受到伤害。他是麦卡锡的老朋友了，而且就我所知，他同时还是麦卡锡的一个大恩人呢，他把哈舍利农场租给麦卡锡，根本不收租金。"福尔摩斯说："哦！这倒很有趣。""噢，是的！他总是尽力帮助他，这附近的人都称赞他的仁爱。"

"是这样吗？那么这个麦卡锡看来本来是一贫如洗的，他受了特纳那么多的帮助，竟然还希望同特纳联姻，你们不觉得奇怪吗？这个女儿是特纳全部产业的唯一继承人，麦卡锡采取的是如此蛮横的态度，好像一切他说了算。尤其是，我们了解到特纳并不同意这桩亲事，那不是更奇怪了吗？这些都是特纳的女儿亲口告诉我们的。你从中不能发现点什么吗？"雷斯德朝我眨眨眼睛说："我们已经用演绎法来推断过了。福

冒险史

尔摩斯,我认为,不要草率地纸上谈兵,认真地调查事实已经非常难了。"福尔摩斯笑着说:"你说得对,你已觉得事实很难核实。"

雷斯德有点激动地回答说:"无论如何,我已经掌握了一个你似乎还不清楚的事实。"

"是什么……""就是麦卡锡是被他儿子杀死的,其他的任何一种说法都是毫无根据的。"福尔摩斯笑着说:"唔,月光总明于迷雾。左边就是哈舍利农场了吗?是不是?""是的,那就是。"

那是一所两层石板瓦顶楼房,占地面积很大,令人感觉很舒服。灰色的墙上长着大片大片的黄色苔藓,但是窗帘拉着,烟囱也没有冒烟,感觉很凄凉,好像弥漫着浓厚的恐怖气氛。我们在门口叫门,然后在福尔摩斯的要求下,女仆让我们看了她主人死时穿的靴子,也让我们看了他儿子的靴子,虽然不是事件发生时穿的。福尔摩斯在这些靴子上的七八个不同部位仔细量了量之后,请女仆带我们去院子里,然后我们顺着一条弯弯曲曲的小路走到博斯科姆比池塘。

福尔摩斯陷入沉思时,神态和平时完全不同。只了解贝克街那个很少说话、总是在思考的思想家和逻辑学家的人,肯定认不出他现在的样子。他的脸时而红得厉害,时而阴沉无光。他紧皱双眉,粗黑的眉毛下是一双坚毅的眼睛。他低着头,两肩前弓,紧闭双唇,长而刚直的脖子上青筋暴露,如绳子一般。他鼻孔大张,完完全全像渴望捕捉猎物的野兽一样。他是如此全身心地投入到侦查中,这时如果你跟他说话或问什么问题,他不是没听见,就是仅仅给你一个不耐烦的简短回答。他静静地迅速沿着穿过草地的这条小路前进,然后通过树林走到博斯科姆比池塘。那里是块沼泽地,地面潮湿,而且整个地区都是这个样子,小路和路边上,到处都散布着脚印。福尔摩斯时而迅速地往前赶,时而停下来一动也不动。有一次他稍微绕了一下走到草地里去。雷斯德和我跟在他身后,这个官方侦探态度冷漠,充满蔑视。相反,我却很有兴致地看着我的朋友的一举一动,我一直相信他每个动作都是有目的的。

博斯科姆比池塘方圆大约五十码,周围长满芦苇,它位于哈舍利农

场和富有的特纳先生的私人花园之间的交界处。池塘彼岸是一片树林，耸立于树林上面的房子的红色尖顶清晰可见，这是有钱地主的住址标志。挨着哈舍利农场这一边池塘的树林里，树木茂密，在树林的边缘到池塘一侧的那一片芦苇之间，有一处只有二十步宽的狭长的湿草地带。雷斯德指出了发现尸首的准确地点，由于地面十分湿润，所以死者倒下后的痕迹清晰可见。我从福尔摩斯脸上的热切表情及敏锐的目光中看出，他一定在这片布满脚印的草地上找到了许多有用的东西。他转了一圈，像一只嗅出味儿的狗一样，最后转向雷斯德。

他问道："你到过池塘，干什么去了？""我用草耙在周围打捞了一下，我想也许能找到某种武器或其他东西。但是，上帝呀……"

"噢，得啦！得啦！我没有时间听你说这些！这里到处都是你向里拐的左脚的脚印。一只鼹鼠都能跟踪你的脚印，脚印消失在芦苇那边。唉，如果在他们这样乱七八糟地行动之前我能到的话，事情会简单得多。看门人领着那帮人就是从这里走过来的，尸体周围六到八英尺的地方满是他们的脚印。"

他掏出个放大镜，在他的防水油布上趴下来以便看得更仔细些。在整个过程中，他都在自言自语地分析着案情。"这些是年轻的麦卡锡的脚印。他来回走了两次，一次他跑动迅速，这可以从脚板的印迹很深，而且脚后跟几乎看不清这点上证实。他讲的确定是实话。他看见他父亲倒在地上就赶快跑过来。看这里，这是他父亲当时走动的脚印。那么，这是什么呢？这是儿子站着听父亲说话时枪托顶在地上的痕迹。那么，这个呢？哈，哈！这又是什么东西的印迹呢？脚尖的！脚尖的！而且是方头的，这不是一双普通的靴子！这是走过来的脚印，那是走过去的，然后又是折回来的脚印……很明显这是为了取回大衣而留下的脚印。那么，这一路脚印是从什么地方过来的呢？"他在四周查找，有时脚印找到了，有时脚印又不见了，一直跟踪到树林的边上一棵大山毛榉树——附近最大的一棵树——的树荫下。福尔摩斯再一次脸朝下趴在地上，并且得意地轻喊了一声。他在那里一直趴了好久，翻动树叶和枯枝，把一

冒险史

样泥土般的东西放进一个信封里。他用放大镜检查着一切能检查到的东西,地面、树皮、树叶,甚至苔藓中间的一块锯齿状的石头,他也仔细检查了,还把它收藏了起来。然后他沿着一条小道穿过树林,一直走上一条公路,在那里所有的踪迹都消失了。

他说:"这真是一个有趣的案件。"这时,他已经恢复了正常。"看来右边这所灰色的房子一定是门房,我应当到那里去找莫兰说句话,或者写个便条给她。这些事办完就可以回去了,你们先步行回马车那儿等我,我很快就会回来。"

我们先走了,大约步行了十分钟到了马车那儿,福尔摩斯不久带着他从树林里拾来的那块石头也回来了。我们乘马车回到罗斯。

他取出那块石头对雷斯德说,"雷斯德,这个也许你会感兴趣。这正是此案的凶器。""我没看出有什么标志。"

"是没有标志。"

"那,你根据什么这么说呢?"

"石头底下的草是活着的,这表明这块石头在那里只有几天时间。找不到痕迹说明这块石头是从哪里来的。这块石头的形状和死者的伤痕正好相符。除此之外找不到其他武器的影子。""那么凶手呢?""凶手是一个高个子的左撇子,右腿有些瘸。他的靴子是后跟很高的狩猎靴,大衣是灰色的。他吸印度雪茄,并使用烟嘴,他的衣袋里装着一把削鹅毛笔的很钝的小刀。当然,还有另外几个迹象,但是,这些就足够我们侦查了。"雷斯德笑了。他说:"我想我还是有些怀疑。毕竟你说的这些都是理论,而英国陪审团却是讲求证据的。"

福尔摩斯冷静地回答说:"我们当然有办法。你办你的,我们办我们的。今天下午我会很忙,如果顺利,我想坐夜车回伦敦。"

"那你的案子怎么办?"

"案子已经结束了。"

"可是,那个疑团呢?"

"疑团已经解开了。"

"那么罪犯是谁?"

"我刚刚形容的先生。"

"可是,他是谁呢?"

"这附近的居民并不多,要找出这个人不会困难。"

雷斯德耸了耸肩说:"我是个讲求实际的人,我可不想在这一带乱跑去找一个左撇子的瘸腿先生,对不起,我不能这么做。我不想成为苏格兰场的笑料。"福尔摩斯平静地说:"好吧,我已经给了你机会。你住的地方到了,再见,先生。我走的时候会写个便条通知你。"

雷斯德先下了车,我们回到了我们住的旅馆,此时,午饭已经放在桌子上了。福尔摩斯一句话也不说,陷于沉思之中,脸上表情很痛苦,这是一种深感困惑的表情。

吃完饭后,他说:"华生,你坐在椅子上,听我说说。现在我还不能确定该怎么办,我想听听你的意见,那对我很重要。抽根烟吧,先让我阐述一个我的看法。""请开始吧。"

"唔,在我们这个案子中,小麦卡锡所谈的情况里面有两点当时我们都注意到了,虽然我的想法对他有利,你的想法对他不利。第一点是:据他的叙述,他的父亲在见到他之前就喊叫了'库伊'。第二点是:死者临死时说了'拉特'。死者当时含糊地说了几个词,可惜的是,他的儿子只听清'拉特'这个词。""那么这个'库伊'是什么意思呢?""唔,显而易见,'库伊'这个词不是叫他的儿子。他当时只知道他的儿子三天未回。他儿子当时听到'库伊'这个词完全是一种巧合。死者当时喊'库伊'是为了招呼他约见的人,而'库伊'显然是澳大利亚人们之间普遍使用的一种叫法。根据这点我们可以设想,麦卡锡要约见的人曾经到过澳大利亚。"

"那么'拉特'这个词又是什么意思呢?"歇洛克·福尔摩斯从他口袋里掏出一张折叠的纸,并铺开在桌上。他说:"这是一张维多利亚殖民地的地图。我昨天晚上打电报到布里斯托尔去要来的。"他用手指压着地图上的一个地方说:"你念一下这是什么。"我按他指的地方念

冒险史

道:"阿拉特。"

他抬起手指说:"你再念。"

"巴勒拉特。""完全正确。这就是死者临死时喊叫的那个词,而他的儿子只听清了这个词的最后两个音节。当时他是想告诉他儿子凶手的名字——和巴勒拉特有关的某人。"

我赞叹道:"好极了!""当然,你看,调查范围已经缩小了很多。现在假定那儿子说的都是实话,那么可以肯定这个人有一件灰色大衣,显然他是一个有一件灰色大衣的来自巴勒拉特的澳大利亚人。我们的印象已经从模糊到清晰了。"

"不错。"

"对于这个地区他很熟悉。因为要到这个池塘来必须经过农场或庄园,这个地方,陌生人几乎是进不来的。"

"情况确实如此。""所以我们今天长途跋涉到这里来。我仔细检查了出事地点,了解了案子的任何一个可能的细节,我已经告诉了无能的雷斯德罪犯是什么样的人。""你是通过什么知道这些细节的?""我的方法你是知道的。细小的事情是发现真相的关键。"

"我知道你可以从他步伐的长度约略地判断出他的身高,他的靴子也可以从他的脚印来判断。""是的,那双靴子很特别。"

"怎么看出来他是个瘸子呢?""他的右脚印总是不如左脚印那么清楚,可见右脚使的劲比较小。为什么会这样?因为他一瘸一拐地走路,他是个瘸子。""那么,怎么看出来他是个左撇子呢?""我想你也注意到了审讯中法医是如何记载关于死者的伤痕的。那一击是紧挨着他背后打的,而且是打在左侧。你可以假设一下,如果不是一个左撇子,会打在什么部位。父子两人谈话之时,这个人就在树后面,他一直抽着烟。我发现有雪茄灰,我对烟灰有过专门的研究,马上判断出他抽的是印度雪茄。我为烟灰曾经花过相当大的精力,我还写过些专题文章来论述一百四十种不同的烟斗丝和香烟灰,这些情况你都了解的。发现了烟灰以后,我开始在四周查找,在苔藓里发现了他扔在那里的烟头。那是印度

雪茄的烟头，这种雪茄和在鹿特丹卷制的雪茄味道几乎一样。"

"那么，雪茄烟嘴呢？""我看出他没有用嘴叼过烟头，可见他用的是烟嘴。雪茄烟末端是用刀切开而不是用嘴咬开的，但切口参差不齐，所以我推断是用一把很钝的削鹅毛笔的小刀切的。"

我说："福尔摩斯，你已经撒下了大网，他无处可逃了。同时由于你的努力，一个无辜的生命得救了，你把他从死亡线上拉了过来。我看真相几乎已经大白了，可是那罪犯是……""约翰·特纳先生来访。"旅馆侍者一面推开我们的起居室的房门，领客人进来，一面说道。

来者看上去很陌生，相貌不俗。他步履缓慢，一瘸一拐，肩部下垂，看起来很老迈，但是他那皱纹深陷、刚毅严峻的脸和粗壮的四肢，使人感到他的体魄和个性都迥异于常人。弯弯的胡须，银灰的头发，微微下垂的眉毛使他充满了一种尊贵和权威的风范。但是他脸色灰白，嘴唇和鼻端呈深紫蓝色。我马上看出，他身患绝症。

福尔摩斯礼貌地说："请坐，你已收到我的便条了？""是的，你的便条看门人已经转给我了。你说，你想在这里和我见面，这样可以避免不良情况的发生。"

"如果我到庄园去拜访你，肯定会引起人们的议论。""为什么想见我？"他用一种疲惫、无望的眼神看着我的朋友，好像他已经得到回答。福尔摩斯说："是的。"这是回答他的眼神，而不是回答他的话。"没错，我清楚麦卡锡的所有情况。"

这个老人垂下头，两手掩面。他喊道："保佑我吧，上帝！请相信，我不会伤害这个年轻人。如果法庭判他有罪的话，我会站出来的。"福尔摩斯严肃地说："你这么说我很高兴。"

"我之所以没说出来，是为了我最亲爱的女儿，如果听到我被捕的消息，她会很伤心的。"福尔摩斯说："可能没糟到那种地步。"

"你说什么？"

"我不是官方侦探。你要了解，是你女儿请我来这儿的，我在替她办事。使小麦卡锡无罪释放是我的目的。"

老特纳说："我是个快死的人了。我已患了多年的糖尿病，我的医

冒险史

生说,我大概活不到一个月了。可是,我宁可死在自己家里也不愿死在监狱里。"福尔摩斯起身来到桌旁,然后拿起笔,把一沓纸放到自己的面前。他说:"请把事实真相说出来,我记录后,你在上面签字,华生是证人。在万不得已的情况下我会出示你的自白书来救小麦卡锡。当然,是在绝对必要的时候。"

那老人说:"这样也好。我能不能活到巡回审判法庭开庭还是个问题,所以这对我没有多大影响,我只是不想引起爱丽斯的震惊。现在请听我说,事情很长,但讲起来可能很短时间就够了。

"你不了解这个死者麦卡锡,他简直是个魔鬼。我绝无虚言,希望你们不会被像他这样的人抓到小辫子。他一直抓了我二十年,我这一生都被他毁了。我就从怎样落在他手里讲起好了。那是本世纪六十年代初在开矿的地方,当时我还很年轻,性格冲动,并不安于现状,什么都想试试。我和许多不良分子结成团伙,吃喝玩乐,开矿失败以后当了强盗。我们共六个人,生活放荡,经常抢劫车站和拦截到矿场的马车。我当时化名为巴勒拉特的黑杰克,现在在那个殖民地,人们还记得我们这一伙巴勒拉特帮。

"有一天,我们埋伏在路边袭击了一个从巴勒拉特开往墨尔本的黄金运输队。那个运输队有六名护送的骑兵,我们也是六个人,可以说是旗鼓相当,不过我们一开枪就把四个骑兵干掉了。我们也损失了三个小伙子才把那笔钱财弄到手。我用手枪指着那马车夫的脑袋,他就是现在的这个麦卡锡。上帝怜悯我,如果那时我打死了他,会是多么好啊!可是,我放过了他。虽然他的眼睛一直盯着我,好像要把我深深记在脑海里。我们安然地把那笔黄金弄到了手,发了大财,并来到了英国而没有引起任何怀疑。在英国,我和我的老伙计们各奔东西,各过各的日子,我下决心从此过安分守己的正当生活。我买下了当时这份正待价而沽的产业,尽量做好事儿,期望弥补一下我在发财时所做的坏事。我还结了婚,虽然我的妻子很早的时候就过世了,却给我留下了亲爱的小爱丽斯。即使在她还是婴儿的时候,她就是我走上正道的最好的引路人。总之,我悔过自新,尽我自己的最大能力来弥补我过去的过失。本来生活

中的一切都很美好，但是麦卡锡的魔掌抓住了我。

"我当时到城里去办一件业务上的事，结果在摄政街撞见了他，他当时很狼狈，甚至连一双鞋都没有。他拉着我的胳膊说：'杰克，我们又见面了。从今以后，我们会像一家人一样亲近。你收留我们吧，我们只有父子两人。如果你不答应……英国可是个讲法律的国家，只要喊一声就会有警察出现。'

"唔，他们就这样来到了西部农村，我再也摆脱不掉他们。从那以后，他就占据了我最好的土地，租金全免。从此我就生活在不安中，老是想着过去，无论在什么地方，麦卡锡狞笑的面孔都会出现在我面前。爱丽斯长大以后情况更糟，因为他看出爱丽斯是我的弱点，我害怕她知道我的过去，这甚至比警察知道这件事还让我害怕。他想要的东西他一定要弄到手不可，而不论是什么，我都毫不犹豫地给他，土地、金钱、房子什么都给，直到最后他向我要一件我不能给人的东西为止。他要我的爱丽斯。你看，他的儿子已经长大成人，我的女儿也成了大姑娘，我身体不好，这是大家都知道的，一旦他的儿子插手我的产业，对他是很有利的。但是，这件事我坚决不同意。我决不同意让他那该死的血统和我们家的血统混到一块去，其实我并不讨厌那个小伙子，但他身上有他老子的血，这让我不能忍受，我坚决地拒绝了。麦卡锡威胁我，我对他说，哪怕他使出最毒辣的手段我也不会答应。我们约定在我们两所房子之间的那个池塘会面以解决这个问题。

"当我走到那里的时候，我看见他们父子正在交谈，我只好抽支雪茄烟在一棵树后面等待，等到他独自一个人在那里时再过去。但是，听着他和他儿子的谈话，我的情绪激动到了极点。他极力劝他的儿子娶我的女儿，根本不考虑她是否同意，好像她是马路上的妓女。想到我被这样的一个魔鬼主宰了二十年，现在还要赔上我的女儿，我越想越气，简直快疯了。我一定要冲破这个束缚，我已经是一个没有几天可活的人了。虽然我的头脑还清醒，四肢还十分有力，但我知道我已经没有将来可言了。可是，我记忆中的往事和我的女儿啊！只要我把这只邪恶的魔手砍断，那么，我记忆中的往事和我的女儿就都可以平安无事了。福尔

冒险史

摩斯先生,我这么想也这么做了,要我再来一次我也会如此。我是罪孽深重,为了弥补过去的错,我受一辈子的罪也甘愿,但是说什么也不可以把我的女儿卷进来,我受不了这样。我把他打翻在地,好像打击一头十分凶恶的野兽一样,心中毫无愧疚的感觉。他的呼喊声把他儿子引了回来。这时我已躲进了树林里,但是我必须回去把逃跑时掉的大衣拿回来。先生,这就是所发生的一切。"

那老人在福尔摩斯记录的那份自白书上签了字。福尔摩斯当即说:"好啦,我无权审判你。但愿我们永远不会迷失自己,受到魔鬼般的控制和诱惑。"

"先生,我也希望是这样,现在,你打算怎么做?""顾及到你的身体情况,我不会做什么。你自己也清楚,你不久就要为你干过的事在比巡回审判法庭更高一级的法院接受审讯。我一定会把你的自白书保存好。如果小麦卡锡被判有罪,我将不得不用到它,如果他无罪开释的话,它将不会被任何人看见。即使你死后,我也将为你保密。"

那老人庄重地说:"那么,再见了。当你自己临终之际,想到曾经让我安详地死去,你会感到欣慰的。"这个身躯高大的人摇摇晃晃地走出了房间。福尔摩斯很久没说什么,又过了一会儿他说:"上帝保佑我们!为什么命运老是对那些孤苦无依的人如此不公呢?每当听到这一类的案件时,我都想起巴克斯特的话,并对自己说,'歇洛克·福尔摩斯之所以能破案还是靠上帝保佑。'"

詹姆斯·麦卡锡在巡回法庭上被宣告无罪释放,福尔摩斯写了很多十分有利的申诉意见,这些给辩护律师提供了胜诉的条件。在和我们见面以后,老特纳又活了七个月,现在已经不在人世了。也许会出现这样的情景:凶手和死者的儿女最终组成了一个美满的家庭,生活幸福。他们永远不会知道,在曾经的岁月里,他们的生活中出现过阴霾。

福尔摩斯探案全集

五个橘核

我大略地看了一遍我保存的一八八二年至一八九〇年间福尔摩斯侦探案的笔记和记录，发现摆在我面前的案件都是那么奇怪有趣，实在无法取舍。有些案件通过报纸已经在人群中传播开来，但是也有些案子却让我的朋友不能好好发挥他的卓越才能，而我的朋友的这种杰出的才华正是那些报纸急于报道的主要题材。还有些案子使他的敏锐的观察能力和分析能力无法发挥，有些故事就只能有头无尾了。还有一些案件，他仅弄明白了一部分，对其情节的剖析只是出于推测或臆断，而不是以我的朋友所重视的、严谨精密的逻辑论证为依据。在这一类案件中，有一个案件情节异常、结局离奇，让我忍不住要说一下，虽然这桩案子的一些真相并没有弄明白，而且以后也不会弄明白。

一八八七年我们办理过一系列有趣和无趣的案件，我始终保留着这些案件的记录。在这一年的十二个月的记录的标题中，有关于如下案件的记载："帕拉多尔大厦案"；"业余乞丐团案"，这个业余乞丐团在一个家具店库房的地下室拥有一个极其豪奢的俱乐部；"美国帆船'索菲·安德森'号失事真相案"；"格赖斯·彼得森在乌法岛上的奇案"；还有"坎伯韦尔放毒案"。记得在最后一案里，当歇洛克·福尔摩斯给死者的表上发条时，发现这块表在两小时前曾被上紧了发条，这就证明了死者在那段时间里已经上床休息了。这一推论是查清案情的关键所在。所有这些案件，将来有一天我可能会描述出它们的概况，但是其中没有一个案件比现在要描述的案件更加怪异玄妙，它有着一连串令人迷惑的情节。

那时正是九月下旬，秋分时的暴风雨非常迅猛，一整天狂风大作，疾雨拍窗，甚至在这人类双手建造的伟大的伦敦城内，我们也丧失了正

冒险史

常工作的心情，自然界的强大威力真是无所不能。狂风夹着暴雨肆虐，如同被关进铁笼的狂暴的猛兽，隔着人类文明铸就的铁栅向人们狂啸。夜幕降临了，暴风骤雨却更为猛烈。风时而大声呼啸，时而低沉饮泣，就像婴儿的难以停息的哭泣声。福尔摩斯坐在壁炉的一端，心情沉郁，正在编制罪案记录互见索引。我则坐在另一端，埋头阅读一本克拉克·拉塞尔著的有关海洋的小说。此时屋外疾风阵阵，倾盆大雨像海浪一样冲击着这个城市，仿佛和小说的内容相照应，分不出彼此了。我的妻子那时已回家省亲，所以这几天我又成为贝克街故居的常客了。

"嘿，"我说，抬头看了看我的同伴，"没错吧，是门铃声。你约了人吗？可能是你的哪位朋友吧？""除了你，我没有别的朋友。"他回答道，"我并不希望常常有人来访。""那么，是位委托人吧？""如果是委托人，这一定是个严重的案子，否则谁肯这时候出门。但是我觉得这人更可能是找咱们房东太太的。"

福尔摩斯猜错了，因为楼梯上响起了脚步声，接着有人在敲门。他伸出长臂把身边的那盏灯转向那张客人要坐的空椅子一边，然后说："请进。"一个年轻人走进来，从外貌看大约二十二岁左右，穿着讲究，服饰整洁，温文尔雅，彬彬有礼。他手中的雨伞正滴着雨线，身上的长雨衣闪闪发亮，这些都说明他遭受了暴风雨的一番残酷的洗礼。他在灯光下向周围扫了一眼，一脸焦急。我看到他的脸色苍白，双目低垂。这是一种被巨大的忧郁压得透不过气的人才有的表情。

"非常抱歉，"他一边说一边戴上一副金丝夹鼻眼镜，"希望没有打扰您！我担心泥水弄脏了您的房间。""给我雨衣和伞，"福尔摩斯说，"我把它们挂在钩子上，很快就会干。我想，您来自西南部。""是的，从霍尔舍姆来的。""您鞋尖上粘着混合在一起的粘土和白垩，所以我能很快弄清楚您的来处。"

"我是特地来请求您的指点的。"

"这很容易。"

"而且我希望能得到您的帮助。"

"那就不见得容易了。"

"您的大名真是如雷贯耳，福尔摩斯先生。我听普伦德加斯特少校讲过，您把他从坦克维尔俱乐部丑闻案件中拯救了出来。""啊！是的，有人告他使用假牌骗人。""他说任何问题都难不住您。""他说得太夸张了。""他还说您无往而不胜。"

"我曾失败过四次——三次输给几个男人，一次败于一个女人。"

"可是，这和您的胜利是不能相比的。"

"不错，总的来说，我还是成功的。"

"那么，对于我的事，您可能也会成功的。"

"请您把椅子挪近壁炉一些，具体谈一下您这件案子的情况。"

"这决不是一个普通的案子。"

"寻常的案子不会到我这里来谈。我这里成了最高上诉法院。"

"可是，先生，我想说的是，在您的经历中，一定没有听过比我的家族中所发生的这一系列事件更为玄妙难解的事了。""我对您说的很感兴趣，"福尔摩斯说道，"请先把这件事的主要部分说一说，然后我会问您几个我认为重要的细节。"那年轻人朝前挪动了一下椅子，把两只穿着湿鞋子的脚伸向炉火边。

他说："我名叫约翰·奥彭肖。据我所知，这是上一代遗留下来的问题，和我本身没有太大关系，为了让您有一个更透彻的了解，我就从事情的开端讲起。我的祖父有两个儿子——我的伯父伊莱亚斯和我父亲约瑟夫。我父亲在康文特里开了一家小工厂，自行车发明出来后，他扩大了这个工厂，并享有奥彭肖防爆车胎的专利权，因此生意越做越好。后来他把工厂出让，自己靠一笔很大的财富过着舒服的退休生活。

"我的伯父伊莱亚斯年轻时侨居美国，是佛罗里达州的一个种植园主，听说经营得很好。南北战争期间，他在杰克逊麾下听遣，后来在胡德部下，升任上校。南军统帅罗伯特·李投降后，他复员了，重返他的种植园，在那里继续住了三四年。大约在一八六九或一八七〇年，他回到欧洲，在苏塞克斯郡霍尔舍姆附近购买了一小块地产。在美国他赚过

冒险史

很多钱,离开美国回英国,是因为他非常不喜欢黑人,对于共和党给予黑人选举权的政策也极为厌恶。他性格怪异,喜怒无常,发怒时总是恶语相加。自从他定居霍尔舍姆以来,他很少出门,我不知道他是否到城镇去过。他拥有一座花园,房子周围有两三块田地,他可以出来散步锻炼身体,可是他却往往几个星期都一直待在屋子里。他非常喜欢白兰地酒,总是喝得很多,而且烟瘾极大,但他不喜欢社交,没有任何朋友,和自己的亲兄弟也没有来往。

"虽然他并不关心我,但实际上,他是喜欢我的。初见面时,我还是一个十一二岁的孩子。那是一八七八年,他已回国八九年了。他求我父亲答应让我住在他那儿,他总是用自己的方式疼爱我。当他清醒时,喜欢同我一起斗双陆、玩象棋。他让我代表他跟下人和生意人打交道,所以十六岁时,我已经是一个有经验的当家的了。我掌管所有的钥匙,只要不打扰他的生活,我可以到任何我想去的地方,做任何我想做的事情。不过也有一个特别的例外,那就是,在阁楼那一层有着许多房间,而其中唯独一间堆满破旧杂物的房间,常年加锁,他不让任何人进去,即使是我也不行。我曾经怀着一个少年的好奇心,从钥匙孔向屋内窥视,可是就像我料想的那样,屋里除了一大堆破旧箱笼和大小包袱之外,没什么特别的。

"有一天,那是在一八八三年三月,他收到了一封似乎是来自外国的信,因为信封上贴的是外国邮票。对他来说,这是一件非常不寻常的事,他没有任何朋友,连账单都是用现款支付的。'从印度来的!'他一边拿起信来,一边惊讶地说道,'本地治里的邮戳!这是怎么回事?'在他忙着拆信封的时候,忽地,五个又干又小的橘核嗒嗒地落下来。我正想张嘴大笑,但是他的脸色把我的笑容吓回去了。他的嘴咧着,眼睛突出,面如死灰,直瞪瞪地瞧着那个信封,手在不停地抖着。'K. K. K.!'他尖叫了起来,接着喊道,'上帝啊,劫数难逃了!'

"我叫道:'伯伯,发生了什么事?''死亡!'他一边说一边从桌旁站起来,回到他自己的房间,只有我在那里吓得心里直发毛。我拿起了

那封信,发现信封口的里层,也就是涂胶水的上端,有三个用红墨水写的 K 字,字迹很潦草。此外,只有那五个干瘪的橘核。究竟是什么把他吓成这样?我离开餐桌上楼时,他正好从楼上走下来,一手拿着一只旧得生了锈的钥匙——我猜那一定是楼顶专用的,另一手捧着一个像钱盒似的小黄铜匣。

"'他们想怎么干就怎么干,最后我一定是胜利的一方。'他发誓赌咒地说道,'叫玛丽今天给我房间里的壁炉升火,再派人去请霍尔舍姆的福德姆律师来!'

"我一切照办。律师来时,我被叫到他的房间里。炉火烧得很旺,在壁炉的炉栅里有一堆黑色的散乱的纸灰烬。那黄铜箱匣放在一旁,敞着盖,里面什么也没有。我瞥了那匣子一眼,颇为吃惊,因为那匣子盖上印着上午在信封上看到的那三个 K 字。

"'约翰,我请你,'我伯父说道,'做我的遗嘱见证人。我把我的产业以及它的一切好处和坏处,留给我兄弟——也就是你的父亲,当然将来你会从你父亲那里继承。也许你会平平顺顺地享有它们,那也是我希望的,但是,如果不能,我劝你把它留给你的敌人。我很遗憾给你留下这样一个具有双重意义的东西,但是我也真说不准事情会向哪个方向发展。请你按照福德姆律师在遗嘱上指给你的地方签上你的名字吧。'我在律师所指之处签了名,律师就将遗嘱带走了。可以想象,这件事在我脑海里留下了深刻的印象。我仔细地思索,反复地揣测,仍然不明白这其中有什么秘密。可是这件事始终给我留下了模模糊糊的恐怖感。虽然日复一日,不安之感逐渐淡化,而且并没有出现什么干扰我们日常生活的事,但我还是看出我的伯父从此行为怪异。他比往日更加沉醉于酒中,也更加不愿意到社交场所去,他把几乎所有的时间都花费在自己的房间里,而且在房内把门锁上。但是他有时像发酒疯一般,从屋子里一下冲出来,手握左轮手枪,在花园中狂奔乱跑,大喊大叫,说着一些他谁也不怕,不管是人是鬼都不能把他像羊似的圈禁起来的话。一阵突然的发作过后,他又慌乱地跑回房间,锁门上闩,好像内心充满了恐惧。

冒险史

在这种时候,他的脸即使在深冬季节,也是冷汗涔涔、湿漉漉的,好像刚洗完脸还没擦一样。

"噢,福尔摩斯先生,现在说说此事的结局吧,不能再让您等了。一天夜里,他又发了一回那样的酒疯,突然跑出去,可是这一回,却没有再回来。我们找到他时,发现他面朝下趴在花园一端的一个泛绿的污水坑里。没有任何遭到暴力袭击的痕迹,坑水也不过两英尺深,因此,陪审团鉴于他平日的奇怪行为,断定为自杀事件。但是我一直知道他是个很怕死的人,难以想象他会采取自杀这样的行为。尽管如此,事情已经过去了,我父亲继承了他的地产和银行的大约一万四千镑存款。"

"等一下,"福尔摩斯插言道,"我想您说的这个案子会是我听到过的最奇怪的案子。请告诉我您的伯父接到那封信的日期和他自杀的日期。""收到来信的日期是一八八三年三月十日,他的死是在七个星期后的五月二日。"

"谢谢您,请接着往下说。""父亲接收了那处霍尔舍姆房产,根据我的提议,仔细检查了那个许多年一直上锁的阁楼,发现那个黄匣子仍在那里,显然匣内的东西已经被烧掉了。匣盖里面的纸标签上写着 K. K. K. 三个大写字母,下边还写着'信件、备忘录、收据和一份记录'等字样。我们认为,这说明了我伯父所销毁的文件的性质。顶楼上没有什么重要的东西,只有一些散乱的文件和记载伯父在美洲的生活状况的笔记本。那些散乱的文件,有些是关于战争时期的情况和他恪尽职守荣获英勇战士称号的记述,还有些是关于战后南方各州重建时期的大多与政治有关的记录,从中可以看出我伯父当时非常反对那些由北方派来的政客,因为他们只是带着一只随身手提包,在南方到处搜刮。唉,我父亲搬到霍尔舍姆去住时,正值一八八四年初,直到一八八五年元月,一切都很顺利。元旦过后的第四天,我们正吃早饭时,我的父亲拆开了一封信。忽然他惊叫一声,只见他一只手掌上托着五个干瘪的橘核。对于伯父的遭遇,他总是抱着嘲笑的心态,现在在他自己遇上了同样的事,却吓得不轻,神情恍惚。

"'啊,这到底是怎么一回事,约翰?'他结结巴巴地问道。

"我的心一下子沉重起来。'这是K. K. K.。'我说。

"他看看信封的内层。'没错,'他叫了起来,'真是这几个字母。这上面写的是什么?'

"'把文件放在日晷仪上。'我从他背后望着信封念道。

"'什么文件?什么日晷仪?'他又问道。

"'只有花园里有日晷仪,'我说,'文件一定是被毁掉的那些。'

"'呸!'他大着胆子说,'现在这里是文明世界,怎么会有这种蠢事!这东西是哪里来的?'

"'从敦提来的。'我看了一下邮戳回答说。

"'荒唐的恶作剧,'他说,'我和日晷仪啦、文件啦,完全没有关系。我可不会去理会它。'

"'如果是我,肯定会报警。'

"'这么做一定会让他们嘲笑,我会很痛苦,不干。'

"'既然这样,我去报告吧?'

"'不,你也不许去。我不愿为这种荒唐事浪费心思。'与他争辩是没有用的,因为他非常顽固。我只好走开,心里很慌乱,好像大祸就要临头了。那之后的第三天,我父亲出门去看望他的一位老朋友弗里博迪少校,他现在是朴次当山一处堡垒的指挥官。对父亲的这次出行我感到很高兴,我以为,他离开了家也就远离了危险,但是我错了。他出门的第二天,我接到少校拍来的一封电报,要我马上到他那儿去。他们在一个很深的白垩矿坑里找到了我的父亲,这种矿坑在这附近地区是很多的。他摔碎了头骨,毫无知觉。我匆忙地跑去看他,可是他再也没有醒来,从此离开了我们。显然,他是黄昏前从费尔哈姆返家的,由于道路不熟,白垩坑又无栏杆遮挡,验尸官便毫不犹豫地做出了'意外致死'的判断。我仔细地检查了每一处可能与他死因有关的地方,但是没有任何谋杀的迹象。现场没有暴力行为的痕迹,没有脚印,没有发生抢劫,也没有陌生人出现的记录。可是您一定明白,我内心是多么的不平静,

冒险史

我甚至可以确定,有人在他四周谋划了某种阴谋。

"在这充满危险的情况下,我继承了遗产。如果您问我为什么不卖掉它?我认为灾难可能是我伯父生前的某种事故所造成的,不管在哪儿,祸事都会威胁着我们。我父亲是在一八八五年一月惨遭不幸的,至今已有两年零八个月了。在这期间,我在霍尔舍姆的生活还是幸福的。我已开始认为:灾祸已离我远去,它随着我的上一代的死亡而消失了。但是昨天早上,危险的征兆又出现了,就和我父亲当年经历的完全相同。"年轻人从背心的口袋里取出一个皱皱巴巴的信封,走向桌旁,倒在桌上五个又小又干的橘核。"这就是那个信封,"他继续说道,"邮戳盖的是伦敦东区。信封里是同样几个字:'K. K. K.'。上面写着'把文件放在日晷仪上'。"

"接到这封信后你做了什么?"福尔摩斯问道。

"什么也没做。"

"什么也没做?"

"说实话,"他低下头去,用细长苍白的双手捂着脸,"我实在不知道该怎么办。我好像是一只被毒蛇盯上的可怜的小白兔。看来我被一只残忍而无法挣脱的魔爪抓住了,而这魔爪是我无论如何都不能逃过的。"

"啧!啧!"福尔摩斯嚷道,"您一定要有所行动啊,先生。否则,您可就完了!现在只有努力振作精神才能挽救您了,唉声叹气一点用也没有。"

"我去找过警察了。""啊!""但是对我的话,他们仅仅一笑了之,我想那巡官一定认为那些信是恶作剧,我的亲人是死于意外,和那些前兆完全没有联系。"福尔摩斯气愤地挥舞着他紧握的双拳,喊道:"简直是太愚蠢了,无法想象。""可是他们同意派一名警察,在那房子里保护我。"

"今晚你们一起出来的吗?""没有,他奉命只待在房子里。"福尔摩斯又气愤地举起拳头来。

"那么,您来找我干什么?而且,您为什么不在一开始就来找我?"

"我不知道啊。直到今天，我向普伦德加斯特少校谈了我的处境，他才向我推荐您的。""从接到信到现在已经过了两天。在这之前，我们就应该行动。我想除了您刚才讲的事情以外，您没有其他重要的细节能告诉我了吧。"

"有一件，"约翰·奥彭肖说。他在上衣口袋里找了一会儿，掏出了一张褪色的蓝纸，摊开放在桌上。"我依稀记得，"他说，"那一天，我的伯父在烧文件的时候，我看见被烧的文件的纸边是这种特殊的颜色。这是我后来在伯父屋里的地板上发现的。我想它是从一沓纸里掉下来的，所以才免于被烧掉。纸上尽管提到了橘核，但恐怕它对我们帮助不大。上面的字迹是我伯父的，我可以肯定。我想它大概是私人日记上的一页。"

福尔摩斯挪动了一下灯，我们一起俯身细看那张纸。纸边参差不齐，确实是从一个本子上撕下来的。上端写有"一八六九年三月"字样，下面是一些奇怪的记载，内容如下：

四日：哈德森来。持不变的旧政见。七日：把橘核交给圣奥古斯丁的麦考利、帕拉米诺和约翰·斯温。九日：麦考利已清除。十日：约翰·斯温已清除。十二日：拜访帕拉米诺。一切顺利。

"谢谢您！"福尔摩斯说，把那张纸折叠好，并且还给约翰·奥彭肖。"现在您不能再停留了。时间紧迫，您必须马上回家，采取行动。""回去做什么呢？"

"做一件事，而且您必须马上去办。您必须把这张您带来的纸放进您说过的那个黄铜匣子里去，并且在里面放一张便条，说明所有其他文件都已被您的伯父烧掉了，就剩下这唯一的一张，您的措词必须使他们完全相信。然后，您必须马上就把黄铜匣子按信封上所说的放在日晷仪上。您弄懂了吗？""懂了。"

冒险史

"报仇之类的事现在不要想。我认为我们可以通过法律来惩罚罪恶。面对着他们布下的天罗地网，我们必须马上采取行动。现在最重要的是消除威胁您的危险，然后才是找出谜底，揭发罪恶集团。""谢谢您，"那年轻人说着起身穿上雨衣，"您使我充满了新的希望，我一定照您的吩咐去做。"

"您得尽快行动。同时，您首先必须保护好自己，因为我认为，您正处于一种非常严峻而现实的危险之中。您怎样回去呢？""从滑铁卢车站乘火车回去。""现在还不到九点钟，街上会有很多人，我想您也许会没事。但是，还是小心为好。"

"我带有武器。"

"太好了。明天我就开始处理这案子。""那么，我在霍尔舍姆等您？""不，您这案件的谜底在伦敦。我将在伦敦寻找线索。"

"那么我过一天，或者两天，再来拜访您，告诉您关于那铜匣子和文件的消息。我将按您说的逐一去办理。"他起身告辞。门外狂风依旧在怒吼，大雨倾盆，猛烈而急促地敲打着窗户。这个玄妙、凶险的故事好像是被狂风骤雨带到我们这里的——它仿佛是台风中掉落在我们身上的一片落叶——现在又被暴风雨卷走了。福尔摩斯默默地坐了一会儿，头向前探着，目光放在壁炉的红彤彤的火焰上。然后他点燃了烟斗，背靠坐椅，蓝色烟圈徐徐地升向天花板。"华生，我认为这是我们经历过的最古怪、最离奇的案件了。"最后他做了一个结论。

"除了'四签名'案外，可能是如此。""嗯，没错，也许如此。但是我认为，这个约翰·奥彭肖似乎是正在面临着比舒尔托更大的危险。""但是，你对这个危险具体是什么有明确的看法吗？"我问道。

"它们的性质已很明确了。"他回答说。"那么，到底怎么回事？谁是这个K.K.K.？为什么他对这个家庭一直纠缠不休呢？"

歇洛克·福尔摩斯闭上眼睛，两肘挂在椅子的扶手上，指尖合拢在一起，说道："对于一个真正的推理家而言，如果有人指给他一个事实的其中一个方面，他不仅能推断出导致这个事实的各个方面，而且能够推断出由此将会产生的一切后果。正如居维叶经过仔细思考就能根据一块骨头准确地描绘出一头完整的动物一样，一个观察家，既已透彻了解一系列事件中的一个环节，就应能准确地说出前前后后的所有其他的环节。我们还没到只要掌握理性就能获得结论的地步。问题只有通过研究才能获得解决，想仅仅依靠直觉解决问题，最后一定会失败的。不过，要使这种才能发挥到极致，推理家就必须善于利用他已经掌握的所有事实，这一点你一定了解，这也就意味着推理家要掌握渊博的知识。而要做到这一点，即使在有了免费教育和百科全书的今天，也算得上是一种杰出的成就。一个人要掌握对他的工作可能有用的全部知识，不是不可能的，我自己就一直在做这方面的努力。我还记得你曾经非常准确地指出了我的局限性，那是我们刚结识的时候。"

"对。"我笑着回答说，"我给你列出了一个成绩单。我记得，哲学、天文学、政治学，打了零分；植物学，不确定；地质学，就伦敦五十英里以内任何地区的泥迹而言，算是造诣很深；化学，有独到见解；解剖学，没有形成系统；关于惊险文学和罪行记录是无与伦比的；是小提琴音乐家、拳击手、剑术运动员、律师；是服用可卡因和吸烟的自我毒害者。我想，那是我概括出的主要方面。"福尔摩斯听完，哈哈地笑了。"嘿，"他说，"就像我过去说的一样，我现在还是要说，一个人应当随时向脑子里充实他所需要的一切东西，其余的大可放到藏书室去，需要时，拿来看即可。现在，今晚咱们接受的这桩案件看来得需要查找我们所有的资料了。请把你身边书架上的美国百科全书里 K 字部的那一册递给我。谢谢你！让我们仔细研究一下，看看可能得出什么样的推论。首先，我们可以从一个有充分根据的假设开始——奥彭肖上校是迫于某种压力而离开美国的。到了他那种年纪的人是不可能改变他全部的习惯的，他也不会毫无原因地放弃佛罗里达的宜人气候而回到英国来过乡镇的孤独生活。他对英国的孤独生活那么喜欢，表现出罕见的执著，这说明他内心深处非常害怕某人或某事，因此我们不妨做出一个可能的假设，认为是某种对什么人或事的惧怕使他不得不离开美国的。至于他

冒险史

怕的到底是什么，我们只能凭他和他的几个继承人所接到的那几次可怕的信件来推断。你是否注意到了那几封信的邮戳？"

"第一封是从本地治里寄出的，第二封是敦提，第三封是伦敦。""具体地说是伦敦东区，根据这点你有什么推断？""这些地方都是海港。写信的人一定在船上。"

"妙极了，我们有了一条线索了。可以肯定，很可能——极其可能——写信的人当时是在一条船上。现在我们再考虑第二点，就本地治里来说，从收到恐吓信起到出事时止，前后经过七个星期。而敦提，仅仅经过大约三四天。这又是为什么呢？""前者距离比较远。""可是信件也要经过较远的路程呀！""那我就不清楚了。"

"至少可以这样认为：那个人或那一伙人乘坐的是一条帆船，而且似乎他们令人费解的警告或信号通常发出在他们行动以前。你看，信号从敦提来后，事情马上就发生了，非常迅速。如果他们是从本地治里乘轮船来的，那他们会同那信同时到达。但是，实际上，事情发生在七个星期之后，我想那七个星期说明信件是由邮轮运来的，而写信的人是乘帆船来的，这之间有一个时间差。"

"非常可能。""不仅可能，而且事实大概就是如此。现在可以看出这桩新案子的紧迫性和为什么我一再告诉小奥彭肖要提高警惕的原因了。灾祸总是发生在发信人旅程终了之后的。可是这一回是从伦敦来的，所以我们必须马上有所行动。""天哪！"我叫起来了，"这种残酷的迫害到底意味着什么？""奥彭肖所带的那个文件显然对于某一个人或某几个人有事关生死的重要性。我认为事实很明显，他们一定不止一个人。一个人是不可能在连续谋杀两人后，竟然没有留下任何痕迹，连验尸陪审团都瞒过去了。这里面必然有同伙，他们还一定很有智谋。他们非要把文件弄到手不可，不管是在谁手里。因此，你可以看出，K. K. K. 根本不可能是一个人的名字缩写，而是一个团体的名称。""这又是什么样的团体呢？""你没有——"福尔摩斯说着，俯身向前压低声音，"你从来没有听说过三K党吗？""没有，从没听过。"

福尔摩斯探案全集

福尔摩斯开始一页一页地翻阅摊在他膝盖上的书。"瞧这儿。"随后他念道：

  克尤·克拉克斯·克兰，为一名称。它来源于想象中那种类似扳起枪的击铁的声音。南方各州的前联邦士兵在南北战争以后组成了该秘密团体，并很快在全国各地成立了分会。其中在田纳西、路易斯安那、卡罗来纳、佐治亚和佛罗里达各州更是颇具规模。有人用它的势力来实现政治目的，主要是对黑人选民使用恐怖手段，谋杀或驱逐反对人士离开这个国家。通常，当他们要实行暴力时，先寄给对方某种形状奇怪但可以分辨的东西，例如，一小根带叶的橡树枝、几粒西瓜子、几个橘核等作为警告。受到威胁的人在收到警告以后，一是公开声明放弃旧的观点，二是逃往国外。如果不予理睬，则必遭杀害，而且杀害总是以一种奇怪的和不可思议的方式进行。因该团体的组织极其严密，所使用的方法十分有组织，以至于在可查的案件中，没有谁能幸免于难，也从来没有人能查到作案人。尽管美国政府和南方上层社会努力阻止，这个团体在几年时间里还是发展迅速。最后，到了一八六九年，这个三K党运动竟突然瓦解，虽然此后还不时发生这类暴行。

福尔摩斯把书放下，说道："你一定看出来了，那个团体的突然瓦解和奥彭肖带着文件逃出美国发生在同一时间。很可能是奥彭肖的逃离导致了那个团体的垮台。难怪奥彭肖和他的一家人，总是被一些死对头追踪。显而易见，这个记录和日记牵涉到美国南方的某些头面人物。而且，有很多人在找不到这些东西的情况下是连觉都睡不稳的。""不错，我们见过一页……"

"正如我们所料。如果我没记错的话，那上面写着'送橘核给A、B和C'，实际上是把团体的警告送给他们。然后，又接着写道：A和B

冒险史

已清除，或者已出国。最后还说访问过 C。我想这将给 C 带来可怕的后果。喂，医生，我想，我们可以使这个案子出现一线生机，我相信，如果小奥彭肖按照我告诉他的去做会获得唯一的机会。今天夜里，该说的都说了，该做的也都做了。请你把小提琴递给我！让我们轻松半小时吧！把这糟糕的天气和我们同胞的不幸都放之脑后！"清晨，风收云散，太阳透过笼罩在伦敦上空的朦胧云雾散发着柔和的光芒。我下楼时，福尔摩斯正在吃早餐。"请原谅，我没有等你，"他说，"我估计，这一整天我都要忙于小奥彭肖的案子。""你准备采取什么行动？"我问道。"这得看我初步调查的结果。总之，我也许必须去霍尔舍姆一趟。"

"你不先去那里吗？""不，我准备先从城里开始，你拉铃叫女佣人给你端杯咖啡来吧。"

我在拉了铃等待咖啡的时候，拿起了桌上刚送来的新报纸大致看了一下。一个标题吸引了我的目光，我心里不自觉地打了一个冷战。"福尔摩斯，"我叫了起来，"迟了！""啊！"他放下了杯子答道，"这正是我担心的，怎么会这样？"虽然他说的时候很平静，但我已看出他内心的激动和不安。是奥彭肖的名字和"滑铁卢桥畔的悲剧"这一标题吸引了我的注意力。这个报道的内容如下：

> 昨晚九时至十时之间，八班警士库克于滑铁卢桥附近值勤，忽然听见有人喊救命以及落水的声音。黑夜漆黑一片，又值狂风暴雨肆虐，故虽多方援助，亦无法营救。警报发出后，经水上警察共同努力，终于捞获尸体一具。验明该尸乃一名青年绅士。从其衣袋一信封得知此人姓名为约翰·奥彭肖，生前居住于霍尔舍姆附近。据推测，该男子可能急于赶从滑铁卢车站开出之末班火车，匆忙间迷失方向，在轮渡小码头上一脚踩空而失足落水，因尸体未见有任何暴力之痕迹。此事足以唤起市政当局注意河滨码头之情况云云。

我们默默地坐了几分钟，福尔摩斯神情沮丧，表现出一副我从未见过的震惊神态。"我的自尊心被伤害了，华生，"他终于打破了沉寂，"虽然这种感情比较偏狭，但我的确受到了侮辱。现在这成为我个人的事了。如果上帝给我时间，我一定亲手抓住他们。他跑来向我求救，而我竟然让他回去送死……"他从椅子上跳起来，在房中走来走去，情绪激动得难以抑制。他的面颊变得通红，两只手时而手指交叉攥在一起，时而又松开挥舞着。

最后，他大声喊道："这帮魔鬼真是太奸诈了，他们怎么能够把他骗到那儿去的呢？那堤岸并不是去车站的路呀！他们要对他下手，但即使是这样一个黑夜，在那座桥上肯定也是有很多人的。唉，华生，咱们瞧着吧，谁才是最后的胜利者！我现在就要出去了！"

"去找警察吗？""不，我现在就是警察。等我结好了网，就可以捕捉苍蝇了，可是一定是在结好网之后。"这一整天我都在忙我自己的工作，很晚我才返回贝克街。福尔摩斯还没有回来。一直到快要十点钟了，他才面色苍白、神情疲惫地走了进来。他跑到碗柜旁边，撕下一大块面包，大口大口地嚼着，又喝了一大杯水。"看来你很饿。"我说。"饿极啦！没来得及吃，早餐后就滴水未进。""一直都没吃？""是啊，没工夫想到它。""情况怎么样？""不错。""有线索了吗？""我已经为他们织好了网。小奥彭肖的仇一定能报。嘿，华生，咱们用他们的方法教训一下他们。这是仔细研究的结果！""你这是什么意思？"他从碗柜里拿出一只橘子来，一瓣一瓣地掰开，把橘核挤出来，放在桌上，从中挑了五个，装到一个信封里面。在那信封口的反面，他写上"歇洛克·福尔摩斯代约翰·奥彭肖"。然后封上，在上面写上"美国，佐治亚洲，萨凡纳，'孤星号'三桅帆船，詹姆斯·卡尔霍恩船长收"等字样。

"等他进港时就会收到这封信，"他得意地笑着说，"这封信会让他内心充满恐惧，夜不能寐。他还会发觉这封信正预示着他的死亡，正如奥彭肖从前所体验到的一样。""这个卡尔霍恩船长是谁？""那帮家伙的首领。当然还有另外几个人，我会一个一个来，不过第一个就是他。"

冒险史

"那么,你是如何追查出来的呢?""我费了一整天的时间,"他说,"我查阅了劳埃德部登记簿和旧文件的卷宗,追查了一八八三年一、二月在本地治里港停靠过的每艘船在离港以后的目的地。从登记上看,在这两个月里,到达那里吨位较大的船共有三十六艘。其中一艘叫做'孤星号',我立刻就注意到它,因为这艘船虽然登记的是在伦敦结关的,但是却用了美国的一个州的名称来命名。""我想,是得克萨斯州。"

"是哪一州,我到现在也没弄明白。不过我知道它原先一定是艘美国船。""我查阅了敦提的记录。我看到一八八五年一月三桅帆船'孤星号'抵达了那里,这时我心里的猜想就变为准确无误了。我接着就对目前停泊在伦敦港内的船只进行了查询。""结果呢?""'孤星号'上星期到达这里。我跑到埃伯特船坞,查明这只船今天早晨已顺流而下,返回萨瓦纳港去了。我发电报给格雷夫森德,他回电说这艘船已经经过那里了。因风向是朝东的,我确信,这船此刻已开过古德温斯,正在怀特岛附近。"

"那么,你想干什么呢?""我要抓住他!他和那两个副手,就我的了解,是那船上仅有的美国人,其余的是芬兰人和德国人。我还知道他们三人昨晚曾离船上岸。这是给他们装过货的码头工人告诉我的。等到他们的这艘帆船到达萨瓦纳时,这封信已随着邮船到了那儿,而我也会拍电报通知萨瓦纳的警察,告知这三位先生是这里正在通缉的人犯,他们被控犯有谋杀罪。"但是,人力谋划的罗网再精巧,也会有漏洞。谋杀约翰·奥彭肖的凶手竟然再也收不到那几个橘核了,而那几个橘核会让他们了解到世界上还有一个人和他们一样的狡诈,一样的诡计多端,并且正在全力追捕他们。那年秋分时的暴风刮得长久而猛烈。我们等萨瓦纳"孤星号"的消息等了很长时间,却一直没有任何音讯。终于我们听说:在无垠的大西洋某处,有人看到在一次海浪的退潮中漂泊着一块破碎的船尾柱,上面刻着"L.S."两个字母,这就是我们所知道的关于"孤星号"的最后命运。

福尔摩斯探案全集

歪唇男人

圣乔治大学神学院已故院长伊莱亚斯·惠特尼的兄弟艾萨·惠特尼，沉醉于鸦片烟，有很大的瘾。就我所知，他之所以染上这一恶习，是因为他在大学期间产生了一种蠢笨的怪念头。当时他读了德·昆西对于梦幻和激情的描绘，为了获得那种效果，他将烟草在鸦片酊里浸泡，然后拿出来吸。他到后来才发现这样做是很容易上瘾的，而且不容易戒除。多年来他一直深陷其中无法自拔，以至于他的亲属和朋友既厌恶他，又怜惜他。他的那副神态我至今还记得很清楚：面容憔悴，眼睑下垂，双眼无神，身体蜷缩在一把椅子里，一副落魄王孙的倒霉相。

一八八九年六月的一个夜晚，有人在门外按铃，那正是大家都有了睡意、准备上床休息的时候。我当即从椅子里坐起身来，我的妻子把她的针线活放下，脸上露出一副不高兴的样子。"有病人，"她说，"你又得出诊了。"

我叹了口气，我已经忙了一整天，精神很疲倦，而且刚刚进门。远远地传来了开门声和急促的说话声，然后是一阵快步走过地毯的声响。接着我们的房门开了，一位身穿深色呢绒衣服、头蒙黑纱的妇女走进屋来。"真是对不起，这么晚还来打搅您！"她开始说，然后情不自禁地快步向前，抱住我的妻子啜泣了起来。"噢！我简直太倒霉了！"她哭着说，"我迫切希望得到一些帮助。"

"啊！"我的妻子说，同时掀开她的面纱，"原来是凯特·惠特尼啊。我真是被你吓着了，凯特！我根本想不到你会来。""我不知道该怎么办，只好直接来找你。"事情一直是这样，一些人有不顺心的事时，总是来找我妻子，好像鸟飞向光明一样。

"我们很高兴你能来！不过，你得喝一点兑水的酒，恢复一下精神，

冒险史

再跟我们讲到底发生了什么事,要不然我先打发詹姆斯去休息,你看好吗?""哦!不,不!我也期望大夫的帮助呢。艾萨已经两天没回家了。我很为他担心!"

我作为一个医生,我妻子作为一个老朋友和老同学,听她对我们倾诉她丈夫带给她的烦恼,已经有很多次了。我们尽量找些话来安慰她,问她是否知道她的丈夫在哪里,我们是否有可能替她把他找回来。

看来是有答案的。她得到准确的消息说,近来他的烟瘾一发作,就到老城区最东边的一个鸦片馆去过瘾。在这之前,他在外游荡从来不超出一天,每到晚上他就拖着抽搐的身体,像要支持不住一样地回到家里。可是这次居然鬼迷心窍,两天没有回家了。现在准是躺在那儿,和那些在码头上游荡的流氓一起吞云吐雾;或者是在那酣睡,好从鸦片所起的作用中缓过劲来。到那儿一定找得到他,这一点确定无疑。地点是天鹅闸巷的黄金酒店。可见到他她又能怎么办?她只是一个年轻柔弱的女人,怎么敢闯进那种地方,把与歹徒厮混的丈夫拉出来呢?情况就是这样,而且这也是唯一的办法。我想也许该由我陪同她去那地方。随后,转念一想,她并不用去。我是艾萨·惠特尼的医药顾问,从这方面看,我的话他还是肯听的。我倘若独自前往,事情可能会处理得更好。我答应她,如果他真是在她说的那个地方的话,在两小时内我就会雇辆出租马车把他送回家去。于是,十分钟后,我已经离开了我的扶手椅和舒服的起居室,坐在一辆双轮小马车上了。这趟差事,当时我就感觉有点奇怪,但是直到后来才看出它是何等的怪异。

但是,我当时的这次行动倒是还顺利。天鹅闸巷是一条肮脏的小巷,它位于伦敦桥东沿河北岸的高大的码头建筑物后边,在一家出售廉价成衣的商店和一家杜松子酒店之间。沿着一条很陡的阶梯向下,有一个像洞穴一样的黑黑的缺口,便是那家烟馆。我叫马车停下来等着,便顺着那阶梯走下去。这阶梯的石级中部已被络绎不绝的醉汉们的双脚磨得凹陷不平。门上一盏油灯闪烁不定。借着灯光,我摸到门闩,打开后来到一个又深又矮的房间,屋里充满了浓重的棕褐色的鸦片烟的烟雾,

靠墙摆着一排排的木榻，仿佛移民船前甲板下的水手舱一样。

借着微弱的灯光，我看见有许多人歪歪斜斜地躺在木榻上，有的埋头耸肩，有的屈膝而卧，有的头颅后仰，有的下颏朝天，这些人在各个角落里用无神的眼光看着新来的人。在幢幢黑影里，不时闪现着红色小光环，闪烁不定，忽明忽暗。这是燃着的鸦片在金属的烟斗锅里被人吮吸时的情景。大多数人安静地躺着，也有些人自言自语，还有人用一种奇怪的、低沉而单调的声音相互交谈，窃窃私语——这种谈话中有人滔滔不绝，漫无边际，尽情地说着自己的心事，对别人的话一概置之不理。在远处一头，有个小炭火盆，炭火熊熊。盆旁一只三足木板凳上坐着一个又瘦又高的老头，双手托腮，两肘支在膝盖上，正凝视着炭火出神。

我一进屋，就有一个面色灰白的马来伙计兴奋地迎上来，递给我一杆烟枪和一份烟剂，招呼我到一张空榻上去。"谢谢你，我只呆一会儿，"我说，"我有一位朋友艾萨·惠特尼先生在这里。我想见见他。"

在我右边有人翻身并发出喊声。透过灰暗的灯光我看见了惠特尼，他面色发白，一脸憔悴，满身脏乱，正睁大眼睛瞧着我。

"上帝啊！原来是你！"他说话的样子，让人既可怜他又鄙视他，他的每根神经都像一张拉满的弓一样紧张。"嘿，华生，几点钟了？""快十一点钟了。""十一点钟，哪天的十一点钟？""星期五，六月十九日。""我的上帝！我还以为是星期三呢。今天是星期三，你一定是骗人的！"他低下头，把脸深深地埋住，开始放声痛哭。

"我告诉你，今天是星期五，没错。你老婆已经在家等你两天了，你真应该感到羞愧。""是，我该感到羞愧，但我并不想让她等两天，华生，我以为在这里只不过呆了几个小时，抽了三锅，四锅……我不记得抽了多少锅了。现在我就跟你回去，我不能让凯特担心，可怜的凯特。能搀我一把吗？你一定雇了马车。"

"是的，我雇了一辆，正等在外面呢。""那么，我就坐车走吧。不过，我一定欠了账。看看我欠了多少，华生。我没有精神，我根本不能照顾自己。"

福尔摩斯探案全集

我走过两排躺着人的木榻间的狭窄过道，屏住呼吸，免得闻到鸦片那令人晕眩和讨厌的臭气，开始寻找掌柜的。我走过炭火盆旁的那个高个子时，突然感到我的上衣下摆被一只手拉了一下，有人低声说："走过去，再回头看我！"这两句话我听得清清楚楚。我低头一看，这话只能是出自我身边的老头之口。可是，他和刚才一样，全神地凝视着炭火。他瘦骨嶙峋，满脸都是皱纹，衰老不堪，一支烟枪耷拉在他的双膝中间，好像是因为他太疲惫了，以至于拿不住而掉下去的。我向前走了两步，再回头看时，突然大吃一惊，由于我极力克制才没有失声喊叫出来。他也转过身来，只有我看见了他。他的身体已经伸展开了，脸上的皱纹也已经消失，空洞无神的双眼闪着敏捷的光。这时，坐在炭火盆边望着瞠目结舌的我咧嘴发笑的，不是别人，竟是歇洛克·福尔摩斯。他偷偷示意我到他身边去，然后又转过身去，当他以侧面朝向众人时，又是一副胡言乱语、老态龙钟的样子。"福尔摩斯！"我低声说，"你为什么到这个烟馆里来？""压低声音，"他回答说，"我耳朵很灵。如果你肯帮个大忙，送走你的那位朋友后，我很高兴可以和你聊几句。"

"我有一辆小马车在外边。""那么，请让他坐车回去吧！你不用担心他，他已经没有惹麻烦的精神了。我建议你再写个便条，托马车夫捎给你的妻子，告诉她咱们又成为搭档了。你在外边等一会，我五分钟后就出来。"

歇洛克·福尔摩斯的请求别人是很难拒绝的。他请求的事总是很明确，而且他会用一种温和的态度提出来。总之，我觉得，惠特尼只要一登上马车，我就已经完成任务了。至于剩下的事，能够和我的老友一起去进行一次非同寻常的探险那是再好不过了，而探险对他来说，却早已是习以为常的了。我几分钟之内就写好便条，代惠特尼付清了账，领他出去上了车，并目送马车在黑夜中辚辚而去。一会儿，从鸦片烟馆里走出一个面容苍老的人，我跟着他一起走到街上。他总是驼着背，摇摇晃晃地蹒跚而行。大约走了两条街的路程，他向四周迅速地打量了一下，挺直了身体，爆发出一阵畅快的笑声。

冒险史

"华生,我猜想,"他说,"你肯定想象我在注射可卡因和其他一些你从医学观点来看也并不反对的小毛病之外,又多了一个坏癖吧。"

"看到你出现在那里,我确实很惊讶。""看到你在那儿,我才吓了一跳呢。""我来找一位朋友。""我却是来找一个敌人。""敌人?""是的,是我的一个必然的敌人,或者可以说是我的一个当然的猎物。简而言之,华生,我正在进行一场很不寻常的侦查。我准备从这些烟鬼的胡言乱语中找到有价值的东西,就像我曾经干过的一样。如果在那烟馆里有人认出我来,那么,转眼之间,我的性命就没了。以前我曾因其他的目的到那里去侦查过。那个开烟馆的流氓印度阿三就曾发誓要报复我。在保罗码头附近拐角处那房子的后面有一个活板门,很多奇特的东西都在月黑风高之夜经过那里。"

"什么!难道你说的是尸体?""唉,是尸体,华生。如果我们能够从每一个在那个烟馆里被弄死的可怜鬼身上得到一千镑,我们就发大财了。这是沿河一带最险恶的谋财害命的场所。我担心内维尔·圣克莱尔进得去,出不来。可是我们的圈套应当就设在这儿。"他把食指放在上下唇之间,一声尖锐的哨声从他唇间扬起,远处有同样的哨声在回响,不久一阵辘辘的车轮声和得得的马蹄声传来。

"现在,华生,"福尔摩斯说——这时一辆高轩的双轮单马车从暗中驶出,两旁吊灯发出黄色的灯光——"你能一起去吗?""如果我能提供某种帮助的话。""噢,信得过的朋友总是有帮助的,尤其是像你这样记事的人。我在杉园的房间里有两张床铺。""杉园?""是的,那是圣克莱尔先生的房子。整个侦查过程中我都住在那里。""那么,这地方在哪儿?""在肯特郡,离李镇很近,我们大概得赶二十多里路。""对你要做的事我完全不了解。"

"现在是这样,但不久你就会清楚。跳上来吧!好了,约翰,你可以走了,这是半个克朗。明天等着我,大约十一点钟。你走吧,再见。"

他轻轻抽了那马一鞭子,马车就动了起来,经过了一条条黑漆漆的寂静无人的街道,然后,路面变得宽阔起来。我们又飞驰过一座两侧有

栏杆的大桥,看不见河水,只听见悠悠的流水声。向前望,净是砖堆和泥灰的单一的荒地,四周一片寂静。打破寂静的,只有巡警的沉重而有规律的脚步声,或者偶尔有某些流连不去的狂欢作乐者在归途中狂喊乱叫。一堆散乱的云缓缓地飘过天空,偶有一两颗星星在云缝里闪烁着微弱的光芒。福尔摩斯在沉寂中驱车前进。他的头垂在胸前,好像已经陷入沉思中。我坐在他身边,心里想着什么案子能让他花费如此大的精神,但又不敢问,怕打断他的思路。我们驱车走出好几里,快接近郊外别墅区时他才晃晃身子,耸耸肩膀,点燃了烟斗,显出一副得意的神气。

"你很有自持的定力,华生,"他说,"正是它使你成为我非常难得的伙伴。其实有时候和别人互相交谈,对我是件很重要的事情,因为我的观点可能不会全部被人接受。今晚那位可爱的年轻妇人到门口来迎接我时,我该对她说些什么呢?""你忘了我完全不了解你现在做的事。"

"我正好趁到达李镇之前的这段时间跟你讲讲案情。看似简单,却让我想不出头绪。可以肯定的是,这里有很多线索可供使用,但我抓不住关键。现在,我来简要地把案情讲给你听,华生,也许你能帮我在黑暗中找到一线光明。""那么,请开始吧。"

"几年前——更准确地说,是在一八八四年五月里——有位名叫内维尔·圣克莱尔的绅士,来到本镇。这个人看起来很富有。他购置了一座大别墅,把庭院整治得很漂亮,生活很豪华。他逐渐和许多人交上了朋友。一八八七年,他娶了当地一家酿酒商的女儿为妻,现在有两个孩子。他没有职业,但在几家公司里有投资。他按照惯例每天早晨进城,下午五点十四分从坎农街坐火车回来。圣克莱尔先生现年三十七岁,生活习惯良好,可以说是一个好丈夫和好父亲,没有仇人。目前他的全部债务,据我们调查,共计八十八镑十先令,而他在首都郡银行里就有存款二百二十镑。因此,他并没有财务上的困扰。

"上星期一,圣克莱尔先生进城比平时早得多。出门前他说要办两件重要的事情,还说要给小儿子带回一盒积木。事情很巧,就在那一

冒险史

天,他出门后不久,他的太太接到一封电报说她一直在等的贵重的小包裹已经寄到亚伯丁运输公司办事处。好了,如果你熟悉伦敦的街道,会知道公司的办事处是在弗雷斯诺街。那条街有一条通往天鹅闸巷的岔道,就在今晚那个烟馆旁边。圣克莱尔太太是在午饭后进城的,在商店买了些东西就到公司办事处去了,取出包裹,在回车站走过天鹅闸巷时,正好是下午四点三十五分。你听懂了吗?""听得很清楚。""如果你还记得的话,星期一那天气温很高,圣克莱尔太太走得很慢,并向四下里张望,希望能雇到一辆小马车,因为她很讨厌周围的街道。正当她一路走过天鹅闸巷时,突然听见一声喊叫或哭声,她抬头看到她的丈夫从三层楼的窗口探头望着她,好像在向她招手,她吓得浑身发抖,感觉一股凉气袭上心头。由于窗户是开着的,所以她能很清楚地看到他的脸,她说他的样子很激动,让人感觉很恐怖,他拼命向她招手,但忽然间就消失了,好像有种他摆脱不了的力量把他拽了回去。她以女人特有的敏锐的眼睛注意到他穿的虽然是他进城时穿的那件黑色上衣,可是他的脖子上没有硬领,胸前也不见领带。

"她肯定他出了什么事,便顺着台阶飞快地跑下去——就是今晚你发现我的那个烟馆。她闯进那栋房子的前屋,正想登上通往二楼的楼梯时,一个印度人把她推了回来。接着又来了一个丹麦助手,一齐把她推到街上。她心里充满了紧张和不安,急忙奔出小巷,幸运的是,在弗雷斯诺街头,她遇见了正在去值岗上班途中的一位巡官和几名巡捕。那巡官同两名巡捕跟她回到烟馆。尽管那烟馆老板再三阻拦,他们还是来到了刚才发现圣克莱尔先生的那间屋子。在那间屋子里没有任何他曾在那儿待过的痕迹,实际上,在整个那层楼上,只有一个又瘸又面目可憎的人。这家伙和那个印度人同声发誓说,那天下午没有任何人去过前屋。他们坚决否认,巡官也没有办法,并且认为可能是圣克莱尔太太看错了。

"这时,圣克莱尔太太突然发现了一样东西。她大叫一声,扑到桌旁,那是一个小松木盒。她把盒盖掀开,从里面倒出一大堆儿童积木。

福尔摩斯探案全集

这是她丈夫答应要带回去的玩具。这一发现,加上那瘸子表现出明显的不知所措的样子,巡官认为事态严重。他们搜查了所有的房间,发现很多事实都指向了一件可憎的罪行。前屋陈设简朴,作为起居之用。这间屋子通向一间小卧室,由小卧室的窗户望出去,可以看见一段码头的背部。码头和卧室窗户之间是一狭长地段,退潮时是干涸的,涨潮时则贮满了至少四英尺深的水。卧室的窗户很大,是由下边开的。在检查房间时,他们发现窗框上有点点血迹,并且卧室的地板上也有几滴血。在前屋的一个帷幕后面,他们发现了圣克莱尔先生的整套衣服,只缺那件上衣。他的靴子、袜子、帽子和手表——都在那里。这些衣服上没有任何暴力的痕迹,而且也找不到圣克莱尔先生的影子。他显然是从窗户跑出去的,因为没有别的路可走。从窗框上那些不祥的血迹来看,他不可能游泳逃生,因为这时,潮水正涨得最高。

"现在来说说与本案有关的歹徒吧。那个印度阿三是个有名的恶人。不过,圣克莱尔太太说,她的丈夫出现在窗口以后仅仅几秒钟,他就已经出现在楼梯脚那里了。这人可能只是个帮凶。他分辩说他一无所知,他申明他对楼上租户休·布恩的一切行动都毫不知悉。他也不知道那位失踪的先生的衣服是怎么出现在那间屋子里的。

"这就是印度阿三的情况。那个阴险的瘸子住在三楼,他大概是最后一个亲眼看见圣克莱尔先生的人。他名叫休·布恩,伦敦旧城区的人都知道他的那副丑脸。他靠乞讨生活,为了躲开警察,他装成一个卖火柴的小贩。就在针线街往下走不远,靠左手一边,你大概记得那儿有一个小墙角,他每天就坐在那里,盘着腿,把很少的几盒火柴放在膝上。因为他的样子实在很可怜,所以总是有像雨点一样的钱落在他身边的脏帽子里。在我想到要了解他的乞讨情况之前,我就观察过他,但是在真正了解了他的乞讨情况之后,我不得不吃惊于他的丰厚收获。你知道他的形象是那么异常,任何一个从他面前经过的人都要看他一眼:一头蓬松的红头发;一张苍白的面孔上有一块可怕的伤疤,结果愈加难看,一经收缩就把上唇的外部边缘翻卷上去了;下巴长得很像叭儿狗;眼睛黑

冒险史

得发亮,透出锐利的光,这两只眼睛和他的头发的颜色形成鲜明的对比,这一切都使他和寻常的乞丐不同。而且,他有很高的智慧,过路人即使扔给他再破旧的东西,他也会表现出一副高兴的样子,并且不断向人道谢。他就是那个在烟馆里寄宿的人,并且也正是最后看见我们想寻找的那个绅士的人。"

"可是,一个瘸子!"我说,"他独自一个人不会把那个健壮的男子怎么样的!""他走起路来一瘸一拐,确实是个残疾人。但是,在其他方面,他无疑十分强壮、营养充足。当然你的医学经验会告诉你,华生,部分肢体功能的丧失,常常会使其他肢体更加健壮。" "请接着说。"

"窗框上的血迹使圣克莱尔太太一下子就晕了过去,一位巡捕用车把她送回了家。即使她在现场也没什么帮助。巴顿巡官负责本案,将房屋里里外外都察看过了,但没有发现任何与本案有关的线索。当时犯了一个错误,就是没有把休·布恩立刻逮捕起来,这样他就得到了几分钟的时间可以和那个印度阿三串供。不过,这个错误没有持续多长时间。他被逮捕并受到搜查,可是并未发现任何证据可以将他定罪。虽然,他的汗衫右手袖子上有些血斑,但他说那是由于自己的左手第四指被刀割破了淌的血,还说不久之前他曾走到窗户那边去,一定是那时把血滴到窗框上了。他坚决否认曾见过圣克莱尔先生,并且发誓说,对于在他的房间里发现的衣物,他和警方一样感到迷惑。而对圣克莱尔太太所说她看到她丈夫出现在窗前这一点,他说她一定是发疯了,要不然就是在做梦。后来尽管他十分无奈,还是被带到警察局去了。同时,巡官仍留在他房里,期待退潮后能有新的发现。

"竟然让他们找到了,虽然找到的不是他们害怕找到的东西。因为找到的不是内维尔·圣克莱尔本人,而是他的上衣。这件上衣就那样明显地被遗留在泥滩上。你猜他们在衣袋里发现了些什么?""我完全猜不出。"

"我想你也猜不到。每个口袋里都装满了一个便士和半个便士的硬

币,一共有四百二十一个便士和二百七十个半便士。这就难怪上衣没有被潮水冲走了。人的身躯是另一回事。退潮时的水势很猛,可能是衣服被留下了,而躯体被水卷走了。"

"可是,你刚才说,他们发现他的衣服都在屋子里,难道他身上就穿了一件上衣?""不,先生,但是这件事也许能说得通。假定布恩这个人把内维尔·圣克莱尔推出窗外——当然没有人目睹此暴行——那时他再接着干什么?他一定会想到要消灭那些暴露真相的衣服。这时他会抓起衣服来,抛出窗外去。而在这时,他会想到:那件上衣一定会漂浮在水面,沉不下去。他已经没有时间了,因为那位太太此时正同人在楼下争吵,而且或许有人已告诉他有一批巡捕正顺着大街朝这个方向迅速赶来。这时已不容他再迟疑,他一下子冲到密藏他乞讨得来的银钱的地方。看到那些硬币,他能抓多少就抓多少,尽量往衣袋里塞,以确保上衣能沉到水底。他把这件上衣抛出去以后,还想用同样的方法处理别的衣服,但是已听到楼下匆促的脚步声和说话声。这表明巡捕已经上楼来了,他只来得及关上窗户。""是有这种可能。"

"喏,咱们先把它当做一个可能的假设吧,目前也找不到其他的线索。我已经说过,休·布恩被捕了并被拘押,可就是没有东西能证明他以前犯过罪。这些年来大家都知道他是靠乞讨为生的。他表现出一副安静而无辜的样子。现在事情就是这样,应该解决的问题还没有解决。这些问题是:内维尔·圣克莱尔为什么会出现在烟馆里?那里发生了什么事?他现在在哪里?休·布恩和他的失踪有什么关系?我承认,在我的经验中,从来没有一个案子是这样的,初看简单,再研究却发现困难重重。"

当歇洛克·福尔摩斯讲述着这一连串离奇故事的时候,我们的马车已飞快地驶过这座大城市的郊区,把那些稀稀落落的房子抛在了后面,接着马车驶到了两旁有篱笆的乡间道路上。他讲完的时候,我们正行驶在两个疏疏落落的村庄之间,几点微亮的灯光从窗户里透出。

"现在已经到了李镇的郊区,"我的伙伴说,"在这么短的时间内我

冒险史

们已经走过了英格兰的三个郡县。从米德尔赛克斯出发,经过萨里的一角,最后到达了肯特郡。你看到那些树丛中的灯光了吗?那就是杉园。圣克莱尔太太肯定正坐在灯前,内心焦虑地在倾听着是否有马蹄声响起。""但是你为什么要在这儿办这件案子呢?""因为有许多事情要在这里进行调查。圣克莱尔太太盛情地安排了两间屋子供我使用。放心,她一定会热情地欢迎我的朋友兼伙伴的到来。华生,因为没有她丈夫的消息,我可真怕见她。噢,到了。"

我们的车停在一座坐落在庭院之中的大别墅门前。一个马僮跑了过来,拉住马头。我们下了车,走上了一条通往楼前的、弯弯曲曲的碎石小路。我们走近楼前时,看见楼门大开,一位白肤金发的小妇人立在那里,她穿着一身浅色细纱布的衣服,在衣服的颈口和腕口处镶着少许粉红色透明薄纱边。在灯光的照射下,她显得楚楚动人。她一手扶门,一手微微举起,正在热切地盼望着。她微微欠身向前,用热切的目光望着我们,双唇微开,好像有什么问题要提出。"啊?"她喊道,"情况如何?"她看见我们是两个人,充满了希望地喊着。但是看到我的伙伴摇了摇头,就痛苦地转过头去。

"没有好消息吗?"

"没有。"

"那么坏消息呢?"

"也没有。""感谢上帝!请进来吧!你们一定很累了,辛苦了一整天。"

"这是我的朋友,华生医生。在过去的案子中,他给了我很大帮助,这次我很幸运地请他来和我一起进行侦查。"

"我很高兴见到您,"她说着并热切地和我握手,"如果有什么招待不周的地方请您原谅,毕竟我们刚遭到这样的突然打击。""亲爱的太太,"我说,"我曾经参加过多次战役,是个老战士,即使不是这样,您也不必客气。如果能够帮上您或者我的朋友的忙,我会很高兴的。""福尔摩斯先生,"圣克莱尔太太一边说,一边引我们走进一间灯光明

亮的餐室，桌上摆好了冷餐，"我希望您不介意我问一两个直接的问题，请您给我一个坦率的回答。"

"当然可以，太太。""您放心，我不会歇斯底里，也不会受不住而晕倒。我只是想听听您的切实的意见。"

"关于哪一点？""您说实话，您认为内维尔是否已遭不测？"这个问题似乎把歇洛克·福尔摩斯难住了。

"说老实话，说啊！"她重复着，站在地毯上，眼光朝下地盯着福尔摩斯，此时福尔摩斯正坐在一张柳条椅里。"那么，太太，说实话，我认为是这样的。""你认为他死了？""是的。""被谋杀了？""也许是，也许不是。""如果他遇害，会在哪一天呢？""星期一。""那么，福尔摩斯先生，请您解释一下我为什么会在今天接到他的信呢？"福尔摩斯从椅子上跳了起来，好像被电击了一样。

"什么？"他大声吼道。

"是的，就在今天。"她满脸笑意，一张小纸条被她高高地举起。

"我可以看看吗？"

"当然可以。"

他匆忙地接过那张纸条，把它摊在桌子上，挪过灯仔细地观察起来。我离开座椅，在他旁边一起注视着那张纸。信封的纸很粗劣，邮戳盖的地方是格雷夫森德，发信日期就是当天，或者说是前一天，因为现在已经是午夜过后很久了。

"字迹潦草，"福尔摩斯自言自语，"这一定不是您先生的笔迹，夫人。""可是信却是他写的。"

"我还认为，不管是谁写的信封，地址都是后问出来的。""您为什么这样说？""您看，这人名完全是用黑墨水写出来后自行阴干的。其余的字呈灰黑色，这说明写后是用吸墨纸吸干的。如果是一口气写下来的，再用吸墨纸吸过，那么有些字就不会是深黑色了。这个人先写人名，地址是过了一会儿才写上去的，这只能说明一件事，他不熟悉这个地址。这虽然是件小事，但却是至关重要的小事。现在让咱们来看一下

冒险史

信的内容吧。哈！随信还附了件东西呢！"

"是戒指，他的图章戒指。"

"您能确定这就是您丈夫的笔迹吗？"

"这是他笔迹中的一种。"

"一种？"

"他写得匆忙时用这种笔体。虽然和他平常的笔迹不一样，但我还是能认出来。"

亲爱的：

　　别担心，一切将会好起来。大错已经铸成，它的弥补也许需要费些时间，请耐心等待。

内维尔

"信是用铅笔写的，信纸是一张八开书的扉页，因为纸上没有水纹。嗯！它是今天从格雷夫森德寄出的，寄信人大拇指很脏。哈！信封的口是用胶水粘的，根据我的判断，封这信的人一直在嚼烟草。太太，您确定这就是您丈夫的笔迹吗？""我敢肯定，这是内维尔的字。""信物也是今天从格雷夫森德寄出的。喏，圣克莱尔太太，阴霾已经消除，虽然我不能说已经完全没有危险了。"

"可是他一定是活着的，福尔摩斯先生。"

"还有一种可能，那就是有人巧妙地伪造了这封信，以引诱我们走上歧途。那戒指并不能证明什么，可以是从他手上拿下来的嘛！""不，不，这绝对是他的笔迹啊！"

"很好。不过，或许星期一就写好了，而到今天才寄出来。"

"很可能。"

"如果这样，这段时间也许会有许多事发生。"

"哦，您可别让我的希望落空，福尔摩斯先生。我知道他一定没事。我们两人之间，有一种可以互相感知对方的力量。万一他遭到不幸，我

一定会有感觉。就在星期一他离开的那一天,他在卧室里不小心割破了手,我在餐室里就觉得发生了什么事,所以马上跑上楼去。您想我对这样一桩小事都会反应得这么快,如果他死了,我又怎么会毫无感应呢?"

"我见过的世面太多了,当然知道有时候一位女士的印象比一位分析推理家的论断更有利用价值。这封信确实给您一个强有力的证据来支持您的看法。不过,如果您的丈夫还活着,而且还有写信的自由,那他为什么不赶紧回家而待在外面呢?"

"我猜不出这是怎么回事,这完全让人无法理解。"

"星期一那天,他离开您时,没说什么吗?"

"没有。"

"您在天鹅闸巷望见他时是不是很吃惊?"

"是的。"

"窗户是开着的吗?"

"是的。"

"那么,他也许是叫您?"

"是的。"

"就我了解,他发出的喊声很模糊。"

"对。"

"您认为是一声求救的声音吗?"

"是的,他挥舞着双手。"

"但是,那也可能是出于吃惊而喊出来的。因为他很惊讶竟然会在那种地方看见您,所以他才挥动双手的。"

"也有这种可能。"

"他被人硬拖了回去,您是这样认为的吗?"

"是的,他是突然间就消失不见的。"

"也许他是猛然跳回去的。您在房里看见别人了吗?"

"没有,但是那个面目可憎的人承认他曾在那里,还有那个印度阿三在楼梯脚下。""确实如此。就您所见,您的丈夫穿的还是他平常那

冒险史

套衣服吗?"

"但是没有硬领和领带。我看得很清楚,他光着脖子。""他以前是否提到过天鹅闸巷?""从来没有。""您是否发觉他有抽鸦片的迹象?""没有。"

"谢谢您,圣克莱尔太太。这些都是我需要弄明白的关键之处。让我们来吃点儿饭,然后去休息,明天我们可能会忙一整天。"我们走进一间宽敞舒适的房间,那里放着两张床,供我们使用。我很快就上床了,经过一夜的奔波之后我实在没有力气了。可是歇洛克·福尔摩斯却不同:当他心中有悬而未决的问题时,他就会连续数天甚至一个星期,不知疲倦地反复思索,把掌握的各种情况重新过滤一番,并从不同的角度来判断,不到水落石出的地步是不肯罢休的。我马上知道:他正准备整夜坐着。他脱下了上衣和背心,穿上一件肥大的蓝色睡衣,然后在屋子里忙了起来,他拿去了床上的枕头以及沙发和扶手椅上的靠垫。他用这些东西铺成一个东方式的沙发。他盘腿坐在上面,面前放着一盎司味道浓烈的板烟丝和一盒火柴。在那昏暗的灯光里,只见他端坐在那里,嘴里衔一只欧石南根雕成的旧烟斗。他一边两眼向上,盯着天花板陷入思索,一边喷云吐雾,任凭蓝色的烟雾袅袅升腾。他默默无语,一动不动。灯光闪耀,照着他那山鹰般的坚毅面容。我渐渐入睡,他就这样坐着。有时我被恶梦惊醒,睁眼一看,他还是那样坐着。最后,当夏日的阳光照进房里时,我睡醒了。那烟斗依然在他的嘴里衔着,轻烟仍然缭绕盘旋,袅袅上升。满屋都是浓浓的烟雾,前夜的一堆板烟丝,此时已看不到踪迹了。

"醒了吗,华生?"他问道。

"醒了。"

"早上驾车出去逛逛好吗?"

"好的!"

"那么,快穿上衣服吧。虽然谁都没起来,可是我知道小马僮在哪儿睡觉,我们很快就能把马车弄出来。"他边说边哈哈地笑了起来,两

福尔摩斯探案全集

眼闪烁着光芒，完全不像昨夜那个沉思中的他。

我顺便看了一下表。难怪还没有人起身，这时才四点二十五分。我刚收拾妥当，福尔摩斯就进来说马僮已经在套车了。"我要检验一下我小小的结论，"他说，同时他套上靴子，"华生，此时站在你面前的大概是全欧洲最笨的蠢蛋！我该被人们一脚从这儿踢到查林克罗斯去！但是我认为我已经找到打开这个谜团的关键了。"

"在哪里？"我微笑着问道。

"在盥洗室里，"他回答道，"哦，我可没跟你说笑话。"他看出了我的迷惑，就继续说下去。"我刚到那里去过，并且把它拿来了，放进格拉德斯通制造的软提包里了。来吧，伙计，让咱们瞧瞧我这把钥匙是否打得开锁。"我们轻手轻脚地走下楼梯，来到房外，沐浴在明媚的晨曦之中。马车已套好停在路边，那个衣服也没来得及整理好的马僮在马头一旁等着。我们两人跳上车，顺着伦敦大道飞驰而去。路上只有几辆往城里运输蔬菜的农村大车在行走，可是路两侧的一排排别墅仍悄然无声，处在沉寂中，好像是睡梦中的城市。

"从某些迹象可以看出这是一桩奇案，"福尔摩斯说着，用鞭子催马前行，"我承认我曾经瞎得很，但我现在学聪明了。"

当我们驾车经过萨里一带的街道时，曙光正照在城里最早起床的人的惺忪睡眼上。马车驶过滑铁卢桥，飞快地经过威灵顿大街，然后向右急转，来到布街。福尔摩斯跟警务人员都很熟，门旁两个巡捕向他敬礼。一个巡捕拉住马，另一个便领我们进去。

"是谁在值班？"福尔摩斯问。"布雷兹特里特巡官，先生。""啊！布雷兹特里特，你好！"福尔摩斯迎向一位正走下石板铺的通道、身材高大健壮的巡官。他头戴鸭舌便帽，身穿带有盘花纽扣的夹克衫。"能跟你单独谈一谈吗，布雷兹特里特？""当然可以，福尔摩斯先生，请到我屋里吧。"

这是一间小小的好像办公室的房间，桌上有一大本厚厚的分类登记簿，一架电话挂在墙上。巡官靠着桌子坐下。

冒险史

"有什么事需要我帮忙吗，福尔摩斯先生？""我来是找乞丐休·布恩的。这人被指控与李镇内维尔·圣克莱尔先生的失踪有关。""是的，他正在这里等候审判。""这我知道。他现在在哪儿？""在单人牢房里。""他老实吗？""哦，很规矩。但是这流氓实在太脏了。""脏得很？""对，我们只能督促他洗洗手。他的脸简直黑得像锅底。哼，等他的案子结了，他得按监狱的规定洗个澡。我想，您见了他，也会同意我的说法。"

"我想马上见见他。"

"是这样吗？那很容易。随我来。您可以先把提包放在这儿。"

"不，我得带着。"

"好吧，请跟我来！"我们跟他走下一条甬道，经过一道打开锁的门，从一个螺旋式的楼梯下去，最后走进了一处墙上刷着白灰的走廊，两侧各有一排牢房。"他就在右边第三个牢房里。"巡官说，往里看了一眼。"他睡着了，"他说，"你能看得很明白。"

我们两人隔着栅栏看过去，那囚犯脸正对着我们躺着，睡得很沉的样子，呼吸缓慢而又深沉。他中等身材，穿着一件与乞讨行为很适合的粗料衣服，从上衣的裂缝中可以看见里面的一件染色的衬衫。他的确如巡官所言，肮脏到了无法想象的地步。可是他脸上的污垢还是不能掩盖他那可憎的丑容：从眼角直到下巴有一道宽宽的旧伤疤，这伤疤收缩后把上唇的一边往上吊起，三颗牙齿露在外面，像是一直在号叫的样子，两眼被前额蓬松光亮的红发低下来覆盖着。"像从垃圾堆里出来的，是不是？"巡官说。

"他确实需要洗一洗，"福尔摩斯说，"我想了个主意，并且自作主张带了些工具来。"他说着，打开那个格拉德斯通制造的软提包，拿出一块很大的洗澡海绵，这让我们大吃了一惊。"哈哈！您可真爱开玩笑！"巡官轻声地笑着。"喏，如果您肯做件善事把牢门打开，咱们马上就能让他看起来体面得多。"

"行，那没什么不可以的。"巡官说，"他这样子只会给我们看守所

抹黑，是吗？"他用钥匙把门打开，我们悄悄地走进牢房。那睡着的家伙动了动身子，再次沉入睡梦中。福尔摩斯弯腰就着水罐，蘸湿了海绵，在囚犯的脸上用力地上下擦了两下。"让我来给你们介绍，"他喊道，"这位就是失踪的内维尔·圣克莱尔先生。"

我一辈子也想不到会有这种场面。这人的脸就像被剥下了树皮一样被海绵剥下一层皮。那粗糙的棕色不见了！在脸上横躺着的一道可怕的伤疤和那让人感觉总在冷笑的可憎歪唇也都消失了。那一堆乱蓬蓬的红头发在一拽之下也全掉了。这时，一个面色发白、满脸忧郁、长得很帅气的男人从床上坐起来，可以看见他有一头黑发，而且皮肤很光滑。他揉搓双眼，茫然四顾，睡眼惺忪，不知道发生了什么事。忽然他明白事已败露，不觉大叫一声倒在床上，用枕头把脸埋起来。"上帝啊！"巡官叫道，"他真是那个失踪的人，和照片上的人一模一样。"那囚犯转过身来，摆出一副满不在乎的姿态。"即使如此，"他说，"请问，能控告我犯了什么罪？""控告你犯了杀害内维尔·圣……哦，除非他们认为这是自杀未遂案，否则他们不会控告你。"巡官咧嘴笑着说，"哼，我当警察已经二十七年了，这次可真的走运了。"

"如果我是内维尔·圣克莱尔先生，那么，我就没有犯罪。所以，你们拘捕我是非法的。""没犯罪，却犯了一个大错误！"福尔摩斯说，"如果你信任你的妻子，你会干得更好些。"

"倒不是我的妻子，而是我的儿女。"那囚犯痛苦地说，"上帝保佑，他们会为他们的父亲所做的事而感到羞愧。上帝呀！讲出去多么难堪啊！我该怎么办？"福尔摩斯坐在他身边，和善地拍打了一下他的肩膀。

"如果由法庭来查明这件事，"他说，"当然会宣扬出去。但是，你可以让警务当局相信，这件事不足以向你提出控告，我想没有理由必须把这件案子的具体情况让大家都知道。我想布雷兹特里特巡官可以把你说给我们听的话记下来提交给有关方面。这样，这案子就根本到不了法庭。""上帝保佑您！"那囚犯热切地高喊起来，"我宁可被拘捕，甚至

冒险史

处决也没关系，就是不要让我的妻子和孩子们知道我的秘密，这真是一个污点。

"我从未向别人讲过我的身世，现在我讲给你们听。我父亲是切斯特菲尔德的小学校长，所以我受到过良好的教育。我青年的时候很喜欢旅行，热衷演戏，后来成了伦敦一家晚报的记者。有一天，总编需要一些反映城市里乞丐们的生活情况的报道，我自愿去采访这方面的情况。这成了我一生历险的开端。我只有装扮成乞丐才能收集到写文章所需的一些素材。我当过演员，自然学到了一些化装的技巧，在剧场后台我的化装术小有名气。我便利用了这种本事。我先用油色涂脸，然后为了装成最可怜的样子，我用一小条肉色的橡皮膏，做出一个逼真的伤疤，把嘴唇一边向上翻卷起来，戴上一头红发，配上合适的衣服，在市商业区找了一个地方，装做卖火柴的小贩，实际上是当乞丐。我这样干了七个小时，晚上回到家中一数，竟然发现我得到二十六个先令零四个便士，当时我很吃惊。

"报道写完之后，我就把这件事抛诸脑后了。直到后来有一天，我为一位朋友担保了一张票据，后来竟接到一张传票，要我赔偿二十五镑，我实在没有这笔钱，急得像热锅上的蚂蚁，这时我突然想起当乞丐时的经历。我恳求债主缓期半月让我去筹款，又请求雇主给我几天假。然后我就化起装，开始了乞丐生涯。十天之后，我凑够了钱，还清了债务。哦，这么一来，你们可以想象，此时我已明白：只要我扮成可怜的乞丐，把帽子放在地上，安静地坐着，一天就能挣两英镑，这时再要我安下心来去做那一星期才挣两英镑的辛苦工作，是多么困难啊。在自尊和金钱之间我斗争了很久，最后金钱压倒了自尊，我辞去了记者的工作，开始每天坐在我最初选定的那条街的拐角。用我化装出的那一副可怜的样子引发人们的恻隐之心，我赚了很多钱。知道我秘密的只有一个人，这就是我在天鹅闸巷寄宿的那个下等烟馆的老板。我付了很高的房租给他，他答应为我保密。所以我可以白天是一副肮脏的乞丐样，晚上又是一副衣冠楚楚的样子。

"不久,我就积累起大笔钱财。我的意思并不是说,每个乞丐在伦敦的街头,一年都能挣到七百英镑(这还够不上我的平均收入),但我有两样特殊的才能,那就是善于化装和能应付各种人,在越练越精的情况下,很多人会可怜我而多扔几个钱。整天都有各式各样的银币流水般地向我涌来,如果我哪天没挣到两英镑,那就算是时运不济。滚滚而来的钱财使我欲壑难填。我在郊区买了所房子,后来结婚成家。对于我的职业,没有任何人怀疑。我的爱妻只知道我在城里做生意,但她不知道我具体是干什么的。

"上星期一,我结束了一天的工作,正在烟馆楼上的房间里换衣服时,不经意望了窗外一眼,忽然看见我妻子站在楼下,眼睛正对着我瞧,这让我万分焦急。我惊叫一声,忙用手臂遮住脸,接着立即跑去找我的朋友——那个印度阿三,求他拦住任何上楼来找我的人。我听见她在楼下要强行上来,但知道她暂时会被拦住。我迅速脱下衣服,穿上乞丐的那一身装束,抹上油彩,戴上假发。这样即使是我的妻子也不能分辨出那就是我。不过马上我又想到也许这屋子要遭到搜查,那些衣服可能会使我败露。我忙把窗户打开,因为太用力了,竟又碰破我清晨在卧室里割破的伤口。我拿来平时装乞讨得来的钱的皮袋,把其中的铜板掏出来塞在上衣兜里。我抓起这件沉甸甸的衣服向窗外扔去,它掉在泰晤士河里不见了。对其他的衣服本来也要这样做,但是就在此时,有些警察正冲上楼。我承认,令人感到安慰的是,我马上就发现没有人认出我是内维尔·圣克莱尔先生,而是把我当做谋杀内维尔·圣克莱尔的嫌疑犯逮捕起来了。

"我不知道是否还有些什么别的需要我说明的地方。我当时下决心长期保持我化装的样子,所以我宁可脸上脏一点也绝不清洗。我知道我妻子当时一定很着急,我就取下戒指,乘警察不注意的时候,交给那印度阿三转给我妻子,还匆匆写了几行字,告诉她不要担心。""那封信昨天才寄到她的手里。"福尔摩斯说。

"上帝啊!她一定急坏了,整整一个星期呀!"

冒险史

"那个印度阿三受到了监视，"布雷兹特里特巡官说，"我很了解，他认为把信寄出去又不被发现很困难。大概他把信又转托给某个当海员的顾客，而那家伙又把它忘了几天。"

"事情就是这样，"福尔摩斯说，点点头表示同意，"我相信就是这样。但是从来没有人控告你行乞的行为吗？""有很多次了，但是，一点罚款对我来说并不算什么。""但是事情必须有个结果了。"布里雷兹特里特说，"如果要警察局不张扬出去，必须是休·布恩消失。""我已经郑重决定不再装扮乞丐了。"

"这样最好，我想事情不必再深入调查了。可是，如果你下次再犯事，那我们就要把事实公布出来。福尔摩斯先生，十分感谢您帮助我们侦破了这个案件！我想知道您是怎么得出这个答案的呢？"

"这个答案，"福尔摩斯说，"是我坐在五个枕头上，抽完一盎司板烟丝得来的。华生，我有点饿了，我想，我们现在坐车回贝克街，还能来得及赶上吃早饭。"

福尔摩斯探案全集

蓝宝石案

圣诞节后的第二个早晨,我去拜访我的朋友歇洛克·福尔摩斯,向他祝贺圣诞节快乐。他身穿一件紫红色睡衣,正舒服地斜靠在一张长沙发上,右手边放着一个烟斗架,面前有一堆弄皱了的晨报,可以看出他刚刚翻阅过。沙发旁是一把木椅,椅子靠背上挂着一顶脏得像是从垃圾堆中拿来的并且有好几个裂缝的硬胎毡帽。椅垫上放着一个放大镜和一把镊子,这也说明了那顶帽子为什么挂在那里,我的朋友正在检查它。

"你正忙着呢,"我说,"也许我打扰你了。""不是这样,我正希望和朋友在一起谈谈我的研究结果。这件东西没什么价值,"说着,他用手指了一下那顶帽子,"但是,有几个与它有关的问题却很有趣,甚至能给我们一些帮助。"

我坐在他那张扶手椅上,靠近烧得正旺的炉火温暖自己的双手。严冬已至,窗户上的玻璃结了晶莹的冰。"我猜想,"我说道,"虽然这顶帽子很难看,但它却牵涉到一桩性命攸关的事件,它能帮助你打开某个谜团,而且能引导你去惩罚犯罪行为。"

"不,不,不是犯罪行为,"歇洛克·福尔摩斯笑着说,"这只不过是一件离奇的小事罢了。在伦敦这块仅有几平方英里的地方,拥挤不堪地住着四百万人口,像这样的小事有很多。在如此稠密的人群中必然充满着尔虞我诈,一切错综复杂的事件都可能发生。有些问题看起来很惊人也很古怪,但并非就是犯罪行为。对于这样的事我们早就司空见惯了。"

"确实是这样,事情已经发展到一个很严重的程度,"我说,"我最近记录的六个案子中,就有三个与犯罪无关。"

"具体地说,你指的是我找回艾琳·艾德勒相片的经历、玛丽·萨瑟兰小姐奇案和歪唇男人这几个案件吧。我认为这件小事在法律上也属

冒险史

于无罪的范畴。你认识看门人彼得森吗?""认识。""这是他带来的。""这是他的帽子?""不,不是。是他拣来的。不知道原来的主人是谁。请不要看轻这顶破毡帽,它涉及一个需要用智慧才能解决的问题。首先说说这顶帽子为什么会在这儿。圣诞节早晨同它一起被送来的还有一只大肥鹅。我想彼得森现在正在炉前烧烤那只鹅。事情是这样的。圣诞节清晨大约四点钟的时候,彼得森,就像你了解的,为人老实憨厚,刚参加了一个宴会,正走在回家的路上,他走的是托特纳姆法院路。在煤气灯下,他看见一个身材高大的人在他前面走着,步履有些蹒跚,肩上背着一只白鹅。当彼得森经过古治街拐角时,看见这个陌生人正在和几个流氓吵架。一个流氓把他的帽子打翻在地,他抡起棍子进行自卫,他把棍子举起来到处乱挥,一下子把身后一家商店的玻璃窗打碎了。彼得森正想站出来,帮这个陌生人一起对付那帮流氓,但那个陌生人正因打碎玻璃而惊慌失措,又看见一个身穿制服、状如警官的人闻声赶来,那人于是把鹅丢下,拔腿就跑,很快地消失在托特纳姆法院路后面弯弯曲曲的小巷里。那帮流氓看见彼得森赶过来就迅速四散跑开了。这样,彼得森成了战场的占领者,而且掳获了这两样战利品:一顶破旧的毡帽和一只极品圣诞大肥鹅。"

"他肯定是想把这两样东西交还给原主吧?""我亲爱的朋友,这就是难题所在。的确,这只鹅的左腿上系着一张卡片,上面写着'献给亨利·贝克夫人',而且这顶帽子的衬里也确实写着姓名缩写'H. B.'的字样,但是,在我们这个城市里,有上千人姓贝克,而其中又有上百人叫亨利·贝克,要在这么多人中找到失主,把东西还给他,实在是很困难的事。"

"那么,彼得森做了什么?""因为他知道我对很多问题有兴趣,即使是一些最细小的问题。所以圣诞节那天,他把帽子和鹅拿到了我这儿。直到今天早晨我们也没动过这只鹅。尽管天气较冷,但事实表明没必要再等了,直接吃掉它是最好的选择。因此我让彼得森把它拿去,随他去烹或去烤着吃掉。而这位失去了圣诞节佳肴的陌生的先生的帽子则

被我留下了。"

"他没有在报纸上刊登寻物启事吗?""没有。""那么,对于这个人的身份你有什么看法?""只能尽力去推测。""根据这顶帽子?"

"没错。"

"别开玩笑,从这顶又破又旧的毡帽上你能看出什么来?""这是我的放大镜,我采取什么方法你知道得很清楚。从这顶帽子上,你对这个人的性格得出了什么结论?"我拿起了这顶破烂帽子,漫不经心地把它翻来翻去,这是一顶很平凡的圆形黑毡帽,硬邦邦的,已经破旧得实在不能戴了。原来的红色丝绸衬里已经褪了很多色,上面没有制帽商的商标,但是正像福尔摩斯说过的,帽子的一侧,却写着潦草的姓名缩写字母"H. B."。从帽檐上的一个小孔可以看出,为了防止被风刮走,这里曾穿有松紧带。另外,为了掩饰几块褪了色的补丁,帽子的主人用墨水把它们涂黑了,即使这样也能看见到处是裂缝,而且布满灰尘,还可以看见几个暗色的斑点。

"没发现什么。"我说着,把帽子递还给我的朋友。"正好相反,华生,你看到了一切,但是你没有从中得出结论。你对推论没有信心。""那么,请你告诉我你根据这顶帽子做出的推论。"他拿起帽子,并用他那独特的、展示他性格的思考方式注视着它。"这顶帽子可能提供的信息确实是少了点儿,"他说道,"但是,还是有几个很明显的推论,另外还有几个几率很大的推论。他过去很有远见,可是,现在却完全不一样了,再加上家道中落,因此,精神日趋消沉,这似乎说明他受到某种有害的影响,也许染上了酗酒的恶习,恐怕正是因为这样他的妻子才不再爱他了。"

"哎呀,我亲爱的福尔摩斯,好了!""尽管如此,他还保持着一定程度的自尊。"我的反对并没有影响到他的分析。

"他这个人一向很少外出,缺乏对身体的锻炼,他人过中年,头发灰白,显然最近几天刚刚理过发,头发上涂了一层柠檬膏,这些是从这顶帽子上看出的比较明显的事实。还有,顺便再提一下,他家里没有安

冒险史

煤气灯。"

"你一定是在开玩笑，福尔摩斯。""一点都不是开玩笑。你还是看不出我是怎样得出这些推论的吗？""我是很迟钝，但是我必须承认我不明白你说的话。比如说，你根据什么推断出这个人很有学识？"福尔摩斯突然把帽子扣到脑袋上。帽子正好把整个前额罩住，并且压在了鼻梁上。"这是一个容量问题，"他说，"这个人头很大，里面一定会装些东西。""那么你是如何推断出他家道衰落的呢？""这顶帽子买了已有三年了，这种平沿、帽边向上卷起的帽子当时是很时髦的。它无疑是一顶最好的帽子。你瞧瞧这条罗纹丝绸箍带儿和那昂贵的衬里。既然三年前他买得起这种帽子，为什么以后没有再买其他帽子，显然他的经济状况不允许他这么做。""噢，有道理，但是说这个人有'远见'，又说他'精神消沉'，又如何解释呢？"

歇洛克·福尔摩斯笑了起来，"这说明的就是他的远见。"他一边说，一边把手指放在钉松紧带用的小圆盘和搭环上，"出售的帽子不会有这些东西。这个人订做了这样一顶帽子，而且他已经想到了风容易把帽子刮走，所以特意用了这种方法。可是我们又看到他弄坏了松紧带，却不愿意花点时间去重新钉上一条，显然他的远见已不如从前了，同时这也证明了他的意志日渐消沉。另一方面，他用墨水涂抹帽子上的污痕，想尽力掩盖住它破旧的事实，表明他还没有完全丧失他的自尊心。""你的推论有一定的道理。"

"另外还有几点，刚才我也说过，他人过中年，头发灰白，刚理过发不久，头上抹过柠檬膏。这些都是通过对帽子衬里下部的仔细检查推断出来的。在放大镜下，我们可以看见许多被理发师的剪刀剪过的头发的齐茬儿。头发茬儿都是粘在一起的，而且有一种柠檬膏的特殊气味。而粘在帽子上的这些灰尘，仔细观察你会发现，不是街道上夹杂砂粒的灰尘，而是房间里常有的那种棕色的绒状尘土。这表明帽子总是挂在房间里，而衬里的湿迹显然是大量出汗造成的，这也说明了戴帽子人的身体状况。"

"那么他的妻子呢——你刚才说过她已经不再爱他了。"

"这顶帽子已经有好几个星期没有打扫去灰了。我亲爱的华生,要是你的帽子这样堆积了不少的灰尘,而且你的妻子完全视而不见,就让你这个样子出门,我想她也不如以前那样爱你了。""可是,他可能是独身啊。"

"不可能,因为那天晚上他正准备把那只鹅带回家去作为送给他妻子的礼物。你忘了系在鹅腿上的那张卡片了?""你对每个问题都做出了解释,可是你到底是怎样推断出他家里没有安煤气灯的呢?""要是我在帽子上发现一两滴烛油,我们可以说是偶然间滴上的,可是当我看到至少有五滴烛油时,我就很肯定他经常和点燃着的蜡烛接触。比如说,夜里上楼时就可能是一手拿着帽子,而另一只手拿着淌着烛油的蜡烛。无论如何,煤气灯上绝对滴不出烛油,你明白了吗?""太妙了,你的脑子真灵。"我笑着说,"但是既然如你所说的,这其中并没有涉及犯罪行为,只是丢了一只鹅,并没有什么其他的伤害,这一切不就是在浪费时间和精力吗?"歇洛克·福尔摩斯刚要回答我,只见房门猛地被推开,看门人彼得森跑了进来,脸涨得通红,带着一种震惊和不知所措的神情。

"那只鹅,福尔摩斯先生!那只鹅!"他喘着气说。"噢,它怎么啦?不会是又活了,拍打着翅膀又飞走了吧?"福尔摩斯在沙发上转过身来,微笑着盯着这个人的激动面孔。"你看,先生,真是难以相信,我妻子竟然在鹅的嗉囊里发现了这种东西。"他摊开手,在他手心上出现了一颗闪烁着耀眼光芒的蓝宝石。这颗蓝宝石比黄豆略微小一些,可是晶莹透亮、光彩熠熠,就像一道电光闪烁在他那黝黑的手心里。

歇洛克·福尔摩斯吹了一声口哨,坐起身来。"上帝啊,彼得森!"他说道,"这真是一件宝贝啊!我想你明白你自己得到了什么。""一颗钻石,先生,是不是?一颗宝石。它切起玻璃来就像切割油泥一样。"

"这并不是普通的宝石,而是一颗非常名贵的宝石。"

"难道是莫卡伯爵夫人的蓝宝石吗?"我惊叫了起来。

冒险史

"完全正确！因为我最近每天都看《泰晤士报》有关这颗宝石的消息，我很清楚它的大小和形状。这颗宝石绝对是稀奇的珍宝，它的具体价值无人可知，可是悬赏的报酬一千英镑无疑不及这颗蓝宝石市价的二十分之一。""一千英镑！上帝呀！"看门人震惊地跌坐在椅子上，眼光轮流在我和福尔摩斯之间转。"那仅是奖赏，而且我确知伯爵夫人由于某种不为人知的情感上的因素，只要能够找回这颗宝石，她甚至不惜将一半财产分给别人。""如果我记得没错，这颗宝石是在'世界旅馆'丢失的。"我说道。

"确实是这样，十二月二十二日，也就是五天以前，约翰·霍纳，一个管子工，被怀疑从伯爵夫人的首饰匣里窃走了这颗宝石。由于证据确凿，目前此案已交由法院处理。我想这里还有些关于这件事的记载。"他在那堆报纸里寻找着，巡视着一张张报纸上的日期，然后把一张报纸平铺在桌上，折了一下，然后念道：

"世界旅馆"宝石失窃。约翰·霍纳，二十六岁，管子工，因本月二十二日从莫卡伯爵夫人首饰匣中窃取一颗名贵的蓝宝石而被起诉至法院。旅馆侍者领班詹姆士·赖德对此案的证词如下。事件发生的当天，他曾带领约翰·霍纳到楼上莫卡伯爵夫人的化妆室内焊接壁炉的第二根已经晃动的炉栅。他在那里呆了一会儿就被召走了。等他重新回去时，发现霍纳已经离去，而梳妆台则已被人撬开，梳妆台上弃置有一只摩洛哥小首饰匣，里面的东西已经不见了。稍后人们才知伯爵夫人习惯把宝石存放在这个匣子中。赖德当即报案，霍纳于当晚被捕。但从霍纳身上及其家中并未搜得宝石。伯爵夫人的女仆凯瑟琳·丘萨克发誓曾听到赖德发现宝石被窃时的惊呼，并说她闻声跑进房间时目睹的情况和赖德所说相符。B区布雷兹特里特巡官证明霍纳被捕时曾经强烈抗拒，并措词激烈地声称自己是清白无辜的。鉴于该嫌疑犯曾犯过类似的盗窃罪，地方法官拒

福尔摩斯探案全集

绝轻率从事,现已将此案提交巡回审判庭处理。霍纳在审讯过程中异常激动,在判决时竟至昏厥而被抬出法庭。

"哼!警察局和法庭只能提供这么多情况了,"福尔摩斯沉思着说,同时把报纸扔开,"我们现在要做的是,把从首饰匣被盗到托特纳姆法院路拾到的那只鹅的嗉囊里发现宝石这一系列事件按顺序整理清楚。现在你了解了吗?我们的推论有所变化了,事情的严重性正在增加,而无罪的可能性却在减弱。这就是那颗宝石,那颗宝石来自那只鹅,那只鹅来自亨利·贝克先生。关于这位先生的破帽子以及所有其他特征的分析我已向你说明了。现在我们要做的是找到这位先生,弄明白在这件神秘事件中他扮演了什么角色。要做到这一点,我们首先必须使用最简单的方法,也就是说我们得在所有晚报上登一则启事。如果这种方法失败了,那么我将不得不采取其他的方法。"

"启事怎么写呢?"

"给我纸和笔。好了,这就是我要说的:

现于古治街拐角拣到鹅一只和黑毡帽一顶。请亨利·贝克先生于晚六点半到贝克街221号乙垂询,即可领回原物。

这样写既简单又明了。"

"对,很简单,很明确,但你认为他能看到吗?"

"当然能,他肯定会注意报纸的,因为对于一个穷人来说,这无疑是一个十分惨重的损失。他显然是因为不小心打碎了玻璃以及彼得森的接近而感到惊慌失措,他当时想到的只是赶快逃跑。可是,过后他一定是后悔莫及,痛惜因一时的冲动而丢下了那只大鹅。另外,报上刊登了他的名字,就算他自己没注意,也会有人提醒他。彼得森,这给你,赶快把它送到广告公司,并且要刊登在今天的晚报上。"

"登在哪家报纸上,先生?""噢,《环球报》、《星报》、《蓓尔美尔

冒险史

报》、《圣詹姆斯报》、《新闻晚报》、《回响报》和任何一家你能想到的报纸。""是的，先生，那么这颗宝石你打算如何处理呢？""噢，这颗宝石先放我这儿保存，谢谢你。另外，彼得森，你回来的时候顺便买一只鹅送过来，因为那只鹅已经成了盘中餐，我必须得给这位寻鹅的先生另外准备一只。"

看门人离开以后，福尔摩斯拿起宝石对着光线仔细鉴赏，"真是一颗绝美的宝石，"他说，"你看看它是多么光彩照人啊！当然，它又是罪恶的源头。每颗珍贵的宝石都是这样。它们是魔鬼投放的诱饵。在更大的和保存更久远的宝石上，有着更多血腥的罪行。这颗宝石出世还不到二十年，它是在华南厦门河岸上发现的。它的奇异之处在于：虽然它是蔚蓝色的，但却具有红宝石的一切特点。它出现的时间并不长，可是已经有过一段悲惨的历史了。它的份量虽然不重，但已经引发了两起谋杀案、一起泼硝镪水毁人容貌案、一起自杀案以及几起抢劫案。谁也想不到这样美丽的小饰物竟然能引发如此多的罪恶。我要把它锁在我的保险柜里，并写一封短笺给伯爵夫人，告诉她我们已经找到这颗宝石了。"

"你认为霍纳这个人是无罪的吗？""现在还无法确定。""那么你认为亨利·贝克和此事有关吗？""我想亨利·贝克是绝对清白的，他决不会想到他手里的鹅其实就是一只金鹅，而且不止如此。无论如何，如果启事有了回复，我就可以通过一个简单的方法来证实这一点。"

"这之前你做什么？""什么都不做。""既然是这样，我就回去继续处理我的事，不过我今天晚上会在你刚才说的时间过来，我很想知道这件复杂的案子最后是怎样得以解决的。""你来我会很高兴，我七点钟吃晚饭，我相信会吃到一只山鹬。顺便提一下，想到这几天发生的事情，也许我应该请哈德森夫人检查一下那只山鹬的嗉囊。"

我在一个患者身上耽误了一些时间，当我重新回到贝克街的时候已经六点半多了。我走近寓所时，看见一个身穿一件带有苏格兰帽的上衣的身材高大的男人，他上衣的纽扣一直扣到下巴底下。此时他正站在屋外半圆形的灯光下等待开门。我走到门口的时候，门刚好被打开，我们

一起走进福尔摩斯的房间。

"我想你就是亨利·贝克先生。"福尔摩斯一边说一边从扶手椅上站起身来,并且用一副平易近人的亲切神态欢迎着客人。"请坐在靠近壁炉的这把椅子上,贝克先生,今天晚上简直太冷了,我看得出你的血液循环没有夏天好。啊,华生,你来的正是时候。这顶帽子是你的吧,贝克先生?""是的,先生,这确实是我的帽子。"

他体格健壮,膀大腰圆,头颅很大,有一张宽阔、透着智慧的脸,还有越往下越尖的已呈灰白色的络腮胡须,鼻子和面颊略带红润,手伸出来时微微颤抖,这些特征使人想起了福尔摩斯对于他的种种推测。他的黑礼服大衣已褪色,前面的扣子全都扣上了,领子也竖了起来,细长的手腕上看不到袖口或衬衣的痕迹。他说话时总是稍有停顿,用词时很小心,大体来说,他让人想到一个命运多舛的落魄文人。

"我们已经保留这些东西有好几天了,"福尔摩斯说,"因为我们希望你在报上刊登寻物启事,并以此找到你的地址。我想不出你不登报的原因。"我们的客人羞怯地笑了笑,"我已经囊中羞涩,不像过去那么有钱了,"他说道,"我想袭击我的那帮流氓早把我的帽子和鹅抢走了,因此没有什么希望去找回它们,我也不想多花什么钱。"

"你说得很合情理。顺便提一下,那只鹅,我们在不得已的情况下把它吃掉了。""什么?"我们的客人生起气来,差一点站起来。"是的,如果我们不这么做的话,那只鹅谁也吃不着了。但是,餐柜上那只鹅的重量和你的鹅差不多,而且十分肥嫩,我希望你对它感到满意。"

"噢,那当然,那当然。"贝克先生松了一口气。"而且,我们还留着你自己那只鹅的羽毛、腿、嗉囊等等。所以,如果你想……"

这个人突然哈哈大笑起来。"这些东西也许可以纪念我的那一次历险,"他说,"除此之外,它们对我毫无用处可言。不,先生,现在我最关心的仅是我看到的餐柜上的那只美妙的鹅。"歇洛克·福尔摩斯迅速地对我使了一个眼色,稍微耸了耸肩膀。

"既然这样,这是你的帽子,还有,拿着你的鹅,"他说道,"顺便

冒险史

问一声，那只鹅你是在哪儿买的？我对喂养家禽很有兴趣，我还没有见过比你那只鹅更好的。"

"当然可以，先生，"他站起身来，并且把失而复得的财产夹在腋下说，"我们几个人常去博物馆旁边的阿尔法小酒店，因为白天我们都在博物馆里。今年，我们的好店主，名叫温迪盖特，创办了一个鹅俱乐部，因为我们每星期都在俱乐部花费几个便士，所以俱乐部在圣诞节送给我们每个人一只鹅。我总是按时交钱，也得到了一只。在这之后发生的事就不用我说了。先生，虽然我这样的年龄和身份并不适合戴一顶苏格兰帽，但是我还是向你致以最深切的谢意。"他用一种可笑的自负神态向我们鞠了一躬，然后大步离开了房间。

"亨利·贝克先生的事情就这样结束了。"福尔摩斯说着，随手关上了门。"很显然，他对蓝宝石一无所知。你饿了吗？华生？""还不太饿。"

"那么我建议把我们的晚餐改为宵夜，我们应该顺着这个思路去追查。""好的，当然可以。"

这是一个非常寒冷的冬夜，我们都穿上了长大衣，围上了围巾。屋外，星光灿烂，在晴朗的夜空中闪烁着寒光，行人喷出的哈气遇冷形成雾气，好像许多手枪在发射。我们伴着清脆而响亮的脚步声大步穿过了医师区、威姆波尔街、哈利街，然后又穿过了威格摩街到了牛津街，一刻钟后我们到达博物馆区的阿尔法小酒店。这家酒店的规模很小，位于通向霍尔伯恩的一条街的拐角处。福尔摩斯推开这家私人酒店的门，红光满面、身系白围裙的老板递给了我们两杯啤酒。

"你的鹅很出色，希望你的啤酒能一样出色，那么这将会是最好的啤酒。"他说道。"我的鹅？"这个人一副很吃惊的样子。"是的，就在半小时以前我和你们俱乐部的会员亨利·贝克先生谈过你的鹅。""啊，我懂了。但是你得明白，先生，那些鹅并不是我们的。"

"真的？那么，是谁的呢？""噢，我从考文特园一个推销员那里买了二十四只。"

"是这样吗？他们当中的几个人我认识，卖给你鹅的是哪一个？""他叫布莱肯里齐。""噢，我不认识他，好吧，老板，祝你身体健康，买卖兴隆。再见。"

"现在去找布莱肯里齐，"我们离开酒店来到寒冷的街上，福尔摩斯一边扣着外衣扣子，一边继续往下说，"记住，华生，现在我们手上有一条锁链，在这一端我们找到了一只鹅，但在另一端，我们可能找到一个会被判七年徒刑的人，除非我们找到他无罪的证据。无论如何，现在我们手中有一条被警察忽略了的调查线索。让我们顺着这条线索追查下去，总会水落石出的。现在我们朝南走。"

我们穿过霍尔伯恩街，转入恩德尔街，接着又穿过狭窄弯曲的贫民区来到了考文特园市场。在很多大货摊中我们看到了一个货摊的招牌上写着布莱肯里齐几个字。店主是个长脸的人，面部瘦削，留着整齐的络腮胡子。我们到的时候，他和一个小伙计正在忙着收摊。"晚安，天真是冷。"福尔摩斯说。店主人点了点头，疑惑地瞅了我的同伴一眼。

"看样子鹅都卖完了。"福尔摩斯手指着空无一物的大理石柜台接着说。

"明天早晨来吧，买五百只鹅都可以。"

"那根本来不及。"

"那么，你看那个亮着煤气灯的货摊还有几只。"

"噢，但是人家介绍我到你这儿来的。"

"谁介绍的？"

"阿尔法酒店的老板。"

"噢，是的，我给他送去了二十四只。"

"那些鹅可真是太好了。你能告诉我是从哪儿弄来的吗？"没想到这个问题竟然能惹得店主大发脾气。

"喂，先生，"他扬着头，手叉着腰说，"什么意思？有什么话你不妨直截了当地说个明白。""我已经够直截了当的了，我很想知道你卖给阿尔法酒店的那些鹅是从哪儿买来的。""噢，是这样吗？但我就是

冒险史

不想告诉你！""噢，这明明是一件小事情，你为什么会发这么大的火儿？""发火儿！如果你也总被别人纠缠的话，你也会大动肝火的。我花大价钱买好货，让你们这些客人吃到好东西，但是你却要问：'鹅从哪儿来的？''谁买走了你的鹅？'和'你们这些鹅要换些什么东西啊？'要是别人听到这么多没完没了的问题，一定会认为这些鹅在世界上是绝无仅有的了。"

"噢，可是我和那些提这种问题的人一点儿关系也没有，"福尔摩斯漫不经心地说，"如果你不能给我答案，这个赌就无法进行了。我要说的是，在家禽上我有自己独特的看法，这是下了五英镑赌注的，我敢肯定我吃到的那只鹅是在乡下养大的。"

"嘿，那你是输定了，因为它是在城里喂大的。"这位老板说。

"不会的。""我说是这样。"

"我不信。"

"我从当小伙计开始就一直同鹅打交道，我知道的比你对家禽的那点了解多太多了。我告诉你，那些送到阿尔法酒店的鹅全是在城里喂大的。"

"我有什么理由必须相信你的话？""那么你愿意打赌吗？""你一定会输的，我确信我是对的。但是我还是愿意拿出一个英镑和你打赌，这不过是给你一个教训罢了。"

店主邪恶地笑了起来。"给我账簿，比尔。"他说道。

那个小男孩递过来一个薄薄的小账本和一个封面沾满油污的大账本，并在吊灯下摊开。

"喂，自信过头的先生，"店主人说道，"刚才我以为我把所有的鹅都卖了，可现在我发现在我的店里还剩下一只鹅。你看看这个小账本。"

"什么意思？""那是卖鹅给我的人的名录，你明白了吗？好！这一页上的人是乡下卖主，在他们名字后面的数目字是总账的页码，他们的账户就记载在那一页上。喂！你一定注意到了用红墨水写的另外一页了吧？这是鹅的城里卖主的名单。好！看一下那第三个人的名字。请你把

他念出来。"

"奥克肖特太太，布里克斯顿路 117 号——249 页。"福尔摩斯念道。"就是这样。现在让我们看一个总账。"

福尔摩斯翻到了他所指的那一页。"就在这儿，奥克肖特太太，布里克斯顿路 117 号，鸡蛋和家禽供应商。""那么最后记的一笔账是什么？"

"'十二月二十二日，二十四只鹅，收价七先令六便士。'"

"'卖给阿尔法酒店温迪盖特，售价十二先令。'"

"现在你无话可说了吧？"

歇洛克·福尔摩斯露出一副十分懊恼的样子。他从口袋里掏出一个英镑扔在大理石柜台上，一句话也没说就走了，脸上带着一种言语无法形容、叫人不知所以的厌恶神态。走出几步以后，他停在一个路灯杆子下，偷偷地会心地笑了起来。

"当你遇到留着那种络腮胡子，而又不愿告诉你实情的人时，你用打赌的方法一定可以使他吐露真相，"他说，"我敢说，我刚才给他一百镑，那么我得到的情况未必有通过打赌的方式得到的情况全面。噢，华生，我真想不到我们已经接近了调查的结果。现在唯一需要决定的是我们今天晚上就到这位奥克肖特太太那里去，还是应该等到明天再去。在刚才同那个野蛮家伙的谈话中，可以了解到，在我们之外，有另一伙人也在打听这件事，因此，我必须……"

他的话忽然被一片喧闹的争吵声打断了，声音来自我们刚刚离开的那个货摊。我们回头一看，只见一个獐头鼠目、身材短小的人正站在货摊前。那个店主人布莱肯里齐站在门边，不让他进去，并不时地挥动着他的拳头，一副恶狠狠的样子。

"我现在烦透了你和你的鹅！"他喊着，"我希望你们现在就去见鬼，你再来的话，我就放狗咬你。你让奥克肖特太太到这儿来，我会跟她说，但这和你无关，我的鹅也不是从你那儿买来的。"

"话虽是这样，但那里面有一只鹅是我的呀。"那个矮个子低声下

冒险史

气地说。"既然这样,那你就去找奥克肖特太太要去吧。"

"是她让我来跟你要的。"

"噢,那你就去向普鲁士国王要吧,与我无关。我已经烦透了,你给我滚开吧!"他凶相毕露,那个问话的人就很快地消失在黑暗中了。"哈哈,这就省了我们的力气。"福尔摩斯低声对我说,"跟上去,看看从这个家伙身上能查出些什么来。"我们穿过三五成群在灯光明亮的店铺四周闲逛的人,我的同伴快走几步赶上那个矮个子,拍了一下他的肩膀。那个人突然转过身来,在汽灯的照射下,我看见这个人面色灰白,一点血色也没有。

"你是谁?你想干什么?"他颤声问道。"对不起,"福尔摩斯温和地说,"我刚才无意中听见你和店铺老板的对话,我认为你需要我的帮助。""你?你是谁?你怎么会知道这件事?""我的名字是歇洛克·福尔摩斯。我的工作就是知道别人不知道的事情。"

"但是在这件事情上,你了解到了什么?""对不起,这件事我了如指掌。你拼命想找到那几只鹅。那些鹅是布里克斯顿路的奥克肖特太太卖给名叫布莱肯里齐的那个商贩的。那个商贩又把鹅卖给阿尔法酒店的温迪盖特先生。而温迪盖特先生把鹅送给了常到他俱乐部的人,亨利·贝克先生是俱乐部的会员。"

"哎呀!先生,你正是我需要的人,"这个身材矮小的人颤抖地伸出双手喊道,"你难以想象这件事对我的重要性。"

歇洛克·福尔摩斯喊住一辆路过的四轮马车。"既然是这样,我们就别在这寒风凛冽的大街上说话,我们不妨找一个温暖舒服的房间细细讨论这个问题,"他说,"但是,在我们出发之前,能荣幸地知道你的大名吗?"这个人迟疑了一下,眼睛向旁边扫了一眼,回答说:"我的名字是约翰·鲁宾逊。""不,不,我想知道的是你的真实姓名,"福尔摩斯和蔼地说道,"用化名来办事实在有很多不便之处。"

这个人的脸顿时由白转红。"既然是这样,好吧,"他说,"我的真实姓名是詹姆斯·赖德。""完全正确,'世界旅馆'的领班。请上马车

吧！你想要知道的一切我都能告诉你。"这个小个子站在那里，来回打量着，眼神里有担心也有希望。这是一个吉凶未卜的时刻，他对自己的未来完全没有把握。随后他上了马车，在车上我们都默默无言，可是从我们新伙伴急促的呼吸、时而紧握时而放松的双手上，我们可以看出他的内心是极度紧张的。半小时以后，我们回到了贝克街的住处。

"我们到家了！"我们一前一后走进屋子时，福尔摩斯高兴地说道。"在这种天气里炉火是令人愉快的。你似乎很冷，赖德先生，请坐在这把藤椅上吧。我先换上拖鞋，然后把事情告诉你。噢，现在好了，你是想知道那些鹅的情况吧？""是的，先生。""我想，说得更确切些，你想知道的是那只鹅的情况吧。我猜你最感兴趣的是一只白色的、尾巴上有一道黑的鹅。"

赖德的身子明显地抖了一下。"啊，先生！"他喊道，"这只鹅现在在哪里，您能告诉我吗？""它在我这里。"

"这里？""是的，那确实是一只最奇妙的鹅。我知道你为什么对这只鹅那么感兴趣。这只鹅死后下了一个蛋——价值连城、最美丽、最耀眼的蓝色小蛋。我已经把它收藏在我儿的博物馆里了。"

我们的客人听了这话像喝醉了似的直起身来，勉强站稳。福尔摩斯打开他的保险箱，举起那颗蓝宝石，宝石正散发着灿烂的光芒，像寒夜里的一颗星。赖德拉长了脸，直愣愣地注视着宝石，不知道是认领好还是否认好。"戏该落幕了，赖德，"福尔摩斯平静地说，"站稳些，赖德，不然壁炉里的火会烧到你的。扶他在椅子上坐下，华生。他的胆量还不够，并不能若无其事地去干罪恶的勾当。给他喝点白兰地。好了，他现在看起来还有点生气。真的，他可真瘦小。"

一会儿，他蹒跚地站起来，但因双腿无力几乎又倒下去，可是白兰地给他的两颊增添了一些血色，他又坐了下来，以一种恐惧的眼光看着福尔摩斯。

"我差不多已经完全了解了这个案子的每一个环节和一切有用的证据了，所以我不需要问你多少事情。但是，为了使这个案子更圆满地结

束,我们还是把那件小事弄清楚吧。赖德,你以前听说过莫卡伯爵夫人的蓝宝石吗?""是凯瑟琳·丘萨克告诉我的。"他时断时续地说。

"哦,是伯爵夫人的侍女。唔,如此容易到手的大笔财富一定对你产生了巨大的吸引力,毕竟它曾引诱过很多比你本领更大的人,实在是诱惑力惊人啊。但是,你所用的方法实在是太拙劣了。我认为,赖德,你这个人生性就是一个十分奸诈的恶棍。你知道管子工霍纳这个人以前曾行为不端,所以即使警察怀疑也会自然地落到他身上。那么你干了些什么呢?你们——你和你的同谋丘萨克设计了一个小小的骗局。你们设法把他叫进房间里去,而在他走后,你撬开了首饰匣,然后大声叫喊房间被盗了,使这个倒霉的人遭到逮捕,然后你……"

赖德咚地一声跪在地毯上,抓住我朋友的双腿哀求说:"看在上帝的面上,帮帮我吧,想想我的父亲!想想我的母亲!他们会心痛欲绝的。我从前是很清白的!以后我再也不敢了,我可以发誓,我可以手按圣经发誓。噢,千万别把这件事交到法庭!看在上帝的分上,千万别这样做!"

"坐到你的椅子上去!"福尔摩斯严厉地说,"现在知道磕头求饶了,当初怎么没想想,因为你的贪念,可怜的霍纳被置于被告席上,而他对此事却是一无所知的。""我可以逃走,福尔摩斯先生。我可以离开这个国家,先生。那么,对他的控告也就会撤销了。""哼!我们会谈到这个问题,不过现在先让我们听听这出戏的真实情况吧。你说实话,这颗宝石是怎么到了鹅的肚子里,而那只鹅又是怎么到市场上去的呢?告诉我们事实真相,这是你唯一的机会——平安无事的机会。"赖德舔了舔他那干裂的嘴唇,"我一定把所有事实都告诉你,先生,"他说,"霍纳被捕以后,我认为最好是马上带着宝石逃走,因为警察可能会搜查我和我的房间。但是旅馆也不是安全之地,所以我装成受人差遣离开旅馆,趁机到我姐姐家去了一趟。她和一个名叫奥克肖特的人结了婚,住在布里克斯顿路。她的职业就是把鹅养肥,然后供应给市场。那天我心虚得很,一路上碰到的每个人都好像是警察或侦探。因此,虽然

福尔摩斯探案全集

那天晚上寒气逼人,但我到达布里克斯顿路的时候,已经满头是汗了。我姐姐对我嘘寒问暖,问我为什么脸色这么难看。但我只是对她说因为旅馆里发生了一起珍宝盗窃案,所以心情比较烦乱。然后我走进后院,一边抽烟,一边想着该怎么办。

"我从前有过一个叫莫兹利的朋友,他干过很多坏事,刚在培恩顿威尔服完刑。有一次他曾和我谈起盗窃的技巧以及如何把赃物脱手的方法。我相信他不至于出卖我,因为我知道一两件有关他的事,于是我决定去基尔伯恩他的住处找他,并告诉他事情真相。他一定有把宝石变成金钱的法子。但是怎样才能安全抵达他那里呢?我想起了来这儿的路上那种惊慌恐惧的心情。我可能在路上就被抓住,而宝石就放在我背心的口袋里。当时我正靠着墙看着一群鹅在我身边摇摇摆摆地走来走去,我突然想出一个办法,我认为即使是最杰出的侦探也会被瞒过去。

"几个星期以前,我姐姐曾经对我说,我可以拿走她的一只鹅算是她送给我的圣诞节礼物。我知道姐姐说话是算数的。那么,我不如现在就抓只鹅,把宝石藏在鹅的肚子里,带到基尔伯恩去。我姐姐院子里有一个小棚子,于是我从棚子后面赶出来一只鹅——一只大白鹅,尾巴上有一道黑边。我抓住了它,掰开它的嘴,把宝石塞进它的喉咙,一直塞到我的手指再也达不到的地方。鹅一口就把宝石吞了下去,我摸到宝石已经顺着它的食道到了它的嗉囊里,那只鹅极不情愿地极力挣扎着。此时我的姐姐可能听到了鹅的叫声,她走出屋来问我怎么了。我转过身来和她说话,就在那一刹那,那只鹅挣脱了我的手,飞快地窜回鹅群里去了。

"'杰姆,你为什么抓那只鹅?'她问。

"'噢,'我说,'你不是说过要送我一只鹅作为圣诞节的礼物吗?我正在比较哪一只鹅最肥最大。'

"'噢,'她说,'要送你的鹅我已经准备好放在一边了。我们给它起名叫杰姆,就是在那头的那一只大白鹅。我一共养了二十六只鹅,其中一只送给你,一只我们自己留着吃,还有二十四只是要拿到市场上去

冒险史

卖的。'

"'谢谢你,麦琪,'我说,'但是如果你不介意的话,我想要我刚才抓到的那只。'

"'你刚才抓的那只并没有我们准备送给你的那只肥。'她说,'为了送你,我们特意喂肥了它。'

"'没关系,我还是要我抓的,而且我想现在就带走。'我说。

"'唉!你高兴就好。'她有点生气地说,'那么,哪只是你要的呢?'

"'那只尾巴上有一道黑的白鹅,就在那群鹅里面。'

"'噢,好吧,现在就把它杀了,一会儿你带走吧。'

"就这样,我杀死了那只鹅,福尔摩斯先生。于是我带着这只鹅一路跑到基尔伯恩。我把一切都告诉了我的伙伴,他是一个可以相信的人。他乐得上不来气。我们拿刀将鹅开了膛。我的心马上就凉了,因为嗉囊里根本没有蓝宝石的影子,我知道一定发生了什么很糟糕的差错。我来不及管那只鹅,迅速跑回我姐姐家,匆匆走进了后院,但是那里已经空空如也了。

"我喊道:'麦棋,为什么鹅都不见了?'

"'已经卖到经销店去了,杰姆。'

"'哪家经销店?'

"'考文特园的布莱肯里齐。'

"'其中有没有一只尾巴带有黑道的鹅?和我挑选的那只一模一样的?'我问道。

"'有的,杰姆,尾巴带黑道的鹅一共有两只,我也分不清它们。'

"我马上明白发生了什么事。我用最快的速度跑到布莱肯里齐店主那里,可是他已经把所有的鹅都卖掉了,而且,对于鹅到底被卖到哪儿去了,他一点儿也不肯让我知道。他今天夜里说的话你已经亲耳听到了。他总是用那种话打发我。我姐姐以为我发疯了,有时候我自己也觉得我要发疯了。而现在,虽然我没有得到我出卖人格要拥有的珍宝,但

是我已经被打上了窃贼的烙印。愿上帝宽恕我吧！愿上帝宽恕我吧！"

只见他双手捂着脸痛苦地哭了起来。很长一段时间，房里寂静无声，只能听到他沉重的叹息声和歇洛克·福尔摩斯用指尖有节奏地敲打桌沿的声音。突然，我的朋友站了起来，迅速打开门。

"滚！"他说。

"您说什么，先生？！噢，愿上帝保佑你！"

"少说废话，滚吧！"

什么也不必多说了。我们只听见楼梯上传来噔噔的脚步声，然后是"嘭"的一声关门声，接着有一阵清脆的跑步声传来。

"华生，华生，"福尔摩斯一边说着，一边伸出手去拿那只陶土制的烟斗，"警察没有聘请我去向他们提供一些他们不了解的案情，当然，如果霍纳处在危险中，那又是另一码事。现在这个家伙再也不能控告他了，案子会不了了之。我这么做，也许救了一个人的命。这个人不会再做坏事了，他已经吓破了胆。要是把他送进监狱的话，他就会成为一个终身的罪犯。再说，现在正是大赦时节，我们正应该顺水推舟啊。我们碰上这个十分奇特的古怪问题真是偶然得很，而这个问题的解决也算是十分圆满了。如果你愿意按一按铃，医生，我们还可以开始另一案件的调查，其中的关键仍是一只家禽。"

冒险史

斑点带子案

从开始研究我的朋友歇洛克·福尔摩斯的破案技巧到现在已经八年了,这期间我记录了七十多个案例。我大略地看了一下这些案例,发现其中许多案例是悲剧性的,喜剧性的也有一些,但大部分是离奇的,没有一件案子是普通的。这是因为,他最大的兴趣不在于酬金,而在于他对那门技巧的运用和探索。他从来不参加任何普通案子的侦查,而专心于那些独特甚至近乎荒诞的案件。可是,在所有这些复杂多变的案例中,我认为没有哪一例会比萨里郡斯托克莫兰闻名的罗伊洛特家族那一例更令人匪夷所思了。现在要说的这件事,发生在我和福尔摩斯交往的早期。那时,我们都是单身汉,在贝克街合住一套房子。这件事我本来早就可以记录下来,但是,我曾发过誓要严守秘密。上个月,那位要我保密的女士已经离开人世,这样我才得以挣脱束缚。现在,就是披露真相的时候,因为我知道,外界对于格里姆斯比·罗伊洛特医生之死众说纷纭,谣言在四处流传,这些谣言使得这桩事情变得比实际情况更加古怪离奇。

那是一八八三年四月初。一天早上,刚睁开眼睛,发现歇洛克·福尔摩斯正站在我的床边,他已穿戴得整整齐齐。大多数情况下,他很爱睡懒觉,而那时壁炉架上的时钟才七点一刻,我惊异地眨了眨眼睛,心里有点不高兴,因为我是个生活有规律的人。

"对不起,吵醒你了,华生,"他说,"但是,你我今天早上都别想睡个好觉,先是哈德森太太被敲门声吵醒,接着她报复似的来吵醒我,现在轮到我来叫醒你。""那么,发生了什么事——不会是失火了吧?""不,是一位委托人。好像是一位年轻的女士,看起来情绪很激动,非要见到我。现在她就等在起居室里。你瞧,一位年轻的女士在大清早就出门,甚至不惜把人从睡梦中叫醒,一定是发生了很紧要的事情。如果

这是一件有趣的案子,你一定不愿意错过,所以我就来叫你起床了。"

"我的朋友,无论如何我也不想失去这个机会。"

观察福尔摩斯进行专业性的调查工作是我的乐趣所在,他总能迅速地做出推论。他的推论很敏捷,好像是凭直觉做出的,但实际上又是建立在逻辑基础上的。他就是依靠这些解决了许多复杂的问题。我匆匆地穿上衣服,几分钟后就准备妥当了,随同我的朋友来到楼下的起居室。一位女士端坐窗前,她身穿黑色衣服,蒙着深色的面纱。看见我们走进房间,她站起身来。

"早上好,小姐,"福尔摩斯愉快地说道,"我是歇洛克·福尔摩斯,这位是我的好友和伙伴华生医生。你不用顾虑,可以谈任何你想说的事。哈!哈德森太太想得很周到,已经为我们烧旺了壁炉,请凑近炉火坐坐,给你来一杯热咖啡好吗?我看你在发抖。"

"我发抖并不是因为冷。"那个女人低声地说,同时,她按照福尔摩斯的请求换了个座位。

"那么,是什么原因呢?"

"福尔摩斯先生,是害怕和恐惧。"她边说边掀起了面纱。我们能够很明显地看出她的焦虑和不安。她脸色苍白,神情忧郁,双眸透着惊惶的光芒,好像一头被猎人追捕的动物。从她的身材相貌看,她大约三十岁,可是,她的头发却已经现出缕缕银白,让人感觉她仿佛很憔悴,毫无活力。歇洛克·福尔摩斯迅速地把她从上到下打量了一番。"你不用害怕,"他身子前倾,轻轻地拍拍她的手臂,安慰她说,"相信我,我们很快就会处理好你的事情,我知道,你是赶早班火车来的。""这么说,你认识我?""不,我看到你左手的手套里露出一截回程车票。你一定很早就动身,而且在到达车站之前,还乘坐过单马车走过了一段很长的又难行的泥泞道路。"那位女士显然吃了一惊,迷惑地注视着我的朋友。

"这里没什么秘密,亲爱的小姐,"他笑着说,"你外套的左臂上,至少溅上了七处泥点,而这些泥点都是新沾上去的。只有单马车才会这样甩泥巴,而且你一定是坐在车夫的左面才会溅到泥。"

冒险史

"不管怎样,你说得完全正确,"她说,"我不到六点就离家上路,六点二十到达莱瑟黑德,然后乘坐开往滑铁卢的第一班火车来的。先生,我实在受不了这种紧张的生活了,再这样下去,我一定会发疯。我是求助无门——一个能帮忙的人也没有,只有一个人关心我,可是他这可怜的人儿,也是爱莫能助。福尔摩斯先生,我是从法林托歇太太那儿听说你的,在她最需要帮助的时候你及时伸出了援助之手。我正是从她那儿打听到你的地址的。噢,先生,你一定可以帮我的。至少可以给我指出一线光明,照亮一下我所处的黑暗。我现在无法酬谢你的帮助,但再过一个月或一个半月,我就结婚了,那时我有支配自己收入的权利,你可以发现,我并不是一个忘恩负义的人。"

福尔摩斯转身走向他的办公桌,打开抽屉上的锁,从中取出一本小小的案例簿,查看了一下。

"法林托歇,"他说,"啊,是的,我想起来了,那案子和猫儿眼宝石女冠冕有关。华生,那还是你来这儿之前发生的事呢。小姐,我现在只能说我接下了你的这个案子。至于酬劳,我的职业本身就是它的酬劳。但是,在你最合适的时候,你可以随意付给我一些费用。那么,现在请你把你的事情告诉我们吧。"

"唉,"我们的来客回答说,"我所害怕的东西很含糊,我的怀疑都是一些小事引起的。在所有的人当中,甚至最有义务来帮助我的人,听我说完这件事,也认为我是一个神经质的女人。虽然他并没说出来,但我感觉得到。我听说,福尔摩斯先生,你能看透人们的内心。请你告诉我,如果危险迫近,我该怎么办?""我很用心地在听你讲,小姐。"

"我叫海伦·斯托纳,我和我的继父住在一起,他是位于萨里郡西部边界的斯托克莫兰的罗伊洛特家族——英国最古老的撒克逊家族之一——的最后一个生存者。"福尔摩斯点点头说:"我知道这个名字。"

"这个家族曾是英伦最富有的家族之一,它的产业占地极广,超出了本郡的边界,北至伯克郡,西至汉普郡。可是到了上个世纪,连续四代子孙都是吃喝嫖赌挥霍无度的人,到了摄政时期终于被一个赌徒败尽

了几乎全部的家产，只留下了几亩土地和一座已经有二百年历史的古老宅邸，而那座宅邸也典押得所剩无几了。当时的主人在那里勉强支撑着落魄王孙的可怜生活，但是他的独生子，我的继父，意识到他必须适应这种情况，他向一位亲戚借了一笔钱，得到了一个医学学位，并且出国到了加尔各答行医，由于他的医术和刚毅的性格，他很快就发了财。可是，由于家里被盗了好几次，他盛怒之下打死了是当地人的管家，差点被判死刑。最终遭到长期监禁。后来，他在返回英国时已经变成一个性格暴躁、失意落魄的人。

"罗伊洛特医生是在印度娶了我的母亲的。她当时是孟加拉炮兵司令斯托纳少将的年轻遗孀，斯托纳太太。我和我的姐姐朱莉娅是双胞胎姐妹，我母亲再婚的时候，我们只有两岁。她有很大一笔钱，每年有至少一千英镑的收入。我们和罗伊洛特医生住在一起时，她曾立下遗嘱说继父是她所有财产的继承人，但附有一个条件，那就是在我们结婚后，继父每年要给我们一笔钱。我们返回英伦不久，我们的母亲就去世了。她是八年前在克鲁附近的一次火车事故中丧命的。在这之后，罗伊洛特医生放弃了重新在伦敦开业的机会，带我们一起到斯托克莫兰祖先留下的古老宅邸里生活。我母亲遗留的钱足够我们生活，看来我们可以幸福地度过一生了。

"但是，在这段时间里，我们的继父发生了可怕的转变。起初，邻居们看到斯托克莫兰的罗伊洛特的后裔回到这古老家族的宅邸，都十分高兴。可是他并不像以前那样与邻居交朋友，也不和大家来往，他总是把自己关在房子里，很少外出，不论看到什么人，都和人家大声地争吵。这个家族中，有这种癫狂的暴烈脾气的遗传。我想我的继父由于长期旅居于热带地方，这种脾气更加严重了。就这样，他总是很丢脸地与人发生争吵。其中两次，一直吵到违警罪法庭才算了结。结果，他成了村里人人害怕的人。人们一看到他，总是躲得远远的，因为他的力气很大，任何人都控制不住发脾气时的他。

"上星期他小题大作，把村里的铁匠从栏杆上扔进了小河，我花掉

冒险史

了我能张罗来的所有钱才没有使他再次出丑。只有那些到处流浪的吉普赛人是他的朋友。他允许那些流浪者在那块象征着家族地位的几亩杂草丛生的土地上宿营。在他们的帐篷里他可以受到热情的款待。有时候他随同他们出去流浪好几周。他还对印度的动物有着强烈的爱好。这些动物是一个记者送给他的。目前,他有一只印度猎豹和一只狒狒,它们在他的土地上毫无拘束地跑来跑去,村里人都害怕它们。

"根据我说的这些情况,你们不难想象我和可怜的姐姐朱莉娅毫无生活乐趣可言。没有人愿意与我们长期相处,我们自己操持所有的家务。我姐姐死的时候,才仅仅三十岁。可是她早已两鬓白发,就像我现在的情况一样。""那么,你姐姐已经死了?"

"她死于两年前,我想对你说的正是关于她去世的事情。你可以想象,在那种生活环境里,我们没有机会见到与我们的年龄和地位相仿的人。不过,我们有一个姨妈,叫霍洛拉·韦斯法尔小姐,她是我母亲的老处女姐妹,住在哈罗附近,继父偶尔会允许我们到她家去做客。两年前,朱莉娅到她家过圣诞节,在那里认识了一位领半薪的海军陆战队少校,他们互相许下了婚约。我姐姐回来后,继父听说了这一婚约,他并未反对。但是,还差两周就要举行婚礼的时候,可怕的事情发生了,这件事情让我失去了唯一的伙伴儿。"

福尔摩斯始终仰靠在椅背上,闭目养神一般,头枕在椅背靠垫上。但是,听到这儿,他半睁了一下眼睛,看了一看那位女士。

"请把细节说清楚些。"他说。"好的,我已经把那一时刻发生的每一件事都深深地烙在我的脑海中了。我前面说过,庄园的宅邸已经十分古老,只有一侧的耳房现在能住人。这一侧的耳房卧室在一楼,起居室位于房子的中间部位。这些卧室中,第一间是罗伊洛特医生的,第二间是我姐姐的,第三间是我自己的。这些房间不能相通,但是房门都开向同一条过道。我讲清楚了没有?""非常清楚。""三个房间的窗子都是朝向草坪的。事情发生的那天晚上,罗伊洛特医生很早就回到了自己的房间,但是通过那股强烈的印度雪茄的味道,我们知道他还没睡,他有抽这种雪茄的瘾。因此,姐姐离开自己的房间,到我的房间里呆了一会儿,和我谈起自己的婚事。到了十一点钟,她起身回自己的房间,但是她在门口停了一下,回过头来。

"'告诉我,海伦,'她说,'你曾在夜深人静的时候听到有人吹口哨吗?'

"'从来没有。'我说。

"'你睡着以后,不可能吹口哨吧?'

"'当然不会,为什么这么问?'

"'因为这几天大约清晨三点钟左右,我总是听到很轻但是很清晰的口哨声。我是一个睡觉很轻的人,所以很容易被吵醒。我说不出口哨声来自何处,可能来自隔壁房间,也可能来自窗外草坪。所以我想问问你是否也听见了。'

"'没有,我没听到过。一定是种植园里那些讨厌的吉普赛人。'

"'非常有可能。但如果是从草坪那儿来的,我就奇怪为什么你没有听到?'

"'啊,可能是因为我睡觉比你实。'

"'好啦,不管怎么说,这并没有多大关系。'她转过头对我笑笑,接着关上了我的房门。一会儿,我就听到她用钥匙把自己房门锁上的声音。"

"那么,"福尔摩斯说,"你们是不是有在夜里把自己锁在屋子里的习惯?""一直是这样。""原因呢?""我想我刚才说过,医生养了一只印度猎豹和一只狒狒。不把门锁上,我们感到很危险。""原来是这么回事。请你接着说下去。"

"那天晚上,我根本睡不着,总是有一种模模糊糊的大祸临头的感觉。你会记得我们姐妹俩是双胞胎,因此我们之间一直有一种很微妙的感应存在。那天晚上外面下着大雨,狂风大作,可以听到雨点打在窗户上的声音。突然,在风雨交加的声音里面,传来一声女人惊恐的喊叫,我听出那是我姐姐的声音。我迅速跳下床,裹上一块披巾,开门冲向了

冒险史

过道。就在我开启房门时,似乎听到一声轻轻的就像我姐姐说的那样的口哨声,然后,又听到哐啷一声,仿佛是一块金属似的东西掉落在地。就在我顺着过道跑过去的时候,看见我姐姐的门已经打开了,房门正在缓缓地动着。我很害怕,不知道房门里会有什么东西出来。通过门灯,我看见姐姐出现在门口,脸上一点儿血色也没有,双手在摸索着,整个身体都在摇晃,一副站不住的样子。我赶紧跑上去抱住她。这时她突然瘫到地上,好像很痛苦的样子,四肢在抽搐着。我以为她认不出我了,于是低下身子要去抱她,但她突然大叫起来,那凄厉的叫声我一辈子都记得。她叫的是:'唉,海伦!上帝啊!是那条带子!竟然是那条带斑点的带子!'她好像还要说些什么,但又说不出来,她用手指着医生的房间,但是她再次抽搐了起来。我迅速跑过去,大声喊我的继父,只见他穿着睡衣,急急忙忙地从他的房间赶出来。他赶到我姐姐身边时,我姐姐已经没有知觉了。虽然他给她灌下了白兰地,而且请来了村里的医生,但一切都没用了,一直到咽气,她都没有重新醒过来。我那亲爱的姐姐就这样悲惨地死了。"

"等一等,"福尔摩斯说,"你能确定你听到口哨声和金属碰撞声吗?你能确定吗?""本郡验尸官在调查时也问过我这个问题。我确实听到了,它给我留下了很深的印象。可是在猛烈的暴风雨声和老房子吱吱嘎嘎的一片响声中,我确实也有听错的可能。"

"你姐姐还穿着白天的衣服吗?""没有,她穿着睡衣。在她的右手中有一根烧焦了的火柴棍,左手里有个火柴盒。""这表明出事时,她划过火柴,并观察了四周,这是一个关键。验尸官是怎么说的?"

"他对这个案子调查得很认真,因为罗伊洛特在郡里早已恶名远扬,但是他找不出什么让人信服的死亡原因。我保证,房门总是反锁着的,窗子有带有宽铁杠的老式百叶窗护挡着,每天晚上都关得严严的。墙壁经过仔细的敲打,发现四面都很厚实,地板也彻底检查了一遍,结果也是一样。烟囱倒是很宽阔,但也是用了四个大锁环闩上的。所以,事情发生时,姐姐房里只有她一个人。另外,她身上没有任何暴力的痕迹。"

福尔摩斯探案全集

"也许是毒药?""关于这一点,医生们做了检查,但什么都查不出来。""那么,对于你姐姐的死亡你有什么看法?""我不知道具体是什么东西吓着了她,但是她的死完全是因为精神上的极度恐惧。""当时种植园里有吉普赛人吗?""有的,吉普赛人常常在那儿出现。""啊,从她提到的带子——带斑点的带子,你想到了什么?""我有时候想,那可能是精神错乱时说的胡话,有时候又想,可能是指某一伙人,也许指的就是种植园里那些吉普赛人。他们当中有很多人头上戴着带点子的头巾,我不知道这是不是我姐姐所指的。"

福尔摩斯摇摇头,似乎不满意于这种想法。"不会这么简单。"他说,"请接着讲。"

"在那之后,两年过去了,一直到最近,我的生活比以前任何时候都更加孤独。然而,一个月前,有一位相识很多年的亲近的朋友向我求婚。他叫珀西·阿米塔奇,是住在里丁附近克兰沃特的阿米塔奇先生的二儿子。对这件婚事我继父没有表示反对,我们决定在春天完婚。两天前,这所房子西边的耳房开始进行装修,我卧室的墙壁被钻了些洞,所以我只得搬到我姐姐原来的那间房里去住,睡在她睡过的那张床上。昨天晚上,我躺在床上怎么也睡不着,回想着我姐姐的可怕遭遇,突然我听到了那种轻轻的口哨,预示姐姐死亡的口哨声,你们可以想象,我被吓死了。我跳了起来,把灯点着,但是房间里什么也没有。可是我实在是被吓坏了,再也不敢重新上床。我穿上了衣服,天刚发白就偷偷溜出来,在宅邸对面的克朗旅店雇了一辆单马车,坐车到莱瑟黑德,又从那里来到你这儿,我现在唯一的希望就是获得你的帮助。""这么做很好。"我的朋友说,"但是你说出了所有的事情吗?""是的,所有事。"

"罗伊洛特小姐,你藏起了一部分事实。你在袒护你的继父。"

"哎呀!你这是什么意思?"

作为回答,福尔摩斯拉起了把这位女士的手遮盖住了的黑色花边袖口的褶边。白净的手腕上,有五小块乌青的伤痕,那是四个手指和一个拇指的压痕。

冒险史

"你被打过。"福尔摩斯说。这位女士满脸通红,遮住受伤的手腕说:"他的身体很健壮,也许他没意识到自己多么有力气。"大家有很长一段时间没有说话,福尔摩斯用手托着下巴,眼光放在熊熊燃烧的炉火上。

最后他说:"这个案子十分复杂。我希望了解一些更多的细节,然后才能决定采取什么行动。不过,我们已经没有多少时间了。假如我们今天到斯托克莫兰去,我们是否可以背着你的继父,查看一下这些房间呢?"

"碰巧他说过今天要到城里办一些重要的事,也许一整天都不回家,因此不会有什么不方便。眼下我们有一位女管家,但是她已经很大年纪了,反应有点迟钝,我可以很容易地支开她。"

"太好了,华生,你不反对走一趟吧?"

"当然。""那么,我们两个人都要去的。你呢?""既然到了城里,我想去办一两件事。但是,我会乘坐十二点钟的火车赶回去,好在那儿迎接你们。""吃过午饭你就可以等到我们了。我也要处理一些业务上的小事。也许你可以在这里吃一点早点?""不,我想先离开,把这些事跟你们讲了之后,我的心情愉快多了。希望下午能再次见到你们。"她把那厚厚的黑色面纱拉下来蒙在脸上,悄悄地走出房间。"华生,对这一切你怎么看?"歇洛克·福尔摩斯向后一仰,靠在椅背上问道。"我认为这是一个阴险恶毒的计谋。""是够恶毒的。"

"可是,根据这位女士说的,地板和墙壁都很坚实,门窗和烟囱也不可能进人,那么,她姐姐发生意外时,是一个人在屋里的。"

"可是,为什么在半夜会有口哨声,那女人死前的话又是什么意思?""我完全没概念。"

"夜半哨声,同这位医生关系密切的吉卜赛人,我们完全可以相信医生试图阻止他继女结婚。那句临死时提到的有关带子的话,最后还有海伦·斯托纳小姐听到的哐啷一下的金属碰撞声——那声音也许是由一根扣紧百叶窗的金属杠落回到原处的声音,应该把所有这些情况组合起来,我认为沿着这些线索是可以解开这个谜团的。"

福尔摩斯探案全集

"那么那些吉普赛人又在此案中扮演了什么角色？""我想不出。""我认为现在的推理缺乏赖以支持的证据。""我觉得是这样。正是因为这个原因，我们今天才要到斯托克莫兰去。我想确定一下这些推理是否站得住脚，还是另有原因。可是，真是见鬼，究竟怎么回事？"

福尔摩斯突然发出喊叫是因为我们的门突然被人撞开了，一个彪形大汉出现在那里。他的装束很特别，既看上去比较体面，又有点土气。他头戴黑色大礼帽，身穿一件长礼服，脚上却穿着一双有绑腿的高统靴，手里还握着一根猎鞭。他长得实在是太高大了，他的帽子都碰到了房门的横梁。他十分强壮，几乎把整个门都堵住了。他的脸上布满皱纹，脸色发黄，充满着一股邪气。他的眼睛在我和福尔摩斯身上打转儿，那眼睛深陷并且露出凶光，他的鼻子高挺并且带鹰钩，给人感觉就像一头虽老朽但仍残暴的猛兽。

"你们俩谁是福尔摩斯？"这个怪物问道。

"先生，我就是，请问你是哪一位？"我的伙伴平静地说。

"我是斯托克莫兰的格坦克姆斯比·罗伊洛特医生。"

"哦，医生，"福尔摩斯温和而礼貌地说，"请坐。"

"别来这一套，我知道我的继女来过你这儿，她跟你说了什么？"

"今年虽然天气很冷……"福尔摩斯说。"她都对你说了些什么？"老头儿气急败坏地叫喊起来。"但是我听说番红花会开得不错。"我的伙伴仍然微笑着说。"哼！你骗不过我！"我们这位新客人上前一步，挥动着手中的猎鞭说，"我认识你，你这个流氓！我早就听人说过你，福尔摩斯，一个专管闲事的人。"我的朋友报以微笑。"你这个专管闲事的家伙！"他笑得更加开心。

"福尔摩斯，你这个苏格兰场自以为了不起的芝麻官！"福尔摩斯哈哈地笑了起来。"你的话真有意思，"他说，"你走的时候别忘了把门关上，因为有一股穿堂风。"

"话说完我就会走，你竟然敢管我的事。我知道斯托纳小姐来过这里，我跟踪了她。我可没你想的那么软弱可欺！瞧这个。"他迅速地跨

冒险史

前几步,抓起火钳,双手用力把它折弯。

"千万别让我抓住你!"他咆哮着说,顺手把扭弯的火钳扔到壁炉里,大步流星地走出了房间。"他可够和善温和的了。"福尔摩斯哈哈大笑说,"虽然我的块头比他小,但是如果他再多呆一会儿,他会发现我的手劲也很大。"说着,他拾起那把钢火钳,猛然用力,就把它重新弄直了。

"真是有趣,他竟然把我说成是官方侦探。但是,这却为我们的调查添加了乐趣,现在我只希望这个家伙别折磨那位可怜的女士。好了,华生,我们先吃饭吧,饭后我要步行到医师协会,我希望在那儿弄到一些有助于我们处理这件案子的材料。"

歇洛克·福尔摩斯回来时已快一点了。他拿出一张蓝纸,上面杂乱地写着一些笔记和数字。

"我看到了那位已故的妻子的遗嘱,"他说,"为了知道它确切的含义,我计算了遗嘱中所列的那些投资有多少收入。在那位女士去世时,全部收入差不多一千一百英镑,现在,因为农产品价格下降,最多有七百五十英镑。可是每个女儿一结婚就有权利拿走二百五十英镑。因此,很显然,假如两个小姐都结了婚,这位医生就只能得到很微薄的收入,甚至即使只有一个小姐结婚也会使他很狼狈。我早上的工作没有白费,他有足够的动机去防止这样的事情发生。华生,现在事不宜迟,特别是那老头儿已经知道我们参与了此事。所以,如果你准备好了,我们就去雇一辆马车,前往滑铁卢车站。如果你能把左轮手枪放在口袋里,我会很感激的。对于能把钢火钳扭弯的先生,一把埃利二号是最能解决事端的工具了。我想再加上一把牙刷,所有的工具都备齐了。"

在滑铁卢,我们正好赶上一班开往莱瑟黑德的火车。到站后,我们从车站旅店雇了一辆双轮轻便马车,在萨里单行车道上赶了五六英里路。那天天晴气爽,春光明媚,蔚蓝色的天空中飘着几朵白云。树木和路边的树篱刚刚抽出第一片嫩芽,空气中散发着令人心旷神怡的潮湿的泥土气息。我感觉这春意盎然的景色和我们将要开始的调查形成了一个奇异的对比。我的伙伴双臂交叉地坐在马车的前部,帽子垂下来遮住了

眼睛，头垂到胸前，陷入了沉思之中。可是蓦地他抬起头来，指给我看对面的草地。

"你瞧那边。"他说。一片树木浓密的园地，铺展在一处不很陡的斜坡上，在最高处形成了密密的一片丛林。透过树丛可以看见一座古老宅邸的灰色山墙和高高的屋顶。"斯托克莫兰？"他说。"不错，先生，那是格里姆斯比·罗伊洛特医生的房子。"马车夫说。

"那边正在进行修缮工作，"福尔摩斯说，"我们就去那儿。""村子在那儿，"马车夫指着左面的一排屋顶说，"但是，如果你们想去那儿，可以走近路，跨过篱笆两边的台阶，然后走地里的小路。就在那儿，那位小姐正在走着的那条小路。"

"我想，那位小姐就是斯托纳小姐，"福尔摩斯用手遮住太阳，仔细地瞧着说，"没错，我想我们就照你的意思做。"我们下了车，付了车钱，马车吱呀呀地调头往回行驶。

当我们走上台阶时，福尔摩斯说："我认为我们最好装成是建筑师，或者是来办事的人，以避免其他的麻烦。午安，斯托纳小姐。你看，我们是说话算话的。"我们这位早上见过面的委托人匆忙地迎过来，一副很高兴的样子。"我一直在热切地等着你们到来，"她热情地和我们边握手边大声说道，"一切都很顺利。罗伊洛特医生进城了，不到傍晚他是不会回来的。"

"我们已经荣幸地认识了医生。"福尔摩斯说道。然后他把事情的大概描述了一番。我们只见斯托纳小姐的脸和嘴唇渐渐地失去了血色。"上帝啊！"她叫道，"他竟然跟踪我。""看来是这样。""他太奸诈了，我总是摆脱不掉他的控制，他回来后会做什么呢？""他会想尽办法保护自己，因为他可能发现，他被更奸诈的人盯上了。今天晚上，你一定不要让他进你的房间。如果他很震怒，我们就送你去哈罗你姨妈家里。现在，我们必须立即行动，所以，请带我们去你姐姐的房间。"

这座宅邸是用灰色的石头砌的，石壁上满是青苔，中央部分比较高，两侧是弧形的边房，像一对蟹钳似的向两边延伸。一侧的边房窗户

冒险史

都坏了，用木板堵着，房顶也有一部分坍陷了，一副荒废已久的样子。房子的中央部分也缺乏修缮。可是，右手那边一排房子却比较新，窗子里窗帘低垂，烟囱上炊烟阵阵，表明这一家人就住在那里。靠山墙竖着一些脚架，墙的石头部分已经打通，但是我们在那里却没有看到工人。福尔摩斯在那块修剪得不太平整的草坪上缓慢地踱来踱去，认真地检查了窗子的外部。

"我想，这是你过去的卧室，当中那间是你姐姐的房间，挨着主楼的那间是罗伊洛特医生住的地方。""完全正确。但是现在我在当中那间睡觉。""是因为房屋正在修缮中吧？但是，那座山墙没有修缮的必要啊！""是的，我相信那么做的目的是让我从我的房间里搬出来。""啊，有问题。嗯，这狭窄边房的另一边是三个房间共同的过道。里面肯定也有窗子的吧？""当然，但是那些窗子都很窄，人根本钻不进去。"

"你们晚上都锁着自己的房门，所以不可能从那一边进入你们的房间。现在麻烦你到你的房间里去，并且锁上百叶窗。"

斯托纳小姐照办了。福尔摩斯十分仔细地检查着窗子，用尽各种方法都没有打开百叶窗。上面甚至连一条可以插进刀去把闩杠撬起来的裂缝也没有。随后，他用放大镜检查了合叶，可是合叶是铁制的，牢牢地嵌在坚硬的石墙上。"嗯，"他有点疑惑地搔着下巴说，"我的推理看来有些说不通。一旦这些百叶窗锁上了，是不可能有人钻进去的。好吧，我们来仔细检查一下，看看里边有没有能弄明白事情真相的线索。"

我们通过一个小小的侧门走进刷得雪白的过道，三间卧室的房门都朝向这个过道。福尔摩斯不想检查第三个房间，所以我们直接就来到第二间，也就是斯托纳小姐现在的卧室、她的姐姐不幸去世的那个房间。这是一间简单的小房间，按照乡村老式宅邸的样式盖的，有低低的天花板和一个开口式的壁炉。房间的一角立着一只带抽屉的褐色橱柜，另一角安置着一张床，罩着白色的床罩，窗子的左侧是一只梳妆台，再加上两把柳条椅，就是这房间的全部摆设。只是正当中还有一块四方形的威尔顿地毯。房间四周的木板和墙上的嵌板已被虫蛀得到处是孔，十分老

旧，颜色已经褪得差不多了。这些木板和嵌板可能在当年建筑这座房子时就有了。福尔摩斯搬了一把椅子到墙角，沉默地坐在那里，他的眼睛却在四周转动，细致地察看房间的每一个细节。

最后，他的注意力集中在了悬挂在床边的一根粗粗的铃拉绳上，随后问道："这个铃通向哪儿？"那绳头的流苏就搭在枕头上。

"通到管家的房间里。"

"和其他东西相比，它无疑很新。"

"是的，是最近这一两年才装上的。"

"我想是你姐姐要求装上的吧？"

"不是，她从来没有用过它，我们总是自己去拿需要的东西。"

"那么，看来在那儿安装这么好的一根铃绳完全没有必要。对不起，给我几分钟，我想仔细看看这地板。"他趴到地上，手里拿着他的放大镜，迅速地前后匍匐移动，十分仔细地检查木板间的裂缝。接着他检查了房间里的嵌板。然后，他走到床前，眼睛直盯着它，好一会儿后又顺着墙上下地看着。最后他把铃绳握在手中，使劲地拉了一下。

"咦！这是假的。"他说。"不响吗？""不响，上面甚至没有接上线。这真是有意思，现在你仔细看看，绳子其实是系在小小的通气孔上面的钩子上的。""真是奇怪的做法，我过去根本没注意。""非常奇怪！"福尔摩斯手拉着铃绳自言自语地说，"这房间里有一两个地方很特别。例如，造房子的人很愚蠢，竟然让通气孔通向隔壁房间，用同样的工夫，他本来可以让它朝向户外的。"

"那也是最近的事。"这位小姐说。

"是和铃绳同时安装的吗？"福尔摩斯问。

"是的，那时候进行了几处小的改动。"

"这实在是很有趣——装样子的铃绳，不通风的通气孔。这实在是很有趣，斯托纳小姐，我们到里面那一间去检查检查看。"

格里姆斯比·罗伊洛特医生的房间比他继女的宽敞一些，但陈设也是那么简单。一张行军床，一个摆满书籍的小木制书架，架上的书籍多

冒险史

数是技术性的,床边是一把扶手椅,靠墙有一把一般的木椅,一张圆桌和一只大铁保险柜,这就是这个房间的主要家具和杂物。福尔摩斯在房间里慢慢地走了一遍,很仔细地检查了每样东西。

他敲敲保险柜问道:"你知道这里面是什么吗?""我继父业务上的文件。""噢,你亲眼看见过吗?"

"只有一次,那是几年以前。我记得里面装满了文件。"

"但里边不会有一只猫吗?"

"不会,怎么会有这么奇怪的想法!"

"哦,看看这个!"他从保险柜上边拿起一个盛奶的浅碟。

"不,我们家没有猫,只有一只印度猎豹和一只狒狒。"

"啊,是的,当然!嗯,一只印度猎豹和一只大猫差不多,但是,一碟奶根本不够满足它的需要。有一个地方,我必须确定一下。"他蹲在木椅前,全神贯注地检查了椅子面。

"谢谢你,事情差不多解决了。"说着,他站了起来,把放大镜放回衣袋里,"喂,这件东西很有意思!"

引起他注意的是挂在床头上的一根小打狗鞭子。不过,这根鞭子是卷着的,而且打成结,使鞭绳盘成了一个圈。"你怎么看这件事,华生?""只是一根很平常的鞭子。但是为什么要团起来?""并不如想象的普通。哎呀,这真是个罪恶的世界,如果一个聪明人把脑子用在做坏事上,那可真是可怕。我想我现在已经看够了,斯托纳小姐,如果你允许的话,我们到外面草坪上去走走。"

我的朋友在离开调查现场时,脸色极为罕见的严峻,那表情简直是可怕的。我们在草坪上一趟趟地走着,我和斯托纳小姐都不敢打断他的思路,一直到他自己从沉思中恢复。"斯托纳小姐,"他说,"现在最重要的是你要照我的话做事。"

"我一定照办。"

"事情很严重,一点也不容迟疑。为了你的生命着想,你必须听我的。""请放心,我一切照办。""首先,我的朋友和我今晚必须呆在你

的房里。"斯托纳小姐和我都惊讶地看着他。

"对,一定要这样做,我一会儿再解释。我想,那儿就是村里的旅店?""是的,那是克朗旅店。""很好。从那儿看得见你的窗子?""是的。""你继父回来时,你要装作头疼,把自己关在房间里。然后,当你听到他夜里就寝时,你就赶紧打开你那扇窗户的百叶窗,解开窗户的搭扣,把灯摆在那儿给我们发信号,这之后你必须带上你需要的所有东西,偷偷溜回你从前的房间,我想,虽然还在修理,你还是能住一晚的。"

"噢,是的,当然可以。""其他的事情你都不用管。""可是,你们要怎么做呢?""我们要在你的卧室里过夜,目的是要调查一下干扰你的声音是怎么来的。"

"我想,福尔摩斯先生,你心里一定已经有了主意。"斯托纳小姐拉着我同伴的袖子说。"也许是这样。""那么,求求你,告诉我,我姐姐怎么死的?""我想最好是在有了更确切的证据之后再让你知道。""你至少可以告诉我,我认为的是否正确,她也许是突然受惊而死的。"

"不,我并不那么认为。我认为可能有某种可怕的原因。好啦,斯托纳小姐,我们必须走了,要是罗伊洛特医生回来见到了我们,一切的准备就白费了。再见,要坚强些,只要你按照我告诉你的话做,你大可以放心,危机很快就会解除。"

歇洛克·福尔摩斯和我很容易地就在克朗旅店订了一间卧室和一间起居室。房间在二楼,我们可以从窗子俯瞰斯托克莫兰庄园林荫道旁的大门和住人的边房。傍晚时分,我们看到格里姆斯比·罗伊洛特医生驱车进来,他那硕大的身躯坐在赶车的瘦小的少年旁边,显得非常不协调。男仆在打开沉重的大铁门时,很费了点事,我们听到医生不满的咆哮声,并且看到他愤怒地挥舞着拳头。马车继续前进。过了一会儿,我们看到那边突然射出一道灯光,原来有一间起居室点上了灯。

"你知道吗,华生?"福尔摩斯说。这时,天已经逐渐黑了下来,我们坐下来,交谈着。"今天晚上你同我虽是两个人,但我的确有些顾虑,事情很明显存在着危险的因素。"

冒险史

"我能帮什么忙吗?"

"你在场可能会给我很大的帮助。"

"那么,我一定会去。"

"非常感谢!"

"你提到危险。显然,在这些房间里你看到了很多我没看到的东西。""不,但是我认为,我可能从中多推测出了一些东西。我想我们都看到了同样的东西。""除了那铃绳以外,我没有什么新的发现。至于那东西究竟用来干什么,我实在是想不出来。""你也看到那通气孔了吗?""是的,但是我想通气孔即使开在两个房间之间,也并不是什么特别的事。而且那洞口很窄小,即使是耗子想钻过去也会很困难。""在我们没来斯托克莫兰以前,我就知道,我们将会发现一个通气孔。"

"真的吗,亲爱的福尔摩斯?""哦,是的,我知道的。你还记得吗?她在叙述时说她姐姐能闻到医生的雪茄烟味,怎么闻到的?一定是两个房间中有一个通道,而且这个通道一定是很窄小,否则验尸官会查到这个通道的。根据这些,我推断有一个通气孔。""但是,有什么不好吗?""嗯,至少在时间上的巧合十分奇妙,凿了一个通气孔,挂了一条绳索,睡在床上的一位小姐送了命。这就足够引起我们的注意了。"

"我仍然看不出这其中有什么联系。""你发现那张床有什么特别之处吗?""没有。""它是用螺钉固定在地板上的。你以前见到过一张如此牢固的床吗?""好像是没见过。""那位小姐无法移动她的床。那张床只能既对着通气孔,又对着铃绳——也许我们不能这样称呼它,因为很明显,它从来也没有被当作铃绳用过。"

"福尔摩斯,"我叫了起来,"我似乎有些了解了。我们正好可以及时阻止又一件可怕的罪行的发生。""实在太可怕了。医生就是罪魁祸首,在他身上既有胆量又有知识。帕尔默和普里杰德在他们这一行中已算是佼佼者了,但这个人的手段显然更高明。可是,华生,我想我们会比他更杰出。天亮之前,还有许多需要担心的事情,现在我们不妨静静地抽一斗烟,换换脑筋,多想点愉快的事情吧。"

大约九点钟的时候,树丛中透过来的灯光终于消失了,庄园宅邸那边一片漆黑。两个小时慢慢地过去了,在时钟打十一点的时候,我们看到前方出现了一盏孤灯,发出明亮的灯光。

"我们等的信号来了,"福尔摩斯跳起来说,"是从当中那个房间照出来的。"我们离开旅馆的时候,福尔摩斯和老板说了几句话,解释说我们必须连夜去拜访一个朋友,今夜可能不回来了。一会儿,我们便走在了漆黑的路上,阴凉的冷风不断吹打着我们的脸颊。我们冲破朦胧的夜色,走向那昏黄的灯光,去实现我们那吉凶未卜的使命。

由于年代久远,山墙已残缺不全,我们没有任何阻碍地进入了庭院。我们穿过树丛,又越过草坪,正准备从窗户进入屋里时,从一丛月桂树中突然跳出了一个好像丑陋变形的孩子一样的东西,它摆动着四肢迅速跳到草坪上,很快地跑过草坪,在黑暗中消失了。

"上帝啊!"我低声叫了起来,"那是什么?"这时,福尔摩斯显然和我一样,也吓了一跳。他在激动中用像老虎钳似的手抓住了我的手腕。然后,他轻声地笑了起来,把嘴唇凑到了我耳朵上。"真是不错的动物!"他低声地说,"这就是那只狒狒。"

我这时才想起医生宠爱的奇特动物。还有一只印度猎豹呢!说不定什么时候它就会趴到我们肩膀上。我仿照福尔摩斯,脱下鞋,钻进了卧室。我承认,直到这时,我才有了一点儿安全的感觉。我的伙伴无声无息地关上了百叶窗,把灯挪到桌子上,环顾了一下屋子四周。室内和我们白天见到的一样,没有变化,他悄无声息地走到我跟前,把手圈成喇叭形,对着我耳语道:"哪怕是最小的声音,都会使我们的计划破产。"声音轻得使我刚能听出他说的是些什么。

我点头表示明白。"我们必须把灯关掉,他会从通气孔发现有亮光的。"我又点了点头。"精神些,这可是性命攸关的时刻,把手枪准备好,也许会用到它。我坐在床边,你坐在那把椅子上。"我把手枪掏出来,放在桌子角上。

福尔摩斯拿出一根又细又长的藤鞭,放在身边的床上。又把一盒火

冒险史

柴和一个蜡烛头也放在床边。一切就绪后,他吹熄了灯,我们的四周漆黑一片。

我一直记着那次可怕的经历。当时万籁俱寂,甚至连呼吸的声音也听不见。可是我知道,我的伙伴正警惕地坐着,他就在我的身旁不远处,而且一样神经紧张。百叶窗遮住了外面的一切光线。我们就这样一动不动地等待着。外面偶尔传来猫头鹰的叫声,有一次就在我们的窗前传来一声长长的猫似的号叫,这是那只印度猎豹在到处乱跑。我们还听到远处教堂传来的低沉的钟声,每隔一刻钟就沉重地敲响一次。每刻钟都好像是一个漫长的世纪!敲了十二点、一点、两点、三点,我们始终端坐如初,等待着奇迹出现。

突然,从通气孔那个方向透出一道瞬刻即逝的亮光,继而是一股燃烧煤油和加热金属的浓烈气味。隔壁房间里有人点着了一盏遮光灯,我听到了轻轻挪动东西的声音。接着,一切又都安静下来。只有那气味却愈加浓厚。我竖起耳朵坐了足足半个小时,突然,我听到一种非常奇怪、非常轻柔的声音,就像烧开了的水壶嘶嘶地喷着气。就在这一瞬间,福尔摩斯从床上跳了起来,划着了一根火柴,用他那根藤鞭狂猛地抽打那铃绳。

"你看见了没有,华生?"他大声地叫着,"你看见了没有?"

但是我什么也没有看见。就在火柴发出亮光的时候,我听到一声低沉却清晰的口哨声。我的眼睛不能适应突然出现的亮光,我根本来不及看我的朋友正在狠命抽打着什么东西,但是我却看到,他的脸上毫无血色,充满着恐怖和厌恶的神情。

他已停止了抽打,脸朝上看着通气孔,突然在黑夜的沉寂中,爆发出一声你无法想象的恐怖尖叫。叫声越来越高,交织着痛苦、恐惧和愤怒,令人颤抖。据说这喊声惊醒了远在村里甚至远在教区的人。这叫声使我们毛骨悚然。我和福尔摩斯双双呆立在那里,互相呆望着,然后一切都恢复了原有的沉寂。

"这是怎么回事?"我惊慌地问。"这意味着事情结束了,"福尔摩

斯回答道,"而且,依我看,这可能是最好的结局。带着你的手枪,我们到罗伊洛特医生的房间去。"他点着了灯,带头走过过道,神情异常严肃。他敲了两次医生的房门,里面没有反应。他随手转动了门把手,进入房内,我紧跟在他身后,手里握着打开保险的手枪。

一幅奇特的景象出现在我们眼前:桌上放着一盏遮光灯,遮光板半开着,灯光直射在柜门半开的铁保险柜上。格里姆斯比·罗伊洛特医生正坐在桌子旁边的那把木椅上,他身披一件长长的灰色睡衣,双脚赤裸地套在红色土耳其无跟拖鞋里,膝盖上横放着我们白天看到的那根短柄长鞭子。他的脸向上仰起,一双眼睛恐怖地、僵直地盯着天花板。一条异样的、带着褐色斑点的黄带子缠绕在他的额头上,我们进去的时候,他没有出声,也没有动。

"带子!带斑点的带子!"福尔摩斯轻声说。

我向前迈了一步。看见他头上的那条带子开始缓缓移动,渐渐地,从他的头发中钻出一条毒蛇,正扭动着胀鼓鼓的脖子,高昂着钻石型的头部。"这是一条沼地蝰蛇!"福尔摩斯喊道,"印度毒性最烈的蛇。医生被咬后十秒钟内就已经死了。真是恶有恶报,他掉到自己设的陷阱里了。我们得把这畜生弄回它的巢里去,然后再把斯托纳小姐转移到一个安全的地方,最后把这一切都告诉当地的警察。"

说着话,他迅速从死者膝盖上取过打狗鞭子,将活结甩过去,套住那条蛇的脖子,把它从盘踞着的地方拖了起来。然后伸长了手臂提着它,扔到铁柜子里,又将柜门关上。

这就是斯托克莫兰的格里姆斯比·罗伊洛特医生之死的全部过程。这个叙述已经够长的了,和本案有关的一些小事就不详加记述了。例如我们怎样告诉那位吓坏了的小姐这个悲痛的事件,怎样陪她坐车到哈罗,让她的姨妈照顾她,警方怎样得出了最后结论,认为医生是丧生在他豢养的危险宠物口中等等事件。我对于这个案子还有一些不了解的地方,福尔摩斯在第二天回城的路上讲给我听。

"亲爱的华生,"他说,"我最初得出的是个错误的结论,那些吉普赛人,那不幸的小姐使用的'带子'这个词,都引导我跟踪一个错误

冒险史

的线索，这也说明证据不充分时得出的推论总是危险的。当我认清一个事实，威胁到室内人生命的危机既不可能来自窗子，也不可能来自房门时，我就开始重新思索事件的可能，我认为这一点是我的成绩。你已经看到，我对那个通气孔和悬挂在床头的铃绳十分关注。当我发现那根绳子根本发挥不了铃绳的作用，那张床又是被螺钉固定在地板上的时候，我立刻开始怀疑这么做的目的，我怀疑那根绳子只不过是条通道，是为了方便什么东西钻过通气孔到床上来。我立即就想到了蛇，我知道医生豢养了一群从印度运来的动物，我想这次我的思路是对的。只有一个受过东方式锻炼同时又拥有智慧和冷酷的人才会想到要使用一种任何化学试验都验不出的毒物。同时，这种毒药能够迅速发挥作用也是一个可取之处。而且，验尸官很难发现毒蛇咬过的两个小黑洞，除非他是一个眼光非常敏锐的人。接着，我想起了那口哨声。当然，天一亮他就必须把蛇召唤回去，以免被他想要谋害的人看见。他训练那条蛇能一听到口哨就返回去，很可能就是用我们见到的牛奶。他可以在夜深的时候把蛇送过通气孔，蛇便顺着绳子爬到床上。蛇也许会咬、也许不会咬床上的人，她也许整整一周都能侥幸逃过灾难，但她迟早是逃不掉的。

"我在检查他的房间之前就已得出了这个结论。对他椅子的检查证明，他常常站在椅子上，这当然是为了能够接近通气孔。见到保险柜，那一碟牛奶和鞭绳的活结更可以消除余下的任何怀疑了。斯托纳小姐听到的金属哐啷声很显然是她继父匆忙间把那条可怕的毒蛇关进保险柜时发出的声音。一旦得出这样的结论，接下来我采取的验证步骤你就知道了。我听到那东西嘶嘶作声时，就毫不怀疑地开始行动。你一定也看到了，我马上点着了灯并抽打它。"

"结果是你把它赶回了通气孔。""并使得它在另一头反扑向它的主人。我抽的那几下藤鞭一定是激起了它的凶性，因而它就对它所能见到的人狠狠地咬了一口。看来，我无疑得对格里姆斯比·罗伊洛特医生的死负有责任。但说实话，对于这种事我并不感到内疚。"

福尔摩斯探案全集

工程师大拇指谜案

有一段时间,我和我的朋友歇洛克·福尔摩斯交往很密切,在他解决的所有问题中,有两件案子是经我的介绍才引起他的兴趣的:一件是哈瑟利先生大拇指案,另一件是沃伯顿上校发疯案。在这两件案子中,一位敏锐而又有独特见解的读者可能更喜欢后一个案子,它值得人深入探讨,但是,前一个案子在开始时就很奇特,细节又很富戏剧性,因此我认为它更值得记述,虽然其中很少用得上我朋友的杰出的推理才能。我相信,这个故事在报纸上已经登载过很多次了。但是,就像所有其他类似的叙述一样,限于篇幅,只能把事件笼统地说一下,引不起人们的注意。因此,我们不如让事实慢慢地展开在你面前,随着每一项事实的进展,让你一步步解开这个谜团,这样似乎更能引人入胜。我对当时的情景印象很深,尽管已经过去了两年,但我至今仍记忆犹新。

我现在要讲的故事发生在我结婚后不久的一八八九年的夏天。那时我已经重新开业行医,并且搬出贝克街的寓所,但是我还是经常回去看望福尔摩斯,有时劝他改一改洒脱的性子到我家做客。我的业务经营得不错,凑巧我的住处离帕丁顿车站不远,有几位铁路员工就到我这里来看病。因为我治好了他们当中一个人久治不愈的病症,他逢人便宣传我的医术,将他能影响到的每一个病人都劝到我那儿去看病。

一天早晨将近七点钟时,女佣人敲门把我叫醒。她说,从帕丁顿来了两个人,现在正在诊室里等着见我。我穿上衣服后急忙下楼。因为经验告诉我,从铁路上来的人,肯定是患有很严重的病症。我下楼后,看见我的老伙伴——那个铁路警察从诊室里走了出来,并把身后的门紧紧地关上。

"我带来一个病人,"他举起大拇指朝后指指,压低声音说,"现在

冒险史

他已经没什么大问题了。""到底怎么回事?"我问道。看他的样子,我有一种感觉,好像我的房间里关着一个怪物。"是一个新病人,"他低声说,"我认为我最好亲自把他送来,这样他就跑不掉了。我现在就得走,大夫,和你一样,我也在值班。现在他在里边没什么问题了。"说完,这位忠实的介绍人在我还来不及道谢之前,一下子就走了。

我走进诊室,看见桌旁坐着一位先生。他穿着朴素,一身花呢衣服,一顶软帽放在我的几本书上面。他的一只手裹着一块手帕,手帕上沾满了血迹。他很年轻,看上去最多不超过二十五岁,容貌英俊,但脸上毫无血色。给我的印象是,他正在抗拒着一种非常剧烈的疼痛。

"真抱歉这么早就来打扰您,大夫,"他说,"我在夜里遇到了一件非常严重的事故。我是今天早晨乘火车来的,在帕丁顿车站打听哪里可以找到医生时,一位热心人就把我送到这儿来了。我给了女佣人一张名片,她把它放到旁边的桌子上了。"

我拿起名片看了一下,上面印着:维克多·哈瑟利先生,水利工程师,维多利亚街16号甲(四楼)。这就是这位客人的姓名、身份和地址。"对不起,让您久等了,"我边说边坐下来,"看得出您坐了一整夜车,夜间乘车本来是一件孤单寂寞的事情。"

"噢,这一晚我可是一点也不孤单寂寞,"他说着不禁放声大笑起来,声音尖利。他仰靠着椅子背,笑得痛快淋漓。作为一个医生,我是很反感这种毫无节制的大笑的。

"别笑了!"我喊道,"镇定一下吧!"我从玻璃水瓶里给他倒了一杯水。但是,他正处在歇斯底里的状况下,一杯水对他根本不起作用,这是一种性格刚强的人在经过一场大灾难后的可能反应,一会儿,他恢复了正常,但神情疲惫面无血色。"我大概出尽了洋相。"他一边喘气一边说。"没这回事儿,喝下这个。"我往水里掺了些白兰地,喝下去后他那惨白的双颊开始有了血色。

"好多了!"他说,"那么,请大夫来看一看我的大拇指吧,或者说我的大拇指原来的地方。"

他解开手帕,把手伸过来。这场面就是心硬如铁的人也会不忍目睹的!他的手上只有四根手指,在本来应该是大拇指的部位上是一片鲜红可怕的海绵状断面。显然,大拇指已被齐根剁掉或硬拽下去了。

"上帝啊!"我喊着,"实在太可怕了,出了不少血吧?""是的,流了不少血。我疼昏了过去,我想有很长一段时间我毫无知觉。等我醒过来时,它还在血流不止,于是我用手帕紧紧地缠住,并用一根小树枝把它绷紧。""包扎得很好!您实在是应该当医生的。""但我想,这也是一个水利学问题,是我专业内的问题。"

"砍伤它的工具一定非常沉重、锋利。"我边检查伤口边说。"比如说屠夫的切肉刀。"他说。"我想,这是意外造成的,对吗?""不,不是那样。""什么?是有人故意砍的?那可真是太凶残了。"

"嗯,的确很残忍。""太吓人了。"我用海绵洗涤了伤口,擦拭干净,敷上药,最后用脱脂棉和消毒绷带将它包扎起来。他躺在那里,尽管疼得不时咬紧牙关,但却一动也不动。包扎好后,我问道:"现在您感觉如何?""很好,您的白兰地和绷带,使我感觉又有了力气,虽然还是有些虚弱,但我还有许多事要做。"

"我看您最好还是别想这件事,它太折磨您的神经了。""噢,不会,现在不会了。我想尽快报警,但是,说实话,要是没有这个伤口为证,他们绝不会相信我的话,这是一件奇特的事,但我没有证据证明我的话是真实的。而且,即使他们相信我,我也不能提供什么有力的线索,他们也不一定能查出真相。"

"嘿!"我喊道,"如果您真想解决问题,我可以向您推荐我的朋友,他就是福尔摩斯先生。如果你对警察没有信心,可以去找他。""噢,我听说过他,"我的客人回答说,"假如他受理这个案子,我会很高兴,当然还是要报告警察。您能为我引见一下吗?""不只是引见,我可以亲自陪您去。""真是太感谢您了!""我们雇一辆马车一起去,这样我们能赶上跟他一起吃点早餐。您觉得身体撑得住吗?""行,我把自己的遭遇讲出来,心里才觉得舒服。""那么,我现在就去让佣人

冒险史

去雇车,您稍等一下。"我匆匆跑到楼上,对妻子简单地解释了几句。五分钟后,我和这位新认识的人,已坐上一辆双轮小马车直奔贝克街。

正如我预想的那样,歇洛克·福尔摩斯正穿着晨衣悠闲地在起居室里一边踱步,一边读着《泰晤士报》上刊载寻人、离婚等启事的专栏,嘴上还叼着烟斗。烟斗里一定装着前一天抽剩的烟丝和烟草块,这些东西被细心地烘干了之后就堆放在壁炉架的角落上。他热情地接待了我们,吩咐佣人拿来咸肉片和鸡蛋,我们一起用了早餐。饭后,他请我们的新相识躺在沙发上,在他的脑后垫了一个枕头,还在他伸手可及的地方放了一杯掺水白兰地。

"可以看出您的经历一定很奇特,哈瑟利先生。"他说,"请您就在这里放松地躺下,不要拘束。把您所知道的事情告诉我们,如果累了就休息一下,你可以用白兰地提提神。"

"谢谢,"我的病人说,"自从医生给我包扎好后,我就很有精神,您的早餐更是给了我很大帮助。我尽量不占用您太多时间,现在,我就开始说一下我的奇特的经历吧!"

福尔摩斯坐在他的大扶手椅里,脸上一副懒散的样子,掩盖着他那敏锐和热切的内心。我坐在他的对面,开始静静地倾听我们的客人叙述他那桩奇特的故事。"你们可能不知道,"他说,"我是个孤儿,又是个单身汉,独自一个人住在伦敦。我的职业是水利工程师。我曾在格林尼治的一家很有名的文纳和马西森公司当过七年学徒,因此对这一行已有相当丰富的经验。两年前,我学徒期满,又赶上可怜的父亲去世,我继承了一笔很大的财富,于是我就决定自己开业,并在维多利亚大街租到了几间办公室。

"我想,每个人都会有这种感觉,第一次独自经营是一件很乏味的事,对我来说,就更是这样。两年之间,我只受理过三次咨询和一件小活儿,这些就是我做的全部工作。我的总收入一共才二十七英镑十先令。每天从上午九点到下午四点,我都待在我的斗室里,由最初的期待到最后的心灰意冷。然后我意识到,我将不会有任何一个客人了。

"然而,昨天就在我准备下班的时候,我的办事员进来通报,有位先生想与我谈业务上的事情。办事员递给我一张名片,上面印着莱桑德·斯塔克上校的名字。上校跟在办事员身后走进屋子。他中上等身材,但是极其削瘦,他是我见到过的人中最消瘦的一个,整个面部只剩下鼻子和下巴,两颊的皮肤紧绷在凸起的颧骨上。但是看起来那是一副天生的模样,而不是疾病的结果,因为他的目光敏锐,步履轻快,举止大方。他的衣着简朴整齐。据我估计,他的年龄大约将近四十岁。

"'是哈瑟利先生吗?'他说,带着点德国口音,'哈瑟利先生,有人向我介绍您,说您不但业务熟练,而且十分谨慎,很能保守秘密。'我鞠了一躬,就像任何一个年青人一样,因为这番恭维而飘飘然了。'我可以冒昧地问一下,是谁把您介绍来的呢?''哦,我目前最好还是别说。我从他那里还听说您既是一个孤儿,又是一个单身汉,并且是一个人住在伦敦。''完全正确,'我回答说,'但是这些和我的业务能力并没有什么关系,我的办事员说,您找我是为了一件业务上的事情。''是这样。但是我不会说半句废话。我们有一件工作想委托您,但是需要绝对保密,绝对保密,您明白吗?当然,我们希望您作为一个独居的人,会比有家庭的人更能做到这一点。'

"'这一点您可以放心,'我说,'如果我保证严守秘密,那我就一定会做到的。'

"我说话的时候,他的眼睛一直紧盯着我,我从来没有见过那样多疑的眼光。最后,他说:'那么,您是同意保证啦?''是的,我保证做到。''在整个事情进行的过程中,甚至事前事后,彻底保持沉默,无论是口头上或是书面上,都不提这件事,能做到这一点吗?''我已经做了保证了。''太好了。'话音刚落,他猛地跳了起来,迅速地跑过房间把门推开,门外一个人都没有。'还好!'他走了回来。'我知道办事员们有时对老板的事情是很好奇的。现在,我们可以安心地谈话了。'他把椅子拉到我身边,再次用多疑的眼光打量我。

"看到他一系列的古怪言行,我心里产生一种近乎恐怖的感觉,甚

冒险史

至压过怕失去主顾的担心。'请谈谈您的事吧,先生,'我说,'我很珍惜时间。'愿上帝宽恕我说的最后一句话,但这句话是脱口而出的。

"'工作是一个晚上五十个畿尼你认为可以吗?'他问。'感觉不错。''我说是一个晚上,但可能只需要一个小时,我只不过是想请教您有关一台水力冲压机齿轮脱开的事。只要您指出是哪里出了问题,我们可以自己把它修好。对于这样一桩委托,您认为如何?''工作看来很轻松,报酬却极为丰厚。''没错,您今天晚上乘坐末班车来好吗?''到哪儿去?''去伯克郡的艾津。那是一个离牛津郡不远的小地方,离雷丁不到七英里。你可以十一点十五分左右到达那儿。''没问题。''我会坐一辆马车来接您。''看来,还得再赶一段路?''是的,我们那里是个乡下的小地方,离艾津车站足足有七英里。''这样我们后半夜才能赶到那儿,我想一定赶不上回程的火车了,也就是说我必须住在那儿了。''是的,我们会给您安排好住处。''实在是太不方便了,我不能在其他的时间去吗?''我们认为,您最好晚上来。正是因为这个原因,我们才付给您那么高的价钱。这个价钱用来请教您这一行中最高明的专家也是足够的。当然,如果您不想做,现在说还来得及。'

"我想到了五十个畿尼以及这笔钱对我的用处。'我不是这个意思,'我说,'我很高兴为您服务。我想了解一下,我具体做什么工作。''是啊,我们要求您严守秘密,这自然会引起您的好奇心,我们不会让您做一项工作却又不告诉您具体事项。我想,绝对不会有人偷听吧?''当然。''那么,我来告诉你,您可能听说过,漂白土是一种非常贵重的矿产,在英国,只发现了一两处这种矿藏?''我听说过。''前些日子,我在距离雷丁不到十英里的地方买了一小块地——非常小的一块地。然而我很幸运地发现,其中一块地里有漂白土矿床。但是,经过一番调查,我发现这是一个非常小的矿床,但它连接着左右两个大得多的矿床——可是,这两处全在我的邻居的地里。他们是一些老实人,并不知道他们的地里有这样贵重的矿藏,如果我能在他们发现之前就把他们的地买过来,那将是件很有利的事。但是,我并没有足够的

钱,我只好找了几个信得过的朋友商量这件事,他们提议说我们应该秘密地开采我的土地上的小矿,这样慢慢地筹集资金去购买邻居的土地。目前,我们已经干了一段时间。为了方便操作,我们安装了一台水压机。正像我刚才说过的那样,这台机器出了问题,我们希望你来指点一下。我们小心谨慎地保守着秘密,可是,一旦有人知道一位水利工程师曾光顾我们的小房子,人们很快就会提出疑问。那时,如果真相泄露出去,那么我们的计划就全完了。这就是为什么我要您保证不对任何人透露您今天晚上的艾津之行。我想我已经把事情说得很明白了。'

"'我听得很清楚,'我说,'唯一不太明白的是,水压机对你挖漂白土能起什么作用?就我了解,漂白土是像从矿坑里淘沙砾那样挖出来的。'

"'啊,'他不在意地说,'我们有我们自己的方法,我们把土碾压成砖坯,这样不至于在搬运的过程中泄露秘密。但那只是一些细节。现在我已经把全部秘密都告诉你了,哈瑟利先生,你可以知道我是多么信任您。'他边说边站了起来。'那么,十一点十五分在艾津见。''我一定到。''千万不能对任何人提起此事。'他又用那种多疑的目光长久地看着我,然后,用他那湿冷的手握了我一下,就匆忙走出了房间。

"后来,你们可以想象,当我冷静下来后,我开始认真地考虑这整件事,对于这件突如其来的活计我感到很不可思议。当然,一方面我很兴奋,因为他给我的钱是我所能开的价格的十倍,而且很可能会再接到其他的工作。另一方面,我的主顾的那副样子和言行给了我一个很糟的印象,我认为他的解释并不能说明为什么我一定要在深夜前往,也不能说明他为什么如此担心,生怕我泄露了这个秘密。但不管如何,我丢掉了一切恐惧,吃过晚饭后,驱车前往帕丁顿,接着就上了路,严格遵守主顾要我保守秘密的命令。

"在雷丁,我不但要换车,而且还要换车站。但是,我刚好赶上了开往艾津的最后一班火车,十一点钟以后,就到达了那灯光昏暗的小站。乘客里面只有我是在那里下的车,站台上除了一个提着灯笼打盹的

冒险史

搬运工人别无他人。然而当我走出检票口时,我发现早上找我的那位先生正在另一边的暗处等候着我。他抓住我的胳膊,一句话也没说,催我赶紧登上一辆敞开着车门的马车。他挡上两边的窗子,敲了敲马车的木板,马就飞快地奔跑了起来。""是一匹马吗?"福尔摩斯突然问道。"对,只有一匹。""是什么颜色?""当我跨进车厢时,借着边灯瞧了一下,是匹栗色的马。""看上去有生气吗?""噢,很有精神,毛色非常光润。" "谢谢,很抱歉,打断了您的话,您讲得很有趣,请您接着说。"

"就这样,我们出发了,我们大约赶了一个小时的路。莱桑德·斯塔克上校说过只有七英里远,但从我们行进的速度和所用的时间来看,我感觉有十二英里的路。整个行程中,他一直沉默地坐在我的旁边,有几次我朝他看过去,看到他总是在盯着我,神情紧张。那个地方的乡间道路看来很糟糕,因为车子颠簸得很厉害,弄得我们东倒西歪。我尽力向窗外看去,想知道我们在哪儿。但是窗子是毛玻璃的,只有偶尔经过有灯的地方时,我才能看到一片模模糊糊的亮光。我不时地找几句话来打破旅途的沉闷,但是上校只是用简单的几句话来回答我。这样,话题根本不能继续下去。最后,马车不再颠簸了,感觉是在平稳的砾石路上行驶,然后停下来。莱桑德上校跳下马车,我跟随在后面,他突然一把将我拉进了一个敞开着的大门。我连看一下四周的机会都没有就被拉进了大厅。我刚跨进门槛,门就砰地一声重重地关上了。我模模糊糊地听到了马车离开时吱吱嘎嘎的声音。

"房子里一片漆黑,上校摸索着寻找火柴,并小声地咕哝着。这时走廊的另一端有一扇门忽然打开了,一道长长的金色亮光射向我们这边。灯光越来越亮,我看到走来一个女人,她把一盏灯高高举在头顶上,向前倾身观察着我们。我看得很仔细,她长得很美,穿着黑色的服装,从反射出来的光泽我看出那是很华贵的衣料。她说的不是英语,感觉好像是问话,上校粗鲁地回了几句话,她显出一脸吃惊的样子,差点儿拿不稳手里的灯。斯塔克上校走到她身边,对她耳语了几句,然后把

她推回她走出来的房间。然后他手里提着灯走到我身边。

"'也许得请您在这房间里呆一会,'他说着,推开了一扇房门。这是一间僻静、简朴的小房间。房中间有一张圆桌,有几本德文书零乱地放在上面。斯塔克上校把灯放在门旁边一架小风琴上。'您不会等太久的。'说着,他就消失在黑暗中了。

"我拿起桌子上的书,虽然我不懂德文,我还是看出其中有两本是科学论文,其他的是诗集。然后我走到窗前,想看一看外面的景色,但是一扇严实的栎木百叶窗遮住了窗子。房间里安静得出奇,只能听到走廊里的一座旧钟在滴答滴答地响着。除此之外,寂静无声。渐渐地,一种模糊的不安感袭上我的心头。这些德国人是谁?我只知道这里距离艾津十英里左右,但是我连方位都辨别不出。

"就现在我所处的位置来说,这个地方可能是雷丁或附近其他的一些大镇子中的一个,因此并不是太偏僻。然而,这里是那么寂静,我可以肯定我们正在乡间。我在房间里走来走去,低声地哼着小调来壮胆,并感觉要不是为了挣那五十畿尼我是不会来的。突然,在这极度寂静之中,没有任何预兆,我所处的房间门被打开了。那个女人出现在门缝里,背对着黑暗的大厅,小屋里昏暗的灯光照出了她那热切而美丽的面庞。她脸上的恐慌神色令我更加心惊,她颤抖地举起一只手指,做出嘘声动作,并迅速地说了一句变调的英语。她的眼睛像一只受惊的小鹿,急急地回头看着身后的暗处。

"'我要是您我就会马上离开,'她说,看来她是在试图使自己镇静一些,'我要是您我现在就跑掉,我不会留在这儿。留下来对您只有坏处。''但是,夫人,'我说,'我还没有开始工作呢。看过机器之后,我会马上离开。''根本没有等的必要,'她接着说,'您可以从这扇门离开,现在没有人会阻止您。'她见我微笑着摇摇头,突然摆脱了羞怯,向前迈进一步,两手攥在一起。'看在上帝的面上!'她低声说,'再不走就来不及了!'

"但是我是个天生有点儿固执的人,在从事某项工作而遇到困难时,

冒险史

就更不会轻易放弃。我想到那五十畿尼的酬金,刚刚颠簸的旅行,还有我眼前的糟糕的夜晚,我所经受的一切都将没有回报地放弃吗?为什么我不完成委托给我的任务,也不领取我应得的报酬就偷偷逃走呢?就我所看到的,她可能是个神经质的女人。因此虽然她的言行使我受到很大震动,甚至超过了我愿意承认的程度,我依然没有动摇,表示我要留下来。她正要再次提出她的恳求,这时楼上传来很响的关门声和楼梯上的一些脚步声。她侧耳听了一下,举起手做了一个没希望的手势,像来时一样,迅速地消失了。

"进来的是莱桑德·斯塔克上校和一个身材矮胖的人,他的大下巴上长着栗鼠胡须。上校向我介绍说他是弗格森先生。'他是我的秘书兼经理,'上校说,'对了,我记得我刚才把这扇门关上了,我担心穿堂风吹着您。''正相反,'我说,'我把门打开了,因为我感到这个房间有点闷。'他怀疑地看了我一眼。'那么,我们还是开始工作吧,'他说,'我们现在领您到上面去看看机器。''我想,我最好把帽子戴上。''噢,不用,就在这所房子里面。''什么?你们在房子里挖漂白土?''不,不,这只是我们压砖坯的地方。但是这并不重要,我们只是希望您检查一下机器,告诉我们哪儿出了毛病。'

"我们一起上了楼,上校提着灯走在前面,胖经理和我尾随其后。这是一座很古老的房子,感觉像迷宫一样,有许多走廊、过道、狭窄的螺旋式楼梯、低矮的小门,所有的门槛,都因为长时间的踩压而陷了下去。在底层的地板上没有铺地毯,看来以前也没有摆放过家具,墙上的灰泥已经剥落,肮脏的污渍上还在冒出湿气。我并没有忘记那位夫人的警告,虽然我并不认为会有什么事发生。我让自己看起来是一副轻松自如的样子,暗中则留意着我的两位同伴。弗格森看样子是个孤僻少言的人,可是从他所说的很少几句话里还是可以判断出他是一位英国人。

"最后莱桑德·斯塔克上校在一扇矮门前站住,打开了锁。门内是一个非常小的方形房间,容纳不下三个人,于是弗格森留在外面,上校领我走了进去。'我们,'他说,'现在实际上是在水压机里面,一旦有

人现在就把它开动的话，对我们将是一个灾难。这个小房间的天花板，实际上是下降活塞的终端，它下落到这个金属地板上时会产生好几吨的压力。在外面有些小的横向的水柱，里面的水受压后就会按照您所熟悉的方式传导和增加所受的压力。机器能够运转，但可以看出来不灵活，压力被浪费了一些。请您检查一下，并告诉我们该怎样修理。'

"我把灯从他手里拿过来，认真仔细地对那机器进行检查。这台机器确实十分庞大，能够产生巨大的压力。然而，当我走到外面，压下操纵杆时，就听到有飕飕声，我马上明白这是机器里有轻微的裂缝，裂缝使得水经由一个侧活塞回流。经过检查后我发现是因为传动杆头上的一个橡皮垫圈皱缩了，因而不能塞住在其中来回移动的杆套。这就是压力被浪费的原因，我告诉了我的伙伴这一点。他非常认真地听着，并问了几个修理机器的实际问题。向他们交代清楚以后，我回到机器的主室内。我仔细地观察着这个小房间，因为我实在是太好奇了。明眼人一看就会明白，漂白土的故事完全是瞎编的。能产生如此功效的庞大机器是不可能为了漂白土而设计的，而会相信那种话的人无疑是傻瓜。房间的墙壁是木制的，但是地板却是一个大铁槽。当我开始观察它时，我看到上面积了厚厚一层金属屑。我弯下腰去，正要用手去挖，想确定一下它到底是什么，这时只听到一声低沉的叫声，上校那张死灰色的脸从上面冒出来望着我。

"'你在那儿干什么？'他问道。想到他之前精心设计的故事，我因为受骗而感觉非常气愤。'我正在欣赏您的漂白土，'我说，'如果我能明白这台机器的真正用途，也许我会给您提供一些更好的建议。'

"可是刚说完，我立即就为自己的鲁莽感到后悔。他的脸色变得更加难看，眼睛里射出了恶毒的光芒。'好极了，'他说，'我会让你知道这机器的真正用途！'他退出门外，砰地一声关上了小门，将门锁上了。我急忙冲过去，用力地拽着门把手，但无论我怎么做，门还是关得严严实实。'喂！'我大叫起来，'喂，上校！让我出去！'

"这时，我突然听到寂静之中传来一种声音，这声音让我的心一下

冒险史

子冷了半截儿。那是杠杆的铿锵声和水管漏水的飕飕声。他启动了机器。灯还在地板上，是我检查铁槽时放在那里的。借着灯光我看到黑黝黝的房顶正缓慢而沉重地向我压过来。我再清楚不过了，用不了一分钟的时间，我就会被压成肉泥。我大声哀求上校放我出去，但是无情的杠杆的铿锵声淹没了我的呼喊。房顶离我的头只有一两英尺了，我举起手就能摸着那坚硬粗糙的表面。这时候我心里突然掠过一个念头，想到一个人临死的姿势会决定他要经受的痛苦的程度。如果我是趴着的，压力就会落在脊椎骨上。一想到那骨头被压碎时恐怖的劈啪声，我就控制不住地浑身颤抖起来。也许另一个姿势会好一些，但是我并不确定我是否选取仰面躺在那里，毫无办法地等着那巨大的黑影像死神一样压下来。我已经站不直了，突然我看到一样东西，心里开始又有了希望。

"我曾经说过，虽然房顶和地板是铁的，墙壁却是木头的。我迅速地向四周看了一眼，我发现两块墙板之间透过来一线微弱的黄色亮光。这时一小块嵌板被打开，亮光也变得越来越大，在那一刹那我甚至不敢相信逃生之门就在我眼前。我立刻就从那里冲了出去，惊魂未定地躲在墙的另一边。嵌板在我身后又关上了，但是那盏灯的碎裂声以及片刻后两块铁板的撞击声表明我是在千钧一发的时刻脱离了险境。

"突然我感觉有人正猛烈地摇着我，我发现我躺在一条狭窄走廊的石头地面上，一个女人正俯身使劲地拉着我。她不是别人，正是那位好心的朋友！这之前我竟然愚蠢地拒绝了她的帮助。'快！快！'她气喘吁吁地喊着，'他们马上就会过来了，您会被发现的，快，不能浪费时间。'这次，我正视了她的劝告。我摇摇晃晃地站了起来，跟着她沿着走廊跑去，紧接着跑下一条螺旋式楼梯。楼梯下面是另一条宽敞的过道。就在刚跑到过道时，我们听到快速的脚步声和两个人的叫喊声。一个人在我们刚才待的那一层，另一个在他的下一层，两个人互相传着消息。那个女人站住了，好像走投无路，她朝四周看了一下，突然推开一扇通向一间卧室的房门，可以看见明亮的月光透过窗户照进来。

"'这是您唯一的机会了，'她说，'虽然很高，但您必须跳下去。'

就在这时,过道的尽头出现了灯光。我看到莱桑德·斯塔克上校在迅速跑过来,他一只手提着提灯,另一只手拿着一把像屠刀一样的凶器。我迅速冲到窗前,打开窗户,看见外面是一处幽静的花园,甚至能闻到花的芳香,而这一切就在窗下三十英尺的地方。我爬到窗台上,但是想到那些恶棍将会怎样对付我的救命恩人,又犹豫了,没有立刻跳下去。因为如果她被欺负,我会不顾一切地冲回去援助她。就在我犹豫之时,他已到了门口,想推开她闯进来,但是她伸开两臂抱住了他,使劲把他往后推。'弗里茨!弗里茨!'她用英语喊道,'上次事后你答应过我,你说过再也不会发生这种事,他不会告诉别人的,真的,他不会告诉别人!''你疯啦,伊莉斯!'他怒吼着,用尽全力从她的双臂中挣脱出来。'你这样做会毁了我们的一切。他看到太多的事了。我必须过去,你让开!'他把她推到一边,奔到窗口,把手中的武器向我举起来。这时我身子已经悬在窗外,当他砍下来时,我的两手还抓着窗台。我感觉到一阵剧痛,松开了手,掉到下面的花园里。

"我只是跌了一下,并没有摔伤,我迅速站起来,拼命冲到矮树丛中,我清楚我还处在危险中,但是,当我向前跑的时候,我感到头晕目眩并且很恶心。我很快看了一眼我的手,它抽搐得厉害,直到这时我才发现我的大拇指被砍掉了,血正大量地涌出来。我赶紧用手帕把伤口裹了起来,这时我突然感到一阵耳鸣,接着我就人事不知了,倒在蔷薇花丛之中。

"我不知道我昏迷了多久。时间一定很长,因为当我醒过来时,星月已隐去,朝阳正东升。我的衣服全被露水打湿了,袖子浸满了鲜血。看着伤口我立刻回忆起夜里的危险遭遇,想到可能正有许多人在寻找我,我顿时跳了起来。我向四周张望,试图辨别一下位置,但令我吃惊的是,既看不到房子,也没有花园。我正躺在公路旁边的树篱里,依稀可见不远处有一座长长的建筑物。当我走近看时,原来就是我昨天晚上下车的那个车站。要不是我手上的伤口,我一定以为自己一直在做梦,醒来后一切又恢复正常了。我跌跌撞撞地走进车站,打听列车时刻

冒险史

表,知道一小时内将有一班开往雷丁的火车。我发现值班的就是我昨天晚上看到的那位。我询问他是否听说过莱桑德·斯塔克上校这个人,他一脸茫然;我又问他是否看到昨天晚上来接我的马车,他说没有注意;我问他附近是否有警察局,他说三英里外有一个。以我当时的情况,实在没有力气走完那段路。我决定先回城里然后再去报警。回到城里时才六点多一点,所以我先去包扎伤口。多亏了这位好心的医生送我来这儿,这个案子就拜托您了,一切照您的意思办就行。"

听完这段离奇的叙述,我和福尔摩斯好一会儿默默无语。然后,歇洛克·福尔摩斯从架子上取下一本贴剪报的厚重的大本子。"这里有一则广告,你们一定会感兴趣,"他说,"大约一年以前所有报纸都刊登过。我念给你们听听:

> 寻人。杰里迈亚·海林先生,现年二十六岁,水利工程师,于本月九日晚十时离寓所后失踪。身穿……

等等,等等。哈!我想,这说明那一次上校的机器需要大检修。"

"上帝啊!"我的病人叫道,"我明白了那位夫人为什么要我离开。"

"十分明显,上校残酷至极,他决不会让任何人对他的经营有所妨碍,就像一个海盗不会让他俘获的船上有一个活口一样。好啦,现在时间宝贵,所以,如果您还能继续坚持,我们得立刻赶到苏格兰场报案去,然后我们去艾津。"

三个小时以后,我们一行数人上了火车,从雷丁出发前往伯克郡的小村子。同行的人有歇洛克·福尔摩斯、那个水利工程师、苏格兰场的布雷兹特里特巡官,还有一位便衣侦探和我。布雷兹特里特铺开一张本郡的军用地图,用圆规以艾津为中心画了一个圆圈。"你们看,"他说,"这个圆圈是以这个车站为中心、十英里为半径画的。您说的那个地方可能就在靠近边线的某一点上。先生,我记得您说的是十英里。""马车足足跑了一小时。""您认为在您失去知觉后,他们把您抬到了车站

附近吗？""我想是这样，我隐隐约约地记得好像被抬起来搬到了哪里。""我想不明白的是，"我说，"为什么他们发现您昏迷在花园里却又放过您？难道是因为那个女人的求情使他心软了吗？""不太可能，那是我一生中所见到的最冷酷无情的脸。""哦，事情很快就会搞清楚。"布雷兹特里特说，"瞧，我已经划好这个圆圈，我现在想知道的是在哪儿才能找到那个该死的家伙。"

"我想我知道。"福尔摩斯平静地说。"你？现在！"巡官叫了起来，"您已经有了结论！那么好，让我们看看谁的看法和您的一致。我说是在南面，因为那一带乡间非常荒凉。""我说在东面。"水利工程师说。"我说在西面。"那便衣侦探说，"那附近有几个小村子都很僻静。""我说在北面，"我说，"那附近都是平地，而这位朋友说马车并没有上坡的感觉。""哈！"巡官笑着喊道，"没想到有这么大的分歧。现在，您同意谁的说法呢？""你们都错了。""但那是不可能的呀！""哦，是的，你们都错了。我阐述一下我的观点，"福尔摩斯将手指放在圆圈的中心，"我们会在这儿找到他们。""但是，我走了十二英里的路程呀！"哈瑟利气喘吁吁地说。"去六英里，回六英里，这就是十二英里路程的真相。您自己说过当您上马车的时候，那匹马生气勃勃，毛色润泽。如果它已经奔跑了十二英里那么坎坷的路，它一定不会是那个样子。""的确，事实很可能是这样。"布雷兹特里特若有所思地评论说，"当然，至于这个匪帮是干什么的也就没有疑问了。""那当然是没有疑问的。"福尔摩斯说，"他们干的是大规模伪造货币的勾当。那台机器为他们铸造合金代替白银。"

"我们近一段时间一直知道有这么一伙人在干这种勾当。"巡官说，"他们一直在大量地铸造半克朗硬币。我们甚至一直追踪他们到雷丁，但是他们使用了一种掩蔽踪迹的方法，我们就再也找不到线索了。这也表明他们是老于此道的惯犯。现在，多亏有这个机会，一定要抓住他们。"

但是这位巡官说错了，我们终究没有抓住这伙罪犯。当我们乘火车

冒险史

来到艾津车站时,看到浓浓烟柱正从邻近的一个小树丛后面滚滚升起,有如一个裹满黑土的大旋风席卷了美丽的田园。"房子着火了吗?"火车拉着汽笛开出车站时,布雷兹特里特问道。"是的,先生。"车站站长回答说。"事情发生在什么时候?""据说是夜里开始的,先生。但是火势越来越猛,现在已成了一片火海。""房子的主人是谁?""比彻医生。""请问,"工程师插了一句,"比彻医生是不是个德国人,有个长而尖的鼻子,长得很瘦。"

站长放声大笑起来,"错了,先生,比彻医生是个英国人,是我们这个教区里穿得最讲究的人,但他有一个住在一起的朋友是外国人,那是一个病人,但我想如果您请他吃一顿牛排,他会很高兴的。"我们没等他说完,便匆匆赶往失火地点。我们顺着一条小路一直来到一座低矮的小山顶上,一座高大的白灰粉刷的建筑物出现在我们面前。每一扇窗,每一道缝都在向外喷着火舌,前面的花园里正有三辆救火车忙碌地想把火势控制住。"就是这里!"哈瑟利显得特别兴奋地喊着,"瞧这沙石路!我在这蔷薇花丛里躺过。我就是从那边第二扇窗子里跳出来的!""那么,"福尔摩斯说,"看样子您的仇已经报了,很明显,这场火是因为您的油灯被机器压碎时烧着了木板墙而引起的。他们当时太着急去追赶您了,所以没有立刻发现。您现在可以在人群里找找昨天的那几个人吗?但是,我想他们已经离这里很远了。"

福尔摩斯的话不幸言中。从那一天起至今,无论是那位美丽的女士、那个冷酷的德国人,还是那乖僻的英国人,再也没有露出踪迹。当天早上,一位农民曾看见一辆马车,载着几个人和几只沉重的大箱子,朝着雷丁的方向飞快地驶去。但是这些罪犯逃走后就再也没有消息了,就连聪明绝顶的福尔摩斯也找不到一点有关他们去向的线索。对于房子里面的奇怪布置,消防队员们大伤脑筋。尤其是在发现三楼的一个窗台上有一截刚被砍下来的大拇指之后,他们就更加不安了。一直忙到傍晚,他们才终于控制了火势。但是房顶已经烧塌了,整个现场已变成了一片废墟,我们的朋友为之付出巨大代价的机器,除了一些烧弯的汽缸

175

和铁管子外,其他什么都没有了。

在一间小屋里我们找到了大量的镍锭和锡锭,但硬币却没找到。通过一块松软的泥土上留下的清楚足迹,我们才知道这位水利工程师是如何被抬到树篱中去的。很显然他是被两个人抬过去的。一个人的脚异常小,另一个人的脚却大得出奇。也就是说,那个少言寡语的英国人很可能并不像他的同伙那样冷酷无情,是他帮助那个女人把陷入昏迷中的人抬离险地的。当我们乘火车返回伦敦时,那位工程师沮丧地说:"唉,这一切对我来说简直太糟了。大拇指没了,五十畿尼的报酬没了,我得到了什么呢?""经验!"福尔摩斯说,"您要明白,其实这是很有价值的,只要这件事被传开,您的事务所今后的生意一定会蒸蒸日上,您也会获得很好的声誉。"

冒险史

单身贵族案

上流社会总是流传着各种有趣的话题，而圣西蒙勋爵的婚事及其奇特的结局就是其中之一。但是新的丑闻在不断出现，相比之下，它就黯然失色了，随着那些更加妙趣横生的情节不断出现，这十四年前的戏剧性事件终于被人们淡忘了。但是，我认为这案子的全部真相并没有为大众所知，而我的朋友歇洛克·福尔摩斯又在其中起过重要的作用，所以我决定把它讲述出来，这样对于他的业绩的记录才算是完整的。

那时我还没有从贝克街搬走，但过几周后我就要结婚了。这一天，福尔摩斯午后散步去了，我看到桌子上有一封给他的信。那是个阴雨天，秋风吹得很强劲，我的胳臂由于在阿富汗战役中受了枪伤，又隐隐疼了起来，所以我整天呆在房里。我躺在一张安乐椅里，把双腿搭在另一张椅子上，看着身边的报纸，直到满脑子都是新闻后，我才放下报纸，懒洋洋地躺在那里。看着桌子上那封信的信封上端的巨大饰章和交织的字母，我在心里猜测着是哪位贵族写来的信。

福尔摩斯进屋后，我说："这儿有一封非常时髦的信。如果我没有记错的话，你早上收到的那些来信可不时髦，出自一个鱼贩子和一个海关检查员之手。""没错，写给我的信肯定有吸引人的一面。"他笑着回答说，"一般来说，越是平常的人写来的信越有趣。但是这封信看来像是一张讨厌的交际性的传票，让你忍不住心烦。"他拆开信封，很快地看了一下内容。"噢，你看看，也许是一件有趣的事。""看来不是社交性的了？""不，很显然是业务上的。""一位贵族写来的？""英国地位最高的贵族之一。""朋友，恭喜你。""说老实话，华生，对我来说，最重要的是他的案情，而不是他的社会地位。但是，在案子的调查过程中，一定会涉及他的社会地位的一些情况。你最近一直在很认真地看报，是吗？"

福尔摩斯探案全集

"看来是这样。"我指了指角落里的一大堆报纸无精打采地说,"我没有别的事可做。""太幸运了,我需要你提供一些最新的情况。你知道,我只看犯罪的消息和寻人广告栏。既然你很留意最近的事,你一定看过关于圣西蒙勋爵和他的婚礼的有关情况。""噢,是的,对此我很有兴趣。"

"那就好,我手中这封信就是圣西蒙勋爵写来的。我读给你听听,你把这些报纸翻一遍,告诉我有关这件事的所有信息。你听着:

亲爱的歇洛克·福尔摩斯先生:

　　巴克沃特勋爵告诉我可以绝对相信您的分析和判断力。因此我决定登门拜访,就有关我的婚礼事件向您请教。苏格兰场的雷斯德先生已经受理这一案件。但是他向我表明,他认为我们可以和您合作,这会有很大的帮助。我会在下午四点登门求教。届时您如另有约会,希望稍后能抽出时间会面,因为此事极为重要。

　　　　　　　　　　　　您忠实的圣西蒙

"这封信寄自格罗夫纳大厦,是用鹅毛笔写的。可以看出尊贵的勋爵不小心把一滴墨水溅在了他右小指外侧。"福尔摩斯一边把信叠起来一边说。"他约定的时间是四点,现在已经三点了,一个小时内他会到达。""那么,在你的协助下,我还可以在这段时间里把这件事情弄明白。翻一下这些报纸,把有用的资料按时间顺序排列好,我来看一下我们这位委托人的身世背景。"他从壁炉架旁的一排参考书中抽出一本红皮书。"就是这本,"他说着坐下来,把书摊开在膝盖上,"罗伯特·沃尔辛厄姆·德维尔·圣西蒙勋爵,巴尔莫拉尔公爵的次子。嘿!勋章!天蓝的底色,三个别在黑色带子上的铁蒺藜。生于一八四六年,现年四十一岁,确实是结婚的年龄。曾任上届政府中的殖民地事务副大臣。他的公爵父亲,曾经当过外交大臣。他们继承了安茹王朝的血统,是它的直系后裔。母系血统来自都铎王朝。哈!这些对于办案并没有太大帮

冒险史

助。我看,华生,只有你能提供一些更切实的情况。"

"我很容易就能找到所需要的信息,"我说,"事情刚刚发生,我还有很深的印象。但是,我过去没敢对你说。那时你正在办一个案子,而我知道你是不喜欢被打扰的。"

"噢,你指的一定是格罗夫纳广场家具搬运车那件事。现在已完全弄明白了——其实案子一开始就很清楚。请你把翻看报纸的结果告诉我吧。""这是我能找到的第一条消息,登在《晨邮报》的启事栏里。日期是几周前:

> 据闻巴尔莫拉尔公爵的次子,罗伯特·圣西蒙勋爵,与美国加利福尼亚州旧金山阿洛伊修斯·多兰先生的独生女哈蒂·多兰小姐的婚事,已经准备就绪,如果消息可靠,婚礼将于近日举行。

就这样。""清楚明了。"福尔摩斯说。他把那又瘦又长的腿向火炉伸过去。"同一星期一份社交界的报纸上对此事有一段更详尽的记载。啊,在这儿:

> 看来婚姻领域不久也将出现要求采取保护政策的呼声,因为目前这种自由贸易式的婚姻政策,似乎非常不利于我们英国同胞。大不列颠名门望族大权旁落,逐渐被来自大西洋彼岸的女系亲属所掌握。上周这些公开的入侵者在她们的胜利品名单中,又添上了一位重量级人物。圣西蒙勋爵二十多年来从未坠入情网,现在却公开宣布即将与加利福尼亚百万富翁的绝色女儿哈蒂·多兰小姐结婚。多兰小姐是独生女。她体态优雅,美艳无比,在韦斯特伯里宫的庆典欢宴上,吸引了很多人的目光。最近有消息说,她的嫁妆将会超过六位数字,而且将来还会有其他增益。巴尔莫拉尔公爵近年来被迫出卖自己的藏画已

成为公开的秘密，而圣西蒙勋爵只拥有伯奇穆尔荒地那微薄的产业，所以这位加利福尼亚的女继承人通过这一联姻使她由一位女共和党人轻易地成为不列颠的贵妇，显然这桩婚姻对双方都很有利。"

"还有其他的吗？"福尔摩斯哈欠连连地问。

"噢，有，还有很多。《晨邮报》上的一条短讯说，婚礼将绝对从简，并定在汉诺佛广场的圣乔治大教堂举行，届时将只邀请几位亲近的人参加。婚礼后，新婚夫妇及亲友将返回阿洛伊修斯·多兰先生在兰开斯特盖特租赁的家具一应俱全的寓所。两天后，也就是上星期三，发布了一个简短的通告，宣告婚礼已经举行。新婚夫妇将在彼得斯菲尔德附近的巴克沃特勋爵别墅度过蜜月。这是新娘失踪以前的所有消息。""在什么以前？"福尔摩斯惊讶地问道。"在这位小姐失踪以前。""那么她失踪的具体时间呢？""在婚礼后吃早餐的时候。""这件事比原来想的要有趣很多，十分富有戏剧性。""是的，正是因为这样，我才非常注意它。""她们倒是经常在举行结婚仪式之前失踪，偶尔也有在蜜月期间失踪的。但是我没想到会这么干脆，请把细节再说一遍好吗？""但是我先声明，材料并不完整。""也许我们可以把它们拼起来。"

"好吧，昨天晨报上的一篇文章谈得还算细致，听我给你读，标题是《上流社会婚礼中的怪异事件》：

  罗伯特·圣西蒙勋爵在婚礼举行过程中出现的奇异事件，让他们全家陷入一片惊慌之中。正如昨天报纸上报道的，婚礼仪式在前天上午举行，可是直至目前，才有可能对流言四起的奇怪传闻予以证实。尽管参加婚礼之人极力掩盖事实，此事仍然引起公众的极大关注。因此对已经成为公众谈资之事，闭口不谈、保持缄默，是毫无益处的。

  婚礼在汉诺佛广场的圣乔治大教堂举行，仪式简单，毫不

冒险史

张扬。参加婚礼的有新娘的父亲阿洛伊修斯·多兰先生、巴尔莫拉尔公爵夫人、巴克沃特勋爵、尤斯塔斯勋爵和克拉拉·圣西蒙小姐（新郎的弟弟和妹妹）以及艾丽西亚·惠廷顿夫人，再无其他人参加。婚礼后，一行人前往坐落在兰开斯特盖特的阿洛伊修斯·多兰先生寓所。寓所里已备好早餐。这时好像有一个女士引起了一些小麻烦。目前此人姓名不详。她跟随在新娘及其亲友之后，企图强行闯入寓所，声称她有权向圣西蒙勋爵提出要求。但是经过长时间的纠缠，管家和仆役终于将其赶走。好在此时新娘已经进入室内，同亲友一起共进早餐，可是她突然说感觉不适，回到了自己的房间。她离席之后很长时间没再出现，引起了人们的议论，她父亲马上去找她。但据她的女仆告知，她只在卧室逗留片刻，很快拿了一件长外套和一顶无边软帽，就匆忙下楼到走廊去了。一个男仆声称他见到了此般装扮的太太离开寓所，但是不敢确定那就是他的女主人，以为她还和大家在一起。阿洛伊修斯·多兰先生在肯定女儿失踪了以后，就立刻和新郎一起向警方报案。目前此案正在全力调查之中，相信很快就会查出事情真相。直到昨天深夜，这位失踪的小姐依然下落不明。现在谣言四起，很多人认为新娘可能遇害了。据说警方逮捕了那个最初引起纠纷的女人，认为她出于妒嫉或其他动机，可能与新娘的离奇失踪有关系。"

"没有别的了吗？""另一份晨报上也有一条小消息，但是没有什么新意。""内容是……""弗洛拉·米勒小姐，也就是引起纠纷的那个女人，现已被逮捕。她好像当过芭蕾舞女演员，在阿利格罗。她认识新郎已经很多年了。再没有更多的细节了。现在就报纸已发表的消息来说，你已经知道了整个案情。"

"看来确实是一件非常有趣的案子，我说什么也不能放过它。华生，你听，门铃响了，四点钟刚过一点儿，我敢肯定是我们那位身份高贵的

委托人。别走,华生,我想有一位见证人在场,就算为了检验我的记忆力吧。""罗伯特·圣西蒙勋爵到!"我们的小僮仆推开房门朗声道。一位绅士走进了屋子。他英俊潇洒,显得颇有教养。鼻梁很高,面色苍白,嘴角微露怒色,有着身份高贵之人所具有的一双神色冷静的大眼睛。他行动敏捷,但他的外表给人的感觉却与他的年龄很不相称。他走路时,略有点驼背,还有点屈膝。头发也是这样,当他脱去他那顶帽檐高高卷起的帽子时,可以看到他头部周围的一圈灰白的头发,而且很明显地露出头顶上的落发,只剩下稀稀拉拉的几缕。至于他的穿着,考究得近于浮华:高高的硬领、黑色的大礼服、白背心、黄手套、漆皮鞋和浅色的绑腿。他镇定地走进房内,眼睛打量着四周,右手晃动着系金丝眼镜的链子。

"你好,圣西蒙勋爵。"福尔摩斯说着站起身来,鞠了个躬。"请坐在这把柳条椅上。这位是我的朋友和同事华生医生。您可以往火炉前靠一点儿,现在,请您说说这件事好吗?""你可以想象这件事给我带来了多么大的痛苦,福尔摩斯先生,我实在是太痛心了。我知道,你曾经处理过几件类似的微妙的案件,虽然我认为那些案子的委托人在社会地位上和这件案子不可相提并论。""实际上委托人的社会地位是下降了。""什么?请再说一遍好吗?""我上次办的这类案子的委托人是一位国王。""真的吗?实在是没想到,哪位国王?""斯堪的纳维亚国王。""什么!他的妻子也不见了吗?""你清楚,"福尔摩斯和蔼地说,"我对一切委托人的事情均要保守秘密,同样我也会为你保守秘密。""应该这样,很对!很对!一定要请你原谅。我会把我和这个案子有关的一切都告诉你,希望有利于你做出判断。""谢谢,我已经看过了报纸上的全部报道,就是这些了。我想,这些报道应该是属实的——比如这篇有关新娘失踪的报道。"

圣西蒙勋爵浏览了一遍,说:"是的,情况属实。""但是,结论必须建立在大量的材料上,我想我可以通过提问得到我想要的事实。""那么请开始吧。""最初见到哈蒂·多兰小姐是在什么时候?""一年以

前,在旧金山。""你当时是在美国旅行吗?""是的。""你们是在那时订婚的吗?""不是。""但是你们相处得一定很愉快。""是的,和她在一起时我感觉很快乐。""她的父亲很富有。""据说他是太平洋彼岸最富有的人。""他是通过什么积累财富的?""开矿。几年以前,他还一穷二白。有一天,他挖到了金矿,于是投资进去,很快就赚到了大笔财富,成了暴发户。""你妻子的性格怎么样?"这位贵族凝视着壁炉,系在他眼镜上的链子晃动得很厉害。"你知道,福尔摩斯先生,"他说,"在她父亲发财以前,她已经二十岁了。她一直在山上和树林里无拘无束地游荡,她所受的教育是大自然赋予的。在我们英国人眼里,她无疑是个顽皮姑娘。她性格粗野又泼辣,任性又洒脱,一旦作出决定就会干到底,习俗根本不能约束她。但我考虑她毕竟是一位高贵的女人,"他庄重地咳嗽了一声,"否则我是决不会让她分享我的高贵称号的。我相信,她能够调整好自己,不会做出任何有损名誉的事,因为那也是她讨厌的。"

"你有她的照片吗?""我带在身上。"他打开表链上的小金盒,我们看到一位十分漂亮的女士的面容。那不是一张照片,而是一个象牙袖珍像。雕塑家向我们充分展示了她那光亮的黑发、又大又黑的眼睛和优美的小嘴。福尔摩斯长时间仔细地端详那画像,然后合上小盖,把它递还圣西蒙勋爵。"那么,当这位年轻的小姐来到伦敦后,你们又重叙了旧情?""是的,她与父亲一起来参加这次伦敦岁末的社交活动。我和她有过数次相会,并且缔结了婚约,现在又举行了婚礼。""我听说她的嫁妆相当丰厚?""是很丰厚,和我们家族以前的情况差不多。""事实上婚礼已经举行过了,那么这份嫁妆应该属于你了?""我并没有去过问。""那是很自然的。婚礼的前一天你见过多兰小姐吗?""见过。""她心情怎么样?愉快吗?""她很愉快,她一直谈着我们该怎样开始未来的生活。""是吗?很有趣。那么在结婚那天早上呢?""啊,说老实话,那时她的变化是我从前没有看见过的。她的脾气有些急躁,但那只是一件不值一提的小事,而且和这件案子绝对无关。""虽然如此,还是请你讲讲。"

冒险史

"唉,实在是太孩子气了。那是当我们走向教堂的法衣室的时候,她手里的花束掉了。当时她正走过前排座位,花束就掉在一个座位前面,座位上的先生马上就把花束捡起来递给她。花束看起来依然完好如初。可是当我问起她这件事时,她却表情很僵硬地回答了我。回家途中在马车里,她似乎为这件无足轻重的小事心烦意乱,实在令人发笑。""真的?你说是前排座位里坐着的一位先生替她拾起了花束,那么当时在座的也有普通群众了?""哦,是的,教堂开门的时候,我们并不能阻止他们。""这位先生也许是你妻子的一位朋友吧?""不会,不会,我称呼他先生是出于礼貌,他是一个看上去很平常的人,我甚至没有注意他长得什么样。但是,我想,我们实在是偏离主题了。"

"圣西蒙夫人在婚礼结束后心情并不是很好,当她回到她父亲的寓所后,她做了些什么?""我看到她和她的女佣人说了一些话。""她的女佣人是什么人?""她名叫爱丽丝,是个美国人,是她从加利福尼亚带来的。""一名很亲近的佣人?""也许并没有达到那个地步。我看她的女主人对她很随便,并不拘于礼仪。当然,美国人对这类事有不同看法。""她和这位爱丽丝谈了多长时间?""哦,几分钟。那时我在想一些其他的事。""你知道她们谈话的内容吗?""我妻子谈到些'强占别人土地'的话,她经常说类似的俚语,我并不明白她说的是什么。""美国的俚语有时是很形象的。她和女佣人谈过话之后又做了什么?""她走进早餐室。""你们一起进去的吗?""不,她一个人。她并不在意这一类小节。接着,在我们坐下大约十分钟以后,她匆忙站起身,咕哝了几句道歉的话,就离开了房间,然后她消失了。""但是,就我所知,那位女佣人爱丽丝作证说,女主人回到自己的房间后,就罩了一件长外套,戴上一顶软帽,出去了。""完全正确。事情发生后,有人看到她和弗洛拉·米勒一道走进海德公园。弗洛拉·米勒就是现在被逮捕的那个女人。那天早上,她曾经在多兰的寓所里惹起一场事端。"

"啊,是的。我想知道一些这位年轻女士的具体情况以及你和她的关系。"圣西蒙勋爵耸了耸肩,扬了扬眉:"我们认识很多年了,关系

友好。她过去常在阿利格罗。我对她一直很大方，她对我也没什么抱怨的。但你一定了解女人，她很可爱，并且热切地依恋着我。她是个急性子的人，当听到我要结婚的消息时，曾写过几封可怕的信给我。说实话，我这次简办婚礼，就是怕可能会出丑。我们回来的时候她刚好在多兰先生的门前，用很难听的话骂我的妻子，甚至威胁她，但是她被我事先安排好的便衣警察赶出去了。"

"这一切你妻子听到了吗？""没有，感谢上帝，她没有听到。""后来，有人见到你妻子和这个女人在一起交谈？""是的，正因为这样，苏格兰场的雷斯德先生才把事情看得很严重。他认为，弗洛拉诱骗我妻子出去并且设下了可怕的陷阱。""噢，是有这种可能。""你也这么认为？""我并没这么说，你自己也认为这是不可能的吧？""我认为弗洛拉是连只苍蝇都不忍心伤害的人。""可是，妒嫉能使人的品性发生巨大转变。请你告诉我，对于这件事，你自己是怎么看的？"

"哦，真是，我到这里来是寻求帮助的，不是来表达看法的。全部的事实我都告诉你了。既然你问起，我想说，可能是因为这件事对她的刺激以及她意识到社会地位的突然提高，使她的神经有点儿接受不了。""也就是说，她突然精神错乱了？""哦！真的，当我想到她抛弃了那么多女人渴望得到而得不到的东西时，我只能做这种解释。""噢，当然，这种假设也是可能的。"福尔摩斯微笑着说，"现在，圣西蒙勋爵，我想我已经了解了全部的情况。我想再问一个问题，你们坐在早餐桌的周围时，能看到窗外的情况吗？""能看到马路的另一边和公园。""那么，我们不耽搁你了，我会跟你联系的。""希望你能解决这个问题。"我们的委托人说着站了起来。"我已经解决了。""什么？""我说我已经解决了这个案子。""那么，我的妻子在哪儿？""这一点我很快就会告诉您。"圣西蒙勋爵疑惑地摇了摇头："我恐怕需要一个比你我更聪明的脑袋。"他说着，庄重地行了一个老式鞠躬礼便走了。

"承蒙圣西蒙勋爵将我俩的脑袋相并列，真是不胜荣幸。"歇洛克·福尔摩斯说着，笑了起来，"经过这么长时间的提问，我想我得来

冒险史

一杯苏打威士忌和一支雪茄。这个案子的结论在我们的委托人进门之前我就已经得出了。""朋友,你真行。""我有好几个相似案件的记录,只是我也说过,没有一个像这个这么利落。对事情进行全面细致的调查有利于我做出正确的推论,有时候旁证是非常关键的。用梭罗的话来说,就像你在牛奶里发现了一条鳟鱼一样。""不过,你所听到的内容我也听到了。"

"但是,你缺少我的经验。很多年前在阿伯丁有一个相似的例子,普法战争一年后的慕尼黑也有一件极为相似的案子,勋爵的案子只是这其中的一例。但是,啊,雷斯德来了!你好,雷斯德!酒杯在餐具柜上,盒里有雪茄烟。"这位侦探穿着一件水手的粗呢上衣,戴着一条老式领带,让人感觉这是一个水手。他手里提着一只黑色的帆布提包,简单说了几句后就坐下了,接过福尔摩斯递过来的雪茄烟点燃了。"怎么啦?啊?"福尔摩斯好奇地问道,"看你一副很倒霉的样子。""我的确是感到很不顺心,就是圣西蒙勋爵婚事这件倒霉的案子。我现在完全找不到头绪。""真的吗?这令我很惊讶。"

"真是一团糟,每一条线索好像都断了。为了这件事我忙了一整天。""看你浑身都湿了。"福尔摩斯说着,一只手搭在他穿着粗呢上衣的胳膊上。

"是的,我正在塞彭廷湖里打捞。""上帝啊,为什么?""找寻圣西蒙夫人的尸体。"福尔摩斯向后靠在椅子上,哈哈大笑。"你没有到特拉德加广场的喷水池去打捞吧?"他问道。"喂,你到底想说什么?""因为在这两处寻找这位夫人的机会是一样的。"雷斯德气得瞪了我的朋友一眼,"好像什么事儿你都知道。"他怒吼着。"唔,这件事我也是刚刚才听说,但是我已经得出了结论。"

"噢,真的?那么你认为塞彭廷湖和这件事没有关系?""完全不可能有关系。""那么,请你解释一下,为什么我会在那儿找到这些东西?"他一边说一边打开他的提包,将一件波纹绸结婚礼服、一双白缎子鞋以及一顶新娘的花冠和面纱,统统倒在地板上。这些东西都被水浸

湿了,并且失掉了原有的鲜亮。"还有,"他说,把一只崭新的结婚戒指放到这堆东西上面,"这可是个难题,福尔摩斯大师。""噢,是真的吗?"我的朋友说着,吐出一口烟。"你在塞彭廷湖中打捞到这些东西的?""不是,这些东西漂浮在湖边上,被一个园丁发现了。已经确定这些就是她的衣服,我想衣服既然在那儿,尸体一定在附近。"

"根据你的推论,你应该到人的衣橱附近去找尸体。请问通过这个你得出了什么结论?""已找到弗洛拉·米勒与失踪有牵连的证据。""我想你做不到。""你是这么认为的吗?"雷斯德动了气,"我恐怕,福尔摩斯先生,你的演绎和推理并不实用。在两分钟内你已经犯了两个大错误,这些衣服的确与弗洛拉·米勒小姐有关系。""你的根据是什么?""衣服的口袋里有个名片盒,我们在名片盒里发现了一张便条。你可以看看。"他把便条一下子扔到面前的桌子上,"你看看上面的内容:

　　一切准备妥当之后,我会出现。到时候请马上来。
　　　　　　　　　　　　　　　　　　　　F. H. M.

我一直认为是弗洛拉·米勒把圣西蒙夫人骗出去的。很显然,她和她的同谋者导致了圣西蒙夫人的失踪。这张便条是用她名字的起首字母签署的。无疑这是在门口悄悄地塞给这位夫人的,诱使她落入她们的圈套。""好极了,雷斯德,"福尔摩斯笑起来,"你的想象真是丰富,让我看一下。"他漫不经心地拿起那张纸条,但他立刻就被吸引住了,并且表现出满意的神色。"确实很重要。"他说。

"哈哈,你终于认同我的观点了?""很关键。我热烈地祝贺你。"雷斯德顿时洋洋自得起来,但他低下头一看。"怎么回事?"他失声大叫,"你看反了!""正相反,这才是正面。""正面?你疯了!这儿才是用铅笔写的便条。""哦,这儿,一张旅馆的账单,这才是我感兴趣的。""那根本不重要,我也看过。"雷斯德说,

冒险史

"10月4日,房间8先令,早饭2先令6便士,鸡尾酒1先令,午饭2先令6便士,葡萄酒8便士。

这根本不能说明什么问题。"

"可能你没看出来,但它确实很重要。至于便条,也很重要。确切地说,这些起首字母的签字是有用的,所以我必须再次恭喜你。""我已经浪费很多时间了,"雷斯德说着站了起来,"我相信有劳作才有收获,不相信坐在壁炉边编造出来的理论。再见,福尔摩斯先生,让我们比比看谁先找到事实真相。"他收拾起衣服,把它们塞进提包就要走。

"给你一点提示,雷斯德,"侦探还未走出去时,福尔摩斯慢条斯理地说,"事情的真相是,圣西蒙夫人是位神话中人,从来就没有过这样一个人。"雷斯德充满忧伤地看了我的同伴一眼,又瞧瞧我,轻轻拍了拍自己的额头,无可奈何地摇摇头,匆忙离开了。

他刚一关上房门,福尔摩斯就站了起来,穿上外衣。"有劳作才有收获,他说的有道理。"他说,"所以我想,华生,你得自己待 会儿了。你看报吧。"

歇洛克·福尔摩斯走的时候是五点多钟,但是我并没有孤独感。因为还不到一个小时,两个点心铺的伙计就送来一个很大的平底食盒。他们打开食盒,我们简陋的寓所的餐桌上立即出现了一份十分丰盛的冷食晚餐,这令我很惊讶。两对山鹬,一只野鸡,一块肥鹅肝饼和几瓶陈年老酒。一切摆放好后,那两位不速之客就迅速消失了,只是表示这些东西的账已经付过了,他们是照吩咐送过来的。不到九点钟,福尔摩斯轻松地走进房间。他神情很严肃,但是从他闪闪发光的眼睛上,我看出他对自己的结论并没有失望。"看样子,他们已经把晚餐准备好了。"他搓着手说。"你好像有客人要来。他们摆了五份。""是的,我相信,客人马上就会到。"他说,"哈哈,我已经听到了楼梯上的脚步声。"

的确是上午来过的客人。他匆忙走进来,眼镜晃动得更厉害了,在

他那高贵的脸上，是一副很不安的神情。"看来我的信差到过你那里了？"福尔摩斯问道。"是的，信的内容让我很惊讶。你的话有充分的根据吗？""是的，证据很充分。"

圣西蒙勋爵一下子瘫在了椅子上，一只手按着前额。"一旦公爵知道他的家族成员中有人被这样的羞辱过，他会怎么说呢？"他低声道。"这只是一场误会，并不能说是一种羞辱。""啊！我们看问题的观点不同。""我认为没有谁该受到责备，虽然她处理事情的方法有些突然，但我想这是她当时唯一的办法。在那样的关键时刻，母亲不在跟前，没有人能给她出主意。""这是一种玩弄，先生，公然的玩弄。"圣西蒙勋爵一边用手指敲着桌子一边说。"你得原谅她，她很可怜，她不知道当时该怎么办。""我决不会原谅她，我被羞辱了，我非常气愤。""好像有门铃声，"福尔摩斯说，"没错，听脚步声已经到楼梯口了。如果我的劝说效果不大的话，圣西蒙勋爵，我请来了一位更能胜任的人。"他打开门，让进来一位女士和一位先生。"圣西蒙勋爵，"他说，"请允许我向你介绍，这是弗朗西斯·海·莫尔顿先生和夫人。这位女士，我想你们见过。"

一见到新客人，我们的委托人迅速从椅子上站起来，身子挺直，双眼下垂，一只手横在胸前，看起来受到了很大伤害。那位女士向前急走几步，向他伸手，但是他还是不肯抬起头来看她，也许是怕他的决心被她一脸的恳求所动摇。"你生气了，罗伯特，"她说，"是的，我完全理解，你有生气的理由。""你不必向我道歉。"圣西蒙勋爵酸溜溜地说。"哦，是的，我明白我有多对不起你。我在出走之前应当跟你解释清楚，但是当时我有点不知所措。从我突然又见到弗兰克时起，我简直不知道我该说些什么该做些什么。我真奇怪自己当时竟没在圣坛前摔倒或昏过去。""莫尔顿太太，或许你希望解释的时候我们最好不在场。""我想谈谈我个人的看法，"那位陌生的先生说，"对于这件事，我们没有必要保密。如果就我个人来说，我倒希望全欧洲和全美洲的人都知道事情的真相。"这位先生瘦长结实，皮肤晒得黝黑，脸上刮得很干净，面部轮廓分明，举止显得很机警。

冒险史

"那么,现在就由我来说出事情的经过吧,"那位女士说道,"我和这位弗兰克先生是一八八四年在洛杉矶附近的麦圭尔营地认识的。那时候我爸爸正在经营一个矿场。我和弗兰克订了婚。后来有一天爸爸突然挖到了一个富矿,从那以后就越来越富有。但是这位可怜的弗兰克的土地上的矿脉却在逐渐变小,最后无矿可挖了。我的爸爸越来越富,弗兰克却越来越穷。所以,爸爸希望我们解除婚约,于是他把我带到旧金山去。但是,弗兰克不想放弃,他也到了那里,为了怕爸爸生气,我们经常私下里见面。弗兰克说,他也要发财,直到他像爸爸一样富有,他才回来跟我结婚。我当时承诺等他一辈子,并且发誓只要他活着,我决不另嫁他人。'那么,为什么我们不现在就结婚呢?'他说,'这样我也就安心了,也不必去要求人家承认我是你丈夫。'所以,我们商量好,他把一切都办妥,请好了一位牧师,我们马上举行了婚礼。然后,弗兰克就离开了我去开创事业,而我则回到爸爸身边。后来我听说弗兰克到了蒙大拿,接着在亚利桑那探矿。

"后来我又听说他在新墨西哥。那以后我在一篇报道上看到一个消息,说是在亚利桑那印第安人袭击了一个矿工营地,并且有人死亡,我在死亡名单中看到了弗兰克的名字。当时我昏了过去,接着生了一场大病。爸爸以为我得了痨病,带我去看了很多旧金山的医生。一年多来,弗兰克音信全无,因此我想他是真的死了。后来,圣西蒙勋爵来到旧金山,我们到了伦敦。爸爸很高兴我们订婚这件事。但是我总觉得我忘不了可怜的弗兰克,在我的心中,他的位置无人可及。话虽这样说,但是如果嫁给圣西蒙勋爵,我会尽为人妻的义务。我们无法控制爱情,却可以控制行动。我和他一起步向圣坛时我就想,我一定要努力成为他的好妻子。但是你们可以想象,我当时是什么感觉,那就是,正当我走到圣坛栏杆前的时候,我偶然回首,忽然看到弗兰克站在第一排座位那里看着我。刚开始的时候我以为是他的鬼魂出现了,但是当我再次看过去时,他仍站在那儿,眼光疑惑,好像在问我,高兴见到他吗?我奇怪我怎么没有昏过去。

福尔摩斯探案全集

"我那时只感觉天旋地转,完全不知道牧师在说什么,我简直不知所措,是打断仪式,还是就这样当做什么都没发生?我把问询的目光投向他,他看来好像知道我的心思,因为他把手指按在嘴唇上,让我不要出声。接着我看到他在一张纸上迅速地写了几个字,我明白他是要告诉我什么。我在出来的路上经过那排座位时,故意把花束掉在他的座位前面,他把纸条连同花束递给了我。纸条上只有一行字,要我在他发出信号时,就跟着他走。当然,我会毫不犹豫地跟着他走。

"回到寓所,我告诉了我的女佣这件事。她在加利福尼亚时就认识他,并且相处得很愉快。我嘱咐她不要泄露出去,只要收拾一些东西,准备好我的长外套。我知道我应该向圣西蒙勋爵解释一下,但是当时他的母亲和其他一些大人物都在场,我根本无法开口,所以我决定不辞而别,等有机会再解释。我到餐桌后还不到十分钟,就看见弗兰克站在外面马路的另一边向我招手,然后走进了公园。我穿戴好溜了出来,去追他。这时有一个女人上来跟我说了些圣西蒙勋爵的闲话,虽然只有几句话,但我可以听出来,他在婚前也有自己不为人知的秘密,我并没有太在意她的话,很快就摆脱了她,然后赶上了弗兰克。我们坐上了一辆出租马车,驶往他在戈登广场租下的寓所。在经过了漫长的等待之后,我们终于在一起了。弗兰克在亚利桑那被印地安人囚禁过,后来他成功地跑掉了,千里迢迢地来到旧金山。他发现我以为他死了,并且已经到了英国。他追踪到了这里,终于在我婚礼的当天早上找到了我。"

"我在一张报纸上看到了这个消息,"这位美国人补充说,"报纸上登着教堂的名字,但没有说女方的地址。""我们商量该怎么办,弗兰克认为应该让大家知道此事,但我心里有愧疚感,我希望从此不再出现,或者写张条子告诉爸爸我还活着。我一想起那些高官显爵正围坐在早餐桌旁等我回去,心里就很慌乱。因此,弗兰克把我的结婚礼服和其他东西捆成一包,扔到一处无人的地方,这样别人就找不到我了。本来我们明天就准备到巴黎去了,但这位好心的福尔摩斯先生今天晚上找到了我们。虽然我不知道他是怎么找到我们的,但是他使我们明白,这件事我做错

冒险史

了,而弗兰克是无辜的,我们这样不让大家知道,是要犯大错的。

"福尔摩斯提出给我们一个跟圣西蒙勋爵单独谈话的机会,所以,我们就马上到这里来了。好了,罗伯特,现在,一切你都知道了。我很抱歉给你造成了痛苦。不要把我想得太卑鄙好吗?"圣西蒙勋爵的僵硬姿势一直没有放松,他皱着眉头,紧绷着嘴唇,一直听完这篇冗长的叙述。"对不起,"他说,"我并不习惯这样公开地讨论我个人的私事。""也就是说,你不肯原谅我?甚至在我走以前和我握一下手也不愿意吗?""噢,当然可以,如果你高兴的话。"他伸出手,礼貌性地握了一下她伸过来的手。"我本来以为,"福尔摩斯说,"你会愿意和我们共进晚餐。"

"我认为这是个过分的要求。"勋爵回答说,"我可能不得不接受现在这个事实,但我并不高兴。我想如果你们允许的话,我现在就告辞了。"他向我们大家很快地鞠了个躬,就大步地离开了房间。"那么,我相信,你们会给我点面子吧,"歇洛克·福尔摩斯说,"认识一个美国朋友,是一件令人愉快的事儿,莫尔顿先生,包括我在内的许多人都相信,我们两国人民的子孙不会由于以往历史上某些权力人物的错误而继续分离和仇视。总有一天他们会成为同一世界大国的公民,米字旗和星条旗将合二为一,成为一面国旗。""这件案子实在是很有趣。"我们的客人走后福尔摩斯说,"它表明,一件在开始时看来很奇怪的事情,后来解释起来是多么简单。这位女士所叙述的事情发生的顺序很清楚。但有些人,如苏格兰场的雷斯德先生,却认为这件事很奇特。""那么,你一直都没有弄错吗?""从一开始,有两件事对我来说是很清楚的。一件是那位女士本来非常愿意举行婚礼;另一件是婚礼举行后不久她就后悔了。很显然,一定是早上发生了什么事,使她改变了主意。可能是什么事呢?出了门以后,她没有可能同别人说话,因为新郎与她始终寸步不离。那么,她有没有看到什么熟人呢?如果有的话,这个人一定是从美国来的。因为她在英国的时间很短,不可能会有人对她造成这么大的影响,甚至只是看了一眼,就让她改变了计划。你瞧,经过一系列的推论,我们已经有了一个答案,就是她可能看到了一个美国人。那么,

福尔摩斯探案全集

这个美国人又能是谁呢？他为什么能对她产生影响力呢？可能是情人，也可能是她的丈夫。

"在我听到圣西蒙勋爵的叙述之前，我了解到一点，她年轻时是在贫困而奇特的环境中度过的。何况他告诉我们，在一排座位里有一个男人，新娘的神情起了变化，花束掉落显然是为了取得字条而耍的小把戏。她求助于她的心腹女仆并提到侵占土地——这在采矿者的行话中表示有人占据了别人拥有的探矿权——这一很有启示的暗示，整个情况就十分清楚了。她跟一个男人走了，这个男人可能是她的情人，也可能是她的丈夫，但丈夫的可能性更大一些。"

"你是怎么找到他们的？""本来是有点困难，可是雷斯德老兄手里的情报极有价值而他自己却浑然不觉。当然，那几个姓名的起首字母是重要的，但是最有价值的是，我知道了他在一周之内曾经在伦敦一所最高级的旅馆结过账。"

"你根据什么推断出是最高级的旅馆呢？""昂贵的价格，八先令一个床位，八便士一杯葡萄酒，由此可以看出那是一家最豪华的旅馆。伦敦收费这么高的旅馆并不多。在诺森伯兰大街我访问的第二家旅馆里，通过查阅登记簿，我发现有一位美国先生弗朗西斯·H. 莫尔顿，刚刚在前一天离开。在查看他的账目时，我看到了一张和雷斯德手中那张账目一样的记录。这位美国先生留下话要求将他的信件转到戈登广场226号。于是，我在那里找到了他们。我冒昧地从朋友的角度向他们提出了一点意见。我让他们明白，向公众，特别是圣西蒙勋爵坦白一切是最好的方法。我邀请他们到这里来和他见面。而且，如你所见，事情很顺利。"

"但是，结局不够理想，"我说道，"勋爵的举止不够大方和宽容。""哈，华生，"福尔摩斯颇为理解地笑道，"假如你经过求婚、结婚等一系列的麻烦事之后，却突然发现妻子不见了，财富也飞了，恐怕你也大方不起来，我想我们该更为宽容地看待圣西蒙勋爵，并且应该感谢上帝没有让我们落到那种地步。请你把椅子向前挪挪，把那把小提琴递给我。现在让我们休息一下吧，好好度过这个凄凉的秋夜。"

冒险史

绿玉皇冠案

一天早上,我站在凸出墙体的窗前看着外面的景致,突然我的视线被一个人吸引住了。我说:"福尔摩斯,瞧,走过来个疯子。他家里人怎么会让他一个人跑出来,太可怜了。"我的朋友漫不经心地直起身来,双手插在衣兜里,站在我的身后向外望。这是一个晴朗、清爽的二月的早晨,地上还铺着一层很厚的雪,因为是昨天刚下的,所以在阳光的照耀下,银光闪闪。贝克街马路中间已被来往车辆碾成一条灰褐色的带状,但是两旁人行道上的雪却仍然晶莹纯洁。灰色的人行道已经清扫过,不过还是很滑溜,所以路上的行人比平常少多了。实际上,只有这位先生正从大都会车站方向朝这边走来,我的注意力被这位先生的古怪举止吸引住了。

这个人人约五十岁,身材健壮,脸庞厚重,仪表非凡。他的衣着虽然颜色偏暗,但是却很华贵时髦。他身穿一件黑色大礼服,头戴一顶有光泽的帽子,脚穿一双有绑腿的棕色高统靴,样式别致的裤子是珠灰色的,很考究。但是,他的行动却和他尊贵的衣着和仪表毫不相称,给人一种十分滑稽的感觉。他正在奔跑,偶尔还轻轻地蹦跳几下。在他跑动的过程中,双手上下挥动,脑袋左右摇晃,脸部抽搐得不像样子。"他到底是怎么了?"我不禁问道,"他在查看这些房子的门牌号码。""我想他是在找我们的门牌号。"福尔摩斯搓着手说。"是要到我们这儿来?""没错,我想他有一些问题需要来请教我,我能看出这种迹象。哈,看来我说对了。"说话间,那个人已经冲到我们的门口,把门铃拉得震天响。

一会儿,他已经站在我们面前了,一边喘着气,一边做着手势,双眼充满了忧郁的神情。见到这种情况,我们的笑容马上消失,并为之震

惊。他一时还说不出话来,只是颤动着身子,抓着头发,完全像一个失去理智的人。随后他突然跳起来将头部撞向墙壁,吓得我们两人赶紧拉住他,把他拖到屋子中间。歇洛克·福尔摩斯将他按到一张安乐椅上坐下,自己坐在一旁,轻轻地拍着他的手,并用他那种独特的令人放松的语调和他聊了起来。

"你来是想求得我的帮助,对吗?"他说,"你一定跑累了,请稍事休息,等你缓过气来,我会很认真地研究你的问题。"那个人坐了一会儿,胸部剧烈地起伏着,看得出正在极力地稳定情绪。然后他用手帕擦了擦前额,嘴唇紧闭,将脸转向我们。他说:"你们不会认为我是疯子吧?""我看你肯定是遇到了什么大麻烦。"福尔摩斯答道。"天晓得,我遇到了什么麻烦……这麻烦好像从天而降,这么可怕,我完全不知所措。我可能要因此受到羞辱,虽然我一直是个品质良好的人。每一个人都会有自己的苦恼,这是命中注定的,但是这样可怕的两件事以如此恐怖的形式一起缠上我,我实在是六神无主了。而且,如果事情不能解决,不止我个人会倒霉,还会连累我国最尊贵的人。""先生,请放松心情,"福尔摩斯说,"先告诉我们你是谁,然后请慢慢把你的事情告诉我们。"

"我的名字,"我们的客人回答说,"你们可能知道,我是针线街霍尔德—史蒂文森银行的亚历山大·霍尔德。"

我们确实很熟悉这个名字,他是伦敦城里第二家最大私人银行的主要合伙人。我们非常好奇到底是什么事竟然让伦敦城里一位上等公民落到如此可怜的地步。我们等待着他振作起精神把自己的遭遇告诉我们。

"我认为时间很宝贵,"他说,"所以警厅巡官告诉我可以请你帮助时,我就迅速赶到这里来了。我是下了地铁后步行来到贝克街的,因为马车在雪地上行驶缓慢。我平时缺乏必要的锻炼,所以刚才气都喘不过来了。现在好多了,我尽量简明扼要地把事情的经过告诉你们。

"当然,你们都知道,一家成功的银行必须善于投资,这样才能增加业务联系,扩大储户数量。我们获利最丰厚的投资方法是在客户提供

冒险史

了可靠的担保情况下把钱贷给他们。近年来我们做了很多笔这种交易，许多名门贵族以他们珍藏的名画、图书或金银餐具作为抵押品向我们借贷了大笔款项。

"昨天上午，我正在银行办公室里，我的职员递进一张名片。我被上面的名字吓了一跳，我想甚至对于你们来说，他也是一个在英国最崇高、最尊贵的名字，如果说世界闻名也不为过。对于他的到来，我感到受宠若惊。他直接谈起正事，好像很着急。'霍尔德先生，'他说，'据说你们常办贷款业务。''是的，如果抵押品值钱的话。'我回答说。'我现在急需五万英镑。'他说，'当然，我能够从我的朋友那里借到比这笔款项多十倍的钱，但是我希望把它当做一件正事由我自己来办。你一定明白，以我的地位来说，并不适合随便接受别人的恩惠。''那么，这笔款项您需要多长时间？'我问。'下星期一我就能收回一大笔到期的款项，那时我肯定可以归还这笔借款，利息方面，你认为合理就行。现在最重要的是我必须马上拿到这笔钱。''我本想用我私人的钱贷给您，这样就不必做进一步的洽谈，但这样可能会使我的负担过重，'我说，'如果以银行的名义办理，那么即使有我对你的支持，也必须有全部的业务上的担保。''我倒希望这样做。'他说着拿出一只黑色四方形摩洛哥皮盒，'你一定听说过绿玉皇冠吧？''这是我们帝国一件最珍贵的公产。'我说。'完全正确！'他打开盒子，他所说的那件华丽珍贵、灿烂夺目的珍宝衬托在柔软的肉色天鹅绒上面。他接着说，'这上面有三十九块大绿宝玉，仅仅上面的金质雕花，价值就是无法估量的。这顶皇冠按最低的估算也要比我要借的数目多一倍。我准备把它抵押在你这里。'

"我把这贵重的盒子拿在手中，非常不能适应地把眼光放在这位高贵的委托人身上。'你对它有所怀疑吗？'他问。'噢，不。我只是不确定……''你放心，我绝对有把握在四天之内把它赎回去，否则我不会这么做。这只不过是一种形式。把它作为抵押品够吗？''完全够。''霍尔德先生，你应该明白，正是出于对你的信任，我才把这顶皇冠放

在你这儿,你不仅要谨慎地做好防范工作,而且要避免流言的发生。如果它有什么损伤,那一定会成为一起公众瞩目的大丑闻。这些绿玉是绝无仅有的,任何损伤都和丢掉它一样性质严重。现在我怀着无限的信任把它放在你这儿,我星期一上午会亲自来取。'

"因为我的委托人急于离开,所以我并没多说什么,当即召来出纳员,叫他支付给委托人五万英镑。当办公室内又是我独自一个人时,看着放在桌子上的盒子,我开始感到恐慌。万一有什么意外,后果无疑是可怕的。虽然有些后悔,但已经无法改变什么了,我只好把它锁在我的私人保险箱里。

"到傍晚,我想到如此贵重的东西放在办公室里实在很危险。在此之前,银行的保险箱曾经被撬过,谁能保证我的保险箱就不会被撬?万一出了什么事,我的处境将非常可怕。因此我决定在星期一之前,随身携带着这只盒子,使它和我寸步不离。这样考虑以后,我就带着这件珍宝雇了一辆出租马车回到在斯特里特哈姆的家里。我把它带上楼,锁在我起居室的大柜橱里,这才稍稍放下了心。

"现在说一下我家里的情况,福尔摩斯先生,我希望你对此事有个全面的了解。我的马夫和听差是睡在房子外面的,这两个人和我要说的事完全无关。我有三个女佣人,她们已跟随我多年,是绝对可以相信的。不过,另外有一个叫露茜·帕尔的当帮手的侍女,在我家里服务虽然只有几个月,但是我很满意她的优秀品格。我们都相信她是个好姑娘,只有一点不足之处,就是她很漂亮,有时会招惹一些爱慕她的人在周围游荡。

"这些就是仆人方面的情况。我的家庭成员很简单,无须浪费时间。我是个鳏夫,只有一个名叫阿瑟的独生子。对于他,我既失望又伤心。但这是我的错,大家都说是我宠坏了他。在我爱妻去世后,我更加疼爱他,甚至受不了他片刻的不高兴。我从不让他受丝毫委屈。如果早先我对他的要求严一点,也许对我们俩都要好些,但我相信我是为了他好。我自然希望他将来继承我的事业,但是他放荡惯了,根本不是干事业的

冒险史

料子。说实在的,我甚至不敢放心地让他经手大笔款项。虽然他还年轻,但已经是一家贵族俱乐部的会员了,因为他的举止潇洒大方,很快就有一群挥霍成性的富家子弟围绕在他身边。他在这帮朋友的唆使下学会了豪赌,在赛马场上乱花钱,所以经常跑来求我预支给他津贴费去还赌债。他多次想同他那帮狐朋狗友断绝关系,但是他的朋友乔治·伯韦尔爵士又一次打消了他的这个想法。

"是的,我很确定,像乔治·伯韦尔爵士这样的人能够对他施加影响,他经常随我儿子到家里来,有时候我自己都要被他的风采迷惑了。他比阿瑟年纪大,是一个十足的玩世不恭的人,去过很多地方,见识过很多场面,能言善道,并且相貌不凡。但是,当我抛开他的不凡仪表,冷静地思考他的品质时,他那充满嘲讽的谈吐以及他看人的眼神,使我意识到他是个不可信任的人。我是这样想的,我的小玛丽也有和我同样的想法,她具有一种女性敏锐的洞察力,善于分析一个人的品质。

"讲到这里,现在该说一说玛丽的情况了。她是我的侄女,五年前我兄弟去世后,这世界只剩下她孤单一个人。我收养了她并且把她当做我自己的女儿。她温柔、可爱、美丽,人见人爱。她不仅在管理和操持家务方面是个好手,同时又具有妇女应有的恬静、善良的品质。她是我的左右手,如果没有了她我一定不知该怎么办。只有一件事她颇让我失望,我的儿子两次向她求婚,他真的是非常爱她,但两次都被拒绝了。只有她能把我的儿子改造成一个好人,如果他们结婚,他一定会一改以往的浪荡。可是如今,一切都难以挽回了。

"福尔摩斯先生,现在你了解了我家里的所有成员,我接着说这桩不幸的事。那天晚上我吃过晚饭在客厅里喝咖啡时,抑制不住把这件事讲给阿瑟和玛丽听,并且说宝物现在就在屋子里,但我没提委托人的名字。我肯定露茜·帕尔在端来咖啡以后就离开了房间,但我不能确定她出去时是否关门了。玛丽和阿瑟听了很好奇,很想见识见识这顶著名的皇冠,但是我认为最好还是别动它。

"'它现在在哪儿?'阿瑟问道。'在我的柜子里。''唔,希望晚上

不会被偷走。'他说。'柜子上着锁呢。'我回答说。'哎，那个柜子实在太容易开了，我小时候就用厨房食品橱的钥匙开过。'他的话我是很少考虑的，他总是那么轻率。然而，那天晚上他尾随我来到我的房间里，神情十分忧郁。'爸爸，'他垂着眼皮说，'给我二百英镑好吗？''不，不行！'我一口拒绝了，'在金钱方面我一向对你太慷慨了！''你一向那么仁慈，'他说，'但是这笔钱对我太重要了，否则，我就一辈子没脸进那俱乐部了！''那可真是太好了！'我嚷着。'是的，但是你不想让我在那里声誉扫地吧，'他说，'那可实在是太丢脸了，我受不了，我必须筹到这笔钱。如果你不肯给，我会想别的法子。'我当时很气愤，因为这是这个月里他第三次向我要钱。'我一个便士都不会给你。'我大声说。于是他行了一个礼，默默无语地走出了房间。

"他走后，我打开了大柜橱，看到我的宝物安然无事，然后我再把柜子锁上。这一切做完后我开始巡视房子的各处，看看是否一切安好。平时这些是玛丽在做，但当晚我认为还是亲自做比较好。当我下楼梯时，我发现玛丽站在大厅的边窗那里。看见我走近，她把窗户关上并插上了插销。'告诉我，叔叔，'她神情有点紧张地说，'侍女露茜今天晚上出去经过你的允许了吗？''当然没有。''她刚从后门进来。我想她一定是到边门去见什么人，这样太危险了，应该警告她。''明早你对她讲讲，如果你希望由我来，我会对她说。你肯定各处都关好了吗？''十分肯定，叔叔。''那么，晚安！'我吻了她一下便回到楼上的卧室里，一会儿就睡着了。我希望把全部细节都告诉你，福尔摩斯先生，也许会和案子有关。如果有不清楚的地方，请你提出来。""不，你讲得非常细致。""现在我要讲的情节是这件事的重点。我不是睡得很沉的人，而且因为心中有事，我睡得更不安稳。大约在凌晨两点钟的时候，屋里的某种响声把我吵醒了。当我完全清醒时，什么声音都没有了，但我有一个感觉，好像什么地方的一扇窗户曾经被轻轻地关上了。我侧着身子全神贯注地倾听着。然后，我听到隔壁房间里有清晰的脚步声。我心怀恐惧地悄悄下了床，从门角张望过去。"

冒险史

"'阿瑟!'我大喊起来,'你这坏蛋,你这个贼!你竟然敢碰那皇冠?'我放在那里的煤气灯还半亮着,可怜的阿瑟只穿着衬衫和裤子,站在灯旁,手里拿着那顶皇冠。他好像正在用尽全身力气扳着、拗着它。听到我的喊声,他的手抖了一下,皇冠掉到了地上。他一脸苍白,我把皇冠拣起来后发现一个金质边角和三块绿玉没有了。'你这坏蛋!'我气得发狂,大叫起来,'你弄坏了它!你让我一辈子抬不起头!告诉我那几块宝石哪儿去了!''问我?!'他叫了起来。'没错,你这贼!'我吼叫着,用力摇着他的肩膀。'没有丢什么,不可能丢掉什么的。'他说。'少了三块绿玉。你一定知道它们在哪儿。你难道想告诉我,你不但是贼,而且还是骗子吗?我亲眼看见你正在扳着它。''你骂够了吧,'他说,'我再也无法忍受了。既然你认定是我干的,这件事我就不再提一句。天亮我就会离开你的屋子到别处去谋生。''你一定会落在警察手里!'我狂怒地大声喊着,'这件事我不会善罢甘休!''从我这里你得不到任何情况。'我想不到他竟一反常态言辞激烈地说,'如果你愿意叫警察,那么就让警察搜查好了!'这时候,我盛怒中的大声叫喊把全家都惊动了。玛丽最先来到我的房间,当她看见那顶皇冠和阿瑟的神情,她就意识到了发生的事,她尖叫了一声就昏倒在地了。我马上派女佣去叫警察,请他们立刻进行调查。

"两位警察进屋的时候,阿瑟双臂抱在胸前恼怒地站着,问我打算控告他偷窃吗。我回答说皇冠是国家的财产,损坏公物必须依照法律办理。'至少,'他说,'你不会现在就让人逮捕我吧。如果我能离开屋子五分钟,对谁都好。''这样,你就可以趁机逃亡,也许可以将偷得的东西藏起来了。'我说。我意识到自己的可怕处境,我恳求阿瑟说出宝石的下落,否则不只是我,一位地位更高贵的人的荣誉也会经受危机,甚至引发一桩大丑闻。'你应该明白,'我说,'你是当场被捉的,而拒不承认对你有害无益,如果你能告诉我们绿玉的下落,那么一切都可以被宽恕。'

"'我不要你的宽恕,你把它们给更需要的人吧。'他冷笑着回答

道，转身离开了。我看他顽固到如此程度，没有别的办法，只好叫巡官进来把他看管起来并立刻做了全面搜查，他的身上、他所住的房间以及屋里他可能藏匿宝石的每个地方都搜查过了，但是没有发现任何痕迹。我们用尽了各种方法，但这可怜的孩子就是一句话也不讲。今天早上他被送进了牢房，而我在办完了警方要求我办的一切手续之后，便匆忙到这儿来恳求你的帮助。警察公开声明他们目前毫无线索。为此事你可以花费你认为需要的数目。我已经悬赏一千英镑。上帝啊，我该怎么办？一夜之间，信誉、宝石、儿子全失去了。"

他双手抱头，全身晃来晃去，像是一个有说不出的痛苦的小孩喃喃自语着。歇洛克·福尔摩斯默默地坐了好一会，眉头紧皱，两眼紧盯着炉火。"你家里平时有很多客人吗？""大部分都是我的合伙人和他们的家眷，偶尔阿瑟的朋友会来。乔治·伯韦尔最近曾来过几次。再无其他了。""你常出去参加社交活动吗？""阿瑟常去，玛丽和我呆在家里，我们俩都不想去。""这对于一个年轻姑娘是一件很不寻常的事啊！""她生性安静。另外，她已经二十四岁，不太年轻了。""这件事情，好像也使她颇为震惊。""非常震惊！她受到的惊吓可能甚过我。""你和玛丽都认为你儿子有罪吗？""这是肯定的，因为我亲眼看见皇冠在他手里拿着。""我认为证据并不充分。皇冠的其余部分损坏了没有？""嗯，它被扭歪了。""那么你想过吗，他可能是要将它弄直？""上帝保佑！希望你能为我和阿瑟做你所能做的一切，但是这个任务太艰难了。皇冠在他手里拿着啊！如果他是无罪的，他为什么不辩解呢？""那么，如果他有罪，他为什么不编个谎言？他的缄口不谈在我看来有两种解释，这案子有几个奇怪的地方。警察是怎么看待把你从睡梦中惊醒的声音的？""他们说这可能是阿瑟关他卧房门的声音。""难道一个存心作案的人会把声音弄到全家人都被吵醒的地步吗？不说这个，他们对于宝石的失踪有什么看法？""他们现在还在敲打地板搜查家具。"

"他们没有到房子外面看看？""去了，他们干劲十足，把整个花园都翻遍了。""说到这里，我亲爱的先生，"福尔摩斯说，"就你们看，

冒险史

这是一桩很简单的案子,但我认为它似乎很复杂。事实已经很明显了,不是吗?想想你们是怎么看的。你猜想你的儿子从床上起来,冒着很大的危险,走到你的起居室,打开柜子取出那顶皇冠,并用力从上面板下一小部分,再到其他地方去,把三十九块绿玉中的三块用谁也发现不了的绝妙办法藏匿起来,然后带着其余的三十六块回到房间里来,再次冒着被人发现的极大危险。你自己想想看,这个分析可靠吗?""可是还有别的分析吗?"这位银行家做出一个无奈的表情嚷着。"如果他没有坏心眼儿,那他为什么一句话都不说?""这正是我们要做的事情,把事情搞明白。"福尔摩斯回答说,"所以现在如果你愿意的话,霍尔德先生,我们就一起动身到你斯特里特哈姆的家里去,用一个小时做一番更细致的检查。"

福尔摩斯坚持要我也去调查,正好我也想去看看,我的好奇心和同情心已经被霍尔德的叙述激发起来了。我承认,对银行家的儿子是不是偷窃了绿玉宝石这点,我当时和这位可怜的父亲看法一样,都认为是显而易见的,但是我仍然对福尔摩斯的判断抱有十足的信心,既然他对大家都认同的解释很不满意,那么一定有某种理由让他持有自己的观点。在去南郊的路上,他默默无言地坐着,把下巴贴到胸口上,帽子拉下来遮住了眼睛,深陷于思考中。我们的委托人,因为看见了一线曙光,增添了新的勇气和信心,他甚至和我聊起了他业务上的一些事情,虽然很杂乱无序。坐火车赶了一段儿,再步行一段很短的路程,我们就到了这位大银行家住的不很豪华的费尔班寓所。

费尔班是一所非常大的用白石砌成的房子,离马路有一段距离。一条双行的车道沿着一块积雪的草坪一直通到紧闭着的两扇大铁门。右面有一小丛灌木,灌木丛中有一条狭窄的、两旁用树篱隔开的小径,这条小径从马路口一直通到厨房门前,零售商人经常进出这里。在左边有一条小道通到马厩,这条小道在庭院之外,是一条很少用的公共马路。福尔摩斯让我们等在门口,他自己慢慢地绕房子走了一圈,先是屋前小贩走的小道,然后是花园后面通往马厩的小道。他来回走了很久,霍尔德

先生和我干脆就进屋子里去了，坐在餐室的壁炉边等他。当我们正静坐在那里时，房门被人推开，进来一位年轻的女士，她身高在中等以上，身材纤细，漆黑的头发和眼睛在她十分苍白的皮肤的衬托下显得格外黑。我想不起曾几何时见到过如此面无血色的妇女了。她的嘴唇也是苍白的，眼睛却因哭泣而红肿。她悄无声息地走进来，看得出她正承受着甚于银行家的更巨大的痛苦。她显然是一位具有很强的个性并且具有极大的自控力的女人，这就显得更加吸引人。

她不顾我在座，径直走向她叔父跟前，温柔地抚摸着他的头。"你已经请他们释放阿瑟了，是吗，叔叔？"她问。"没有，没有，我的姑娘，我们必须彻底追查。""但是我想他是清白的，你应该相信女人的直觉。我知道他没做什么错事，你会后悔这么严厉地对待他。""那么，如果他是清白的，他为什么不做任何辩解？""谁知道？也许他是恼怒于你对他的不信任。""你让我怎么信任他？当时我亲眼看见那顶皇冠在他手里拿着。""啊，他一定是拿起它看看。请相信我，宝石不是他偷的。事情就这样结束吧，别再提起了。多么可怕啊，阿瑟竟被投进了监狱。""找不到绿玉我决不放弃——决不，玛丽，你对阿瑟有感情，但你不知道它会给我带来多么严重的后果。事情绝不能就这样算了，我从伦敦请了一位先生来专门调查此事。""是他吗？"她转过身来看着我问道。"不，是他的朋友。他说想一个人走走看看。他现在正在马厩那边的小路上。""马厩那条小路？"她扬了一下眉毛，"他希望在那里找到什么？哦，我想就是这位吧。我相信，先生，我堂兄阿瑟是清白无辜的，你一定能证明这一点。""我很赞成你的看法，而且，我相信，和你在一起，我们更能证明这一点。"

福尔摩斯先生说着话，同时又回到擦鞋垫上蹭掉鞋底下的雪。"我想我是荣幸地在和玛丽·霍尔德小姐谈话，我可以向您请教一两个问题吗？""当然，先生，如果你认为我的话对此事的调查有所帮助的话。""昨天夜里你听见了什么？""没有，我的叔父开始大声说话，那时我才惊醒，然后下来。""你昨晚关上了所有的门，但是是否闩上了所有的

冒险史

窗户呢?""都闩上了。""今天早上这些窗户还闩着吗?""是的,都闩着。""你的女仆一定有个情人吧?我听说你昨晚曾经告诉过你叔叔说她出去了?""是的,就是那个在客厅里侍候的女仆,叔叔谈的关于皇冠的话她可能听见了。""我了解,你的意思是说她可能出去把这件事对她的情人说了,然后他们俩密谋了盗窃皇冠的事。""但是这些都是空洞的理论,完全没有用处,"银行家烦躁地大叫了起来,"我说过我亲眼看见皇冠被阿瑟拿在手上。""静下心来,霍尔德先生,我们必须进行细致的调查。霍尔德小姐,你是看见这个女仆从厨房门附近回来的吗?""是的,当时我在查看那扇门是否闩好,我看见她偷偷溜进来。我也看见那个男人在暗处。""你认识他吗?""噢,是的!他是一个菜贩。他的名字是弗朗西斯·普罗斯珀。""他站在,"福尔摩斯说,"门的左侧——确切地说,离进入这门的路有一段距离?""是的,您说得没错。""他装着木头假腿?"这位年轻小姐流露着丰富表情的眼睛突然显出恐惧。"怎么?你真像个魔术师啊,"她说,"你怎么知道这个?"她微笑着。但是福尔摩斯瘦削而急切的脸上却没有笑容。

"我想马上到楼上去看看,"福尔摩斯说,"看来我要到房子外边再走一圈,也许我在上楼之前最好先看看楼下的窗户。"他很快地走过一个个窗户,只在一扇大窗户前停了一下,那是大厅上的一处可以向外望到马厩小道的地方。他打开这扇窗户,掏出口袋里的高倍放大镜非常认真地检查窗台。然后说:"现在我们上楼去。"这位银行家的起居室布置得十分简单,地上铺着一块灰色地毯,有一个大柜橱和一面长镜子。福尔摩斯直奔大柜橱跟前,紧盯着上面的锁。

"是用哪把钥匙打开的?"他问道。"就是我儿子说过的那把开贮藏室食品橱的钥匙。""它现在在这儿吗?""就在化妆台上。"福尔摩斯把它拿过来打开大柜橱。"这把锁没有声音,"他说,"你没被吵醒就不奇怪了。这只盒子无疑是用来装那皇冠的。我们检查一下。"他打开盒子,取出皇冠放在桌子上。这是一件华贵的珠宝工艺品,那三十六块绿玉是我见过的最精美的玉石。皇冠的一边有一道裂口,一个角上有三块绿玉已经不见了。

"现在，霍尔德先生，"福尔摩斯指着一个边角说，"这个边角和丢失绿玉的边角是对称的。请你试着掰一下，看看能不能掰开。"那银行家惊恐地往后退。他说："我可不敢这么做。""那么就由我来吧，"福尔摩斯突然用足力气去掰，但是没有一点效果。"我觉得它有点松动，"他说，"但是，即使是我这样的手劲，要掰开它也需要一番努力，一个普通人根本掰不开它。好了，霍尔德先生，如果我真的掰开了它，情况会怎样呢？那就会发出像枪响一样的声音。如果这一切就发生在离你卧榻数尺的地方，怎么会一点儿声音也没听见？""我什么也想不出来。"

"但是事情已经很清楚了。对于这点，你怎么看，霍尔德小姐？""我和叔叔一样迷惑。""当时你看到你的儿子没有穿鞋，是吗？""他只穿着裤子和衬衫。""谢谢你。从这次询问中我们确实了解了很多有益的情况，实在很不错，如果我们还不能弄清楚这件事，那我们就太笨了。霍尔德先生，你不介意我再到外面去看看吧！"他要求让他一个人去，因为他解释说，人多脚印必然也多，而那会对他的工作造成不必要的困难。福尔摩斯在外面大约检查了一个多小时，他回来时，我们看见他脚上全是雪，而他的面孔仍然是那样高深莫测。

"需要看的地方我都看了，霍尔德先生，"他说，"我想现在我最好回家去。""但是那些绿玉，福尔摩斯先生，它们在哪儿？""我现在还说不准。""那我永远也找不到它们了！"这位银行家着急地大声说，"那么我儿子呢？是你给了我希望。""我并没有改变我的看法。""那么，上帝啊，昨晚在我屋子里到底发生了什么事？""请你明天上午九点至十点钟到贝克街我的住所来，我会很高兴把它讲清楚。我想，你已授权我替你办这件事，只要我能找回那些绿玉，你并不在乎我可能取用的款项。""即使用尽我全部的财产都可以，只要找回它们。""很好，我将很快查清这件事。再见，我傍晚之前可能还要过来一次。"

我清楚我的伙伴现在对这个案件已经了然于心了，至于他得出了什么结论，我就不得而知了。在我们回家的途中，我多次想从他那里听到

冒险史

一点结果,但是话题总是被他岔开,我只好不再追问。我们回到贝克街时,还不到下午三点。他匆忙走进自己的房间,几分钟后他已把自己化妆成一个普通的流浪汉。他把领子翻上去,穿着磨得发亮的破外衣,打着红领带,穿着一双破旧的皮靴,俨然一个真正的流浪汉。

"你觉得怎么样?"他一边说一边自我欣赏映在壁炉上的镜子里的身影,"我真希望你能和我一起去,华生,但是恐怕不行。我也许找到了线索,也许只是瞎忙,但是我马上就会明白事情是怎么回事。我尽量在几个小时内回来。"他割下一块放在餐柜上的大块牛肉,夹在两片面包里,然后把这些放进口袋里,就出门开始行动了。我刚喝完茶,就见到他高兴地回来了,手里晃着一只边上有松紧带的旧靴子。他把那只旧靴子扔在角落里,便去倒茶喝。"我只是进来看一眼,"他说,"马上就得走。""去哪儿?""噢,到西区那边去。我可能得花很长的时间,所以,如果时间太晚了,你就先休息。""事情怎么样了?""噢,可以。一切都很顺利。我刚才又去了斯特里特哈姆,只是没进屋。有个很有趣的小疑点,我得把它弄明白。我不能坐在这里闲聊天,我必须把这套流浪汉的衣服脱下来,重新穿上我自己那套体面的衣服。"从他的言行举止中,我看出他一定收获不小,事情仿佛有了很大的进展。他的眼睛光彩熠熠,菜色的面颊上甚至泛起了红晕。他匆匆地上了楼,几分钟后,我听见大厅的门砰地一响,我知道他又出发了,去从事他喜欢的侦探行动。

我一直等到深夜,也没见他回来,便自己回房休息去了。他几天几夜外出调查是常有的事,因而今天的事并不让我奇怪。我不知道他是何时回来的,但是当我早晨下楼进早餐时,他已经坐在那里了,一边喝咖啡一边看报,精力充沛,仪容整洁。

"对不起,华生,没等你一起用早餐。"他说,"你应该记得我们和委托人有约。""啊,已经九点多了,"我回答说,"我想一定是他来了。门铃响了。"果然,来者是我们这位金融家朋友。我非常震惊于他身上的变化,因为他那宽阔结实的脸庞现在干瘪了下去,头发更灰白了。他

福尔摩斯探案全集

一脸倦容，疲惫不堪，看上去他承受的痛苦比昨天早上的更加严重，他无力地瘫在扶手椅里。"我究竟做了什么缺德事要受这么残酷的折磨，"他说，"两天前我还生活在幸福中，没有任何烦恼。现在我竟落到这种孤独无依的地步，天啊，玛丽离开我了。""离开了？""是的。今天早上我在大厅的桌上发现一张她留下的便条，我上楼去看，才知道她的床一夜没人睡过，她已经离开了。我昨晚曾经伤心地对她说，假如她能答应我儿子的求婚，他本来会很好的。也许我这样说太欠考虑。她的便条是这样写的：

我最亲爱的叔叔：

　　我认为我给你带来了很大的麻烦，如果我采取其他行动，也许就不会发生这种可怕的事情了。我心里存着这种想法，就再也不能愉快地住在你家里了。因此，我决定离开。不要为我的前途担心，因为我自己有栖身的地方。最重要的是，不要找我，因为这将是徒劳的，而且会给我带来麻烦。不管生死，我永远是你亲爱的玛丽。

"她为什么要这样做？福尔摩斯先生？你认为她有自杀的想法吗？""不，不，没有这回事。这也许是最好的解决之道。我想，霍尔德先生，所有的烦心事儿很快就会结束了。""哈！你确定是这样？你有消息了？福尔摩斯先生，你听到了什么消息？那些绿玉找到了吗？""你是否认为一千英镑一块绿玉的价钱太高了？""甚至可以付出一万英镑。""这倒不用，我想三千英镑足够了。当然，还有一笔小小的酬金。支票簿你带来了吧，这支笔给你，请开一张四千英镑的支票。"

这位银行家不明所以地如数开了支票。福尔摩斯走到写字台前，取出一个小小的三角形的金纸包，倒在桌子上三块绿玉。

我们的委托人充满喜悦地尖叫了一声，一把将它们抓在手中。"你拿到了！"他急促地说，"我得救了！我得救了！"像他之前的痛苦一

冒险史

样,他的喜悦也是激烈的。他将这几颗失而复得的绿玉紧紧地贴在胸前。"但你还欠别人一笔债,霍尔德先生。"福尔摩斯相当严肃地说。"欠债!"他拿起一支笔,"多少?我马上开支票。""不,这笔债不是欠我的。你有一个品质高尚的儿子,你应该向他好好地道歉,他一肩揽下了这件事,如果我有一个孩子,而他也能这么做的话,我一定会很骄傲。""那么真的不是阿瑟干的?""我昨天就说过,今天我再重复一遍,不是他。""你确定是这样,那么我们应该马上赶过去,告诉他这个好消息。"

"他已经知道了。我把事实全部弄清楚之后就去找他,但他不愿意告诉我实情。我不得不把我知道的事实对他说了,他这才承认我是对的,并且对我不清楚的细节做了补充。你刚才带来的有关你侄女的消息也能让他开口。""我的上帝啊!那么,快告诉我这离奇的谜究竟是怎么回事吧!""我确实要这样做,我会详细说明为了弄清事情的真相我采取的行动步骤。但是,在这之前我有一句很难出口的话:那就是乔治·伯韦尔爵士和你的侄女玛丽有牵扯。他们两人现在已经一起逃走了。""我的玛丽?不可能!""但是这却是事实,不容置疑的事实。你和你的儿子不了解你们把什么样的一个人接纳到了你们家中。他是英国最危险的人物之一,是一个潦倒的赌徒,一个坏到极点的流氓,一个毫无人性的人。你的侄女对这种人并不了解。当他对她海誓山盟一如他以往对其他女人时,她洋洋自得,认为是自己的魅力打动了他的心。这个恶魔深知如何用甜言蜜语使她能为他所利用,并且几乎每晚都和他幽会。""我不能,也决不相信会这样!"银行家脸色灰白地嚷道。

"那么,让我来告诉你,前天晚上你家里发生的事情。你的侄女,当她认为你已经回到你的房间去后,悄悄地溜下来在那扇朝向马厩小道的窗口和她的情人谈话。因为长时间的站立,他的脚印深深地陷进了雪里。她和他谈起了那顶皇冠。这消息勾起了他对珍宝的贪婪欲望,他就用尽各种花言巧语迫使你的侄女听从他的安排。我敢肯定她是爱你的,但是有些女人,她们对情人的爱是至高无上的,而我认为玛丽就是这样

一个女人。他们还没讲完,就见你下楼来,她急忙关上窗户,并告诉你那女仆和她那装木头假腿的情人的事情,那件事倒是真的。

"你的儿子阿瑟和你谈话后,便上床去睡觉,但是因为想着如何偿还欠俱乐部的债,他怎么都睡不着。半夜的时候,他听见轻轻的脚步声经过他的房门,于是他无声地起床到门边向外窥视,他吃惊地看到他的堂妹正沿着过道轻声地走着,然后她进了你的起居室里。这孩子惊讶至极,急忙披上一件衣服躲在暗处要看个究竟。这时只见她又从房间里走了出来,你儿子在过道的亮光下看见她手里拿着那顶珍贵的皇冠走向楼梯,他感到一阵恐惧,跑过去藏在靠近你门口的帘子后面,从那里他可以把下面大厅里的一切一览无遗。他看见她轻轻将窗户打开,把皇冠从窗户里递出去交给躲在暗处的人,然后把窗户重新关上,从他躲藏的帘子旁边经过,迅速地回到她房间里去了。

"他不可能采取什么行动,因为他心爱的女人在场,他不想暴露她的可耻行径。但是她刚一走开,他就意识到了这件事的严重后果,并感觉到自己有责任把它纠正过来。他迅速冲下楼,仍然是披着衣服,光着脚,打开那扇窗户,跳到外面冰冷的雪地里,沿着小道向前追去,在月光里他瞧见了一个黑影。乔治·伯韦尔爵士正快步向前跑着,但是被阿瑟捉住了,两个人在那里争夺起来,他们两人分别抓住了皇冠的一端。撕打之间,你的儿子揍了乔治爵士一拳,打伤了他的眼部。这时你的儿子突然感觉好像有什么东西被拉断了,然后他发现皇冠已经在他手里了,便急忙跑回来,关上窗户,上楼来到你房内,当他正在察看那在扭打中被损坏了的皇冠并试图把它弄正的时候,你出现了。"

"是这样的吗?"那银行家将信将疑地说。"他本以为会得到你的称赞,但是你的怒骂和不信任却激起了他的怒火,而且他又不愿意出卖玛丽,于是他沉默了。""难怪她一看到那顶皇冠便发出一声尖叫昏了过去。"霍尔德先生大声嚷着,"噢!上帝啊,我真是瞎了眼。是的,他要求我给他五分钟,他是想到争夺现场去寻找皇冠上失落的三块绿玉,我竟然残忍地冤枉了他。"

冒险史

"当我来到你家的时候,"福尔摩斯接着说,"我立即到房子四周仔细地查看了一下,想看看有没有对我的调查有利的痕迹。我知道从前天晚上到现在没有再下过雪,而且这期间恰好有重霜保护着印迹。我走上了商贩所走的那一条小路,但是脚印已经被践踏得无法辨认了。不过,就在它这一边,离厨房门稍远的地方,我却发现有一对男女站在那里谈话时留下的足迹,那里的脚印有一个是圆的,因此我断定此人有一条木制的假腿。我甚至可以断定有人惊扰了他们,因为痕迹表明那个女人匆忙跑回到门口,这可以从雪上前脚印深后脚印浅的形状看出来。那个装木头假腿的人看来在那里又待了一会儿才走开。我那时猜想这大概就是那女仆和她的情人。你已经告诉过我他们的事。后来经过调查我证实了这一点。我到花园里转了一圈,只看到杂乱的脚印,我知道这是警察留下的,但是我到了通往马厩的小道时,我看到雪地上有一段很长很杂的痕迹。

"那里有两行穿靴子的人的脚印,另外还有两行,却是一个光脚人的脚印。我立刻断定这后两行脚印是你儿子的,因为你曾说过他没穿鞋。头两行是走的脚印,而另两行则是跑得很快的脚印,而且他的脚印在有些地方盖在那穿靴的脚印上,很明显他是从后头赶上来的。我顺着这些脚印追踪而去,发现它们通往大厅的窗户,那穿皮靴的人在这里等待时将周围的雪都踩得溶化了。然后我来到另一边,这里距离那条小道大约有一百码。此外,我看出那穿皮靴的人曾转过身来,地上的雪被踩得乱七八糟,好像在那里发生过一场争夺,最后我还发现那里有几滴血,这说明我没弄错。这时,那穿皮靴的人又沿着小道跑了,在那里我又发现一小摊血,这说明他确实受伤了。当他的脚印到了大路另一头时,我看见人行道已经清扫过,所以再也找不到线索了。

"在屋子里,你记得,我曾经用放大镜检查大厅的窗台和窗框,我马上看出有人从这里进出过。我曾经研究过人的脚的轮廓,所以能够分辨出曾经有一只湿脚在这里踩过。也就是说,一个人曾守候在窗外,一个人将绿玉皇冠送到那里。你的儿子发现了这种情况,他去追那个贼,

并和他打斗起来,他们两个人一起抓住那皇冠,双方都用力争夺,这才造成了损坏,我曾说过那种损坏单独一个人是不可能造成的。他把皇冠夺了回来,但同时也发现还有一小部分留在了窃贼的手中。我当时所能弄清的就是这些。接下来的问题是,那个人是谁?又是谁将皇冠拿给他的?我记得有一句古老的格言说道,一旦你排除了肯定不可能的情况,那么剩下的虽然不可能,却一定就是答案。我知道,肯定不是你将皇冠拿到下面来的,所以剩下来的只有你的侄女和女仆们。但是,你的儿子没有替女仆受过的理由。正因为他爱他的堂妹,所以要为她保密,这样解释就很通了。尤其这秘密是一件非常不光彩的事,他就更要这么做。何况你说过曾经看见她在那窗户旁边,后来她见到那皇冠就昏过去了,我的推测至此便已是十分肯定的事实了。

"但是,谁是她的共谋者呢?显然是一个情人,因为还有谁对她而言更重于她对你的爱和感恩之情呢?我知道你很少外出,来往的朋友也很单纯,而乔治·伯韦尔爵士却是其中之一。我曾经听过他对女人颇有手段。穿着那双皮靴并扳下了三块绿玉的人一定是他。虽然,阿瑟已经知道是他,但他认为阿瑟不会吐露实情,那样做会危及他的家庭,所以他认为自己是安全的。

"好啦,你有良好的分辨力,一定知道我采取的第二个步骤是什么。我打扮成流浪汉的样子到乔治爵士的住处,认识了他的贴身仆人,了解到乔治在前天晚上划破了头。最后我买了一双他扔掉的旧鞋。我带着那双鞋来到斯特里特哈姆,对比出它和那脚印完全一致,分毫不差。"

"昨天晚上,我确实在那条小道上看见一个衣衫褴褛的流浪汉。"霍尔德先生说。

"没错,那就是我。我意识到我已经找到了关键人物,所以就回家更换衣服。还有一个微妙的角色要我扮演,因为这件事可能发展成为一个大丑闻,所以必须避免起诉,我想那个奸诈的恶棍也一定看出了我们的顾虑。我登门找他,开始的时候,他当然不承认有这回事儿。但是,当我向他叙述发生的具体情况以后,他从墙上拿下一根护身棒企图威吓

冒险史

我。但是,我了解我要对付的是什么人,我在他举起棒子之前,已经将手枪对准了他的脑袋。这时他才表现出理性。我告诉他我们可以买下他手中的绿玉——一千镑一块。这时他显出一副非常懊悔的样子。'啊唷,太糟了!'他说他已经把那三块绿玉以六百英镑的价钱卖出去了。我们谈妥了条件,我答应不会告发他,而他则给了我买他绿玉的人的地址。我找到了那个人,和他多次讨价还价后,我以一千镑一块的价格把绿玉买回来。接着我就去找你的儿子,对他说一切顺利。终于,我在辛苦了一天之后,两点钟左右上床睡觉了。"

"你这一天虽然辛苦,但却避免了一桩即将发生的大丑闻,"银行家说着站起身来,"先生,我真不知道该怎样来感谢你,但请相信,我会记住这一切并有所回报。我现在才算见识到了你的本领。现在我必须马上去见我的儿子了,我必须为我的过错向他道歉。对于玛丽的事情,我实在是太伤心了。你的本领再大,恐怕也不知道她现在在哪儿吧!"

"我想我们可以肯定地说,"福尔摩斯回答说,"她跟乔治·伯韦尔爵士在一起。而且,我们还可以肯定地说,他们逍遥不了多久了,他们难逃法律的制裁。"

福尔摩斯探案全集

铜山毛榉谜案

"一个真正爱好艺术的人,"歇洛克·福尔摩斯将《每日电讯报》的广告专页扔在一边说,"总是能从最平凡普通的形象中得到最大的乐趣。华生,我高兴地看到,你已经掌握了这个真理,从你诚恳地为我们的案件做记录这一点上,我的话已经得到了证实。而且,毋庸置疑,有时你还加以润色。你对那些本身情节可能是平凡琐碎但是可以充分发挥推论和逻辑综合才能的案件进行了修饰。"

"然而,"我微笑着说,"我不否认在记录中我可能采用了一些耸人听闻的手法。""也许这确实不好,"他边说边用火钳夹起一块火红的炉渣点燃樱桃木烟斗,他在思考问题时常用那个陶制烟斗,而在争论问题时却是用这个烟斗。"事物唯一值得注意的特点是对因果关系的严谨的推理,但是你却总是想把每项记述都写得生动活泼,也许这就是你的错误。"

"在此问题上我认为我对你还是十分公正的,"我有点冷淡地说,因为我观察到我朋友的性格中有一种很强的自私自利的因素,而这是令我非常反感的。"不,这不是我自私自利或自高自大。"他回答说。显然,他已经看透了我在想什么。"我愿意更为公正地看待我的侦破才能,那是因为它不是属于我个人的东西。相对于犯罪的经常发生,逻辑是非常难得的东西。因此,你在记述中应该注意的是逻辑而非罪行,但是你却把它当成一个故事讲出来了,这就降低了它的档次。"

这是一个春寒料峭的早晨。我们吃过早餐后,相对坐在贝克街老房子里熊熊的炉火旁边。窗外浓雾滚滚,把一切事物都笼罩在这黄色的雾团中,对面的窗户也变得模糊不清,只能隐约知其轮廓。我们点着汽灯,灯光照在白台布上,照在微微闪光的瓷器和金属器皿上——当时餐

冒险史

桌还没有收拾干净。歇洛克·福尔摩斯翻阅了一早上的报纸广告栏，在终于放弃后，他带着激动的情绪针对我文笔上的缺点教训了我一番。

"同时，"他略微停顿了一下，一边抽烟，一边盯着炉火说，"因为在你感兴趣的案子中，有一大部分并不涉及法律上的犯罪行为，所以不会有谁指责你的笔法。我尽力帮助波希米亚国王的那件小事、玛丽·萨瑟兰小姐的怪异经历、有关那歪唇男人的难解的问题、那个贵族单身汉事件，这些都还不属于法律的范围内。但我还是担心你记述得太复杂了。""也许如此，"我回答说，"但是我所用的方法却是新颖而又富有趣味的。"

"啐，我的好朋友，对于那些显然没什么观察力的公众来说，他们根本不可能从一个人的牙齿上看出他是一名编织工，或从一个人的左拇指看出他是一名排字工，他们根本不在意什么是分析和推理的细微区别！但是，如果你写得太繁琐，我也不能责备你，因为这已经不是一个作大案的时代了。现在的人，包括罪犯，已经不具备过去的那种冒险和创新的精神了。我自己的小行业，好像也退化到一家代理处的地步，只办理一些为人家寻找失掉的铅笔以及替寄宿学校的年轻姑娘们出出主意这样的事情。我想，不管怎么说，我的事业已经到了毫无挑战性的地步了。今天早上我收到的这张条子，我想，也许标志着我事业的低谷。你读读吧！"他将揉成一团的一封信扔过来给我。

这是前天晚上从蒙塔格普莱斯寄来的，内容是这样的：

亲爱的福尔摩斯先生：

  对于是否应该接受人家聘请我当家庭女教师这个问题，我迫切希望能得到你的指点。如果方便的话，我明天十点三十分前来拜访。

你忠实的 维奥莱特·亨特

"你认识这位小姐吗？"

"不，我对她一无所知。"

"现在已经是十点半了。"

"是的，我想她已经来了。我听到门铃在响。"

"这件事也许比你想象的要有趣得多，你是否记得蓝宝石事件开始研究时似乎也只不过是出于一时的兴趣，后来却发展成为严肃的调查，也许这件事也是这样的。""唔，希望是这样。我们对此很快就会弄明白，因为据我看，当事人这就到了。"

话音未落，房门已经打开，一位年轻的小姐走了进来。她衣着简朴，但很整齐，脸上长着一些雀斑，很有生气和活力，她给人的感觉是一个行动敏捷、聪明机灵、遇事有主见的女士。

"希望你原谅我的冒昧来访，"我的同伴起身迎接，她开口说，"我碰上的事情十分奇怪，由于我没有父母或其他亲属可以请教，我想也许你愿意帮助我。""请坐，亨特小姐，我会很高兴为你服务。"

我看得出这位委托人的言谈举止给福尔摩斯留下了好印象。他探询地打量了她一番，然后沉默下来，垂着眼皮，把两手指尖顶在一起，听她陈述事情的经过。"我在斯彭斯·芒罗上校的家里当了五年的家庭教师，"她说，"但是两个月以前，上校奉命到新斯科舍的哈利法克斯去工作，他必须把他的孩子们一起带到美洲去，因此我就没了工作。我登报寻找工作，也按报纸上的招聘广告前往应征，但都失败了，最后我积蓄的小小存款也快用完了，我已经到了山穷水尽的地步。西区有一家出名的叫做韦斯塔韦的家庭女教师介绍所，我经常去那里打听是否有适合我的职业。韦斯塔韦是这家营业所创办人的名字，但是介绍所却是由一位斯托珀小姐在经营着。通常是她坐在她自己的小办公室里，求职的妇女在前面的接待室里等着，然后一个个按顺序被领进屋，她在那里查阅登记簿，看能否为她们找到适合的职业。唔，上个星期当我像往常一样被领进那间小办公室时，我发现与斯托珀小姐同在屋里的还有一个健壮的男人，他满脸笑容地坐在她旁边，又大又厚的下巴上的肉一层摞一层地挂到他的喉部，鼻子上戴着一副眼镜，正仔细地观察进来的妇女。当

冒险史

我走进里面时,我看见他在椅子上颤了一下,很快转身面向斯托珀小姐。

"'这样就可以,'他说,'我的要求并不太高。很好!很好!'他表现出十分热情的样子,让人看了感觉很愉快。'你是来找工作的吧,小姐?'他问。'是的,先生。''做家庭女教师?''是的,先生。''你要求的薪水是多少?''我以前在斯彭斯·芒罗上校家里是每月四英镑。''哎哟,啧!啧!小气……这可是够小气的,'他一面嚷着,一面伸出一双肥胖的手,在空中舞动着,好像情绪很激动,'竟然会有这种人,这么可怜的一笔小数目就想聘到一位如此有魅力和造诣的女士?'

"'关于我的造诣,先生,可能并不如你想象的深,'我说,'我懂一点法文,懂一点德文、音乐和绘画……'

"'啧,啧!'他喊着,'这些并不主要,关键是要看你是否有一位有教养妇女的举止和风范!简而言之就是说,你若是没有,那你就不适合教育一个将来有一天也许会名垂青史的孩子;但是如果你有,那么,为什么竟有一位先生好意思要求你委屈地接受这么可怜的薪金?小姐,你在我这里的薪水,就按一年一百英镑算。'

"你可以想象,福尔摩斯先生,对于我这样一个一文不名的穷人,这样的待遇简直是太不可思议了。这位先生大概看出了我脸上疑惑的表情,便打开钱包,拿出一张钞票。'我习惯如此,'他说,并愉快地笑着,以至于两只眼睛在他那布满皱纹的脸上只剩下两条发亮的细缝,'预付一半薪金给我的年轻的小姐,你可以应付一些零星开支并添置些服装!'

"我从来没有见过如此会体贴人的人,实在太让人感动了。由于我那时还欠着小商贩的债,这预付给我的钱就显得尤为重要。然而,整个接洽过程当中,我总觉得有些地方不太对劲,便决定先多了解一些情况,然后再表态。

"'能告诉我你住在什么地方吗,先生?'我问。

"'汉普郡,可爱的乡村地区。铜山毛榉,它离温切斯特才五英里。

绝对是一个最可爱的乡村，亲爱的小姐，那里还有一座很可爱的老房子，你一定会喜欢。'那么我的工作呢，先生？我很想知道我去干什么工作。''照顾一个小孩子——一个刚刚六岁的可爱的小淘气。哟，你没看见他用拖鞋打死蟑螂！啪哒！啪哒！啪哒！以你无法想象的速度，三个就已经死了！'他靠在椅背上笑着，眼睛又眯成一条缝了。

"对于孩子的这种兴趣，我感到很惊讶，但是听到他爸爸的笑声，我又认为那只不过是在开玩笑。'那么，我唯一的工作，'我说，'是照顾一个孩子？''不，不，不是唯一的，不是唯一的，我亲爱的年轻小姐，'他大声地说，'你的工作是听候我妻子的任何命令，如果这些命令是一位小姐应该遵从的话，我想你明白我的意思。''我很希望能成为对你们有用的人。''好极了，现在说说服装。比如说，我们喜欢时尚，你知道，我们有时尚癖，但是心眼不坏。如果我们拿一件衣服让你穿，希望你不会表示反对。''不。'我说，但对他的话感到很惊讶。'叫你坐在这里，或者坐在那里，你不会因此而不高兴吧？''啊！当然不会。''如果我们希望你在到我们那儿之前把头发剪短呢？'我万分吃惊。我的头发，福尔摩斯先生，正如你见到的，十分浓密，并且有着栗子般的特殊光泽，颇为艺术，我从来没有想到有一天要如此随便地就剪掉它。

"'这恐怕不行。'我说。他的小眼睛一直热切地注视着我，听我说这话，我注意到他的脸上掠过一道阴影。

"'这一点恐怕很重要，'他说，'这是我妻子的小小癖好，夫人们的癖好，你明白，我们必须考虑到小姐、夫人们的喜好。那么，你真的不想剪掉你的头发？''是的，先生，我实在是不能那么做。'我断然地回答说。'啊，很好，那么这件事就算了。很可惜，因为你很适合我们的其他条件。就这样吧，斯托珀小姐，看样子我有必要再多看几位你这里的其他年轻姑娘。'

"那位女经理正坐在那里忙着阅读文件，并没有加入到我们的谈话中。但是，她现在用一副十分不耐烦的样子看着我，令我不得不怀疑是

冒险史

否因为我的拒绝让她损失了一笔佣金。'你的名字还要留在登记簿上吗？'她问我。'如果你乐意的话，斯托珀小姐。''唉！其实，你用这种方式拒绝了人家提供的优越机会，再登记也没什么用了，'她尖刻地说，'你指望通过我们找到一个好工作我看是很困难的。再会，亨特小姐。'她打了一下台上的叫人铃，一个仆人进来把我带了出去。

"唔，福尔摩斯先生，我回到寓所，打开食品柜，见里面已经没有第二天的吃的了，桌子上还有两三张索款单，这时我开始怀疑自己是不是很愚蠢。毕竟，如果这些人有奇怪的癖好的话，他们为了让别人顺从他们的怪异要求已经付出报酬了。在英国，家庭女教师能够得到一年一百镑的薪水是非常不可思议的，再说，我的头发对我有什么用？好多人把头发剪短以后都显得更有活力了，也许我也应该把头发剪短。第二天，我想可能是我错了，第三天我肯定是我错了。在我几乎要屈服、重新前往介绍所询问那个人是否还需要我的时候，我接到那位先生写来的一封信。我把它带来了，我这就念给你听。

温切斯特附近，铜山毛榉

亲爱的亨特小姐：

多谢斯托珀小姐将你的地址告诉我，现在我写信是问你是否重新考虑过我的建议。我的妻子急切盼望着你的来临，通过我的描述，她对你产生了极大的兴趣。我们愿意每季度付你三十英镑，也就是一年一百二十英镑，用以补偿因为我们的癖好而给你带来的小小不便。毕竟这些要求对于一位年轻小姐来说可能苛刻了一点儿。我的妻子偏爱特别深的铁蓝色，因此希望你早上在室内穿着这种颜色的服装，但是你并不需要自己花钱添购衣物，因为我们有一件本来是我们亲爱的女儿爱丽丝（现在美国费城）的衣服，我想这件衣服会很适合你。其次，我所谈到的坐在这里或那里，或按指定的方式行动，并不会给你带来不便。关于你的头发，这实在是令人遗憾的，在和你短暂的

会面中我就不禁惊叹于它的美丽。但是我必须坚持这一点,希望增加的薪水能够补偿你的损失。至于照管孩子,那是很轻松的。望你务必前来,我将乘马车到温切斯特来接你。请通知我你乘坐的火车班次。

　　　你忠实的　　　杰夫罗·鲁卡斯尔

"这封信我刚接到,福尔摩斯先生,我准备接受这份工作,但是,我认为在这之前最好把事情告诉你,请代为斟酌。""唔,亨特小姐,既然你已经有了主意,就去做吧。"福尔摩斯微笑着说。

"你不劝我拒绝它吗?""如果是我自己的姐妹去申请这个职位,我确实不想让她去。""什么意思,福尔摩斯先生?""嗳,因为没有什么进一步的材料,所以我不好说什么,想必你已经有了自己的一些认识了。""哦,我好像只能这样解释,鲁卡斯尔看来是个很和蔼、脾气很好的人,而他的妻子却是个疯子。因而他想保守这个秘密,不想让人将她送入疯人院。所以他要用各种办法来满足她的癖好以避免她的神经病发作?""确实是有这种可能,这是一种合情合理的解释。但是无论事情的真相是什么,对于一位年轻的小姐来说,它都不是一户好人家。""可是,钱给得很多!福尔摩斯先生,钱给得很多啊!""嗯,没错,薪水是很高,但实在是太高了。这也是我担心的原因,他们明明可以出四十英镑请一个,为什么要给一百二十英镑,这后面一定有什么特殊原因。"

"我想我已经把情况向你做了说明,说不定我以后会需要你的帮助,你就会清楚是怎么回事。而且,如果有你做后盾的话,我的胆子会大一些。""啊,你完全可以这么想,我向你保证,你的小难题有可能成为我最感兴趣的事。这里有一些情况,显然是很怪异的,如果你感到疑惑或遇见了危险……""危险?你认为会有什么危险吗?"福尔摩斯严肃地摇摇头,"如果我们能够现在就确定的话,危险也就不是危险了。"他说,"但是不论白天或是夜晚,只要你打个电报我马上就来帮助你。"

冒险史

"这就够了,"她放心地从座椅上站起来,忧郁不复存在,"我现在可以放心地到汉普郡去工作了,我会马上写信回复鲁卡斯尔先生说我同意他的建议,今天晚上先把我可怜的头发剪掉,明天早晨就动身到温切斯特去。"她对福尔摩斯说了几句感谢的话后,就道别离开了。

"至少,"当我们听到楼梯上愈来愈远的敏捷而坚定的脚步声时我说,"她好像是一位很机敏、很会照料自己的年轻姑娘。"

"这是她必须的,"福尔摩斯认真地说,"如果我们许多天后还听不到她的消息的话,我就不能原谅自己了。"

不久后,我朋友的预言应验了。两个星期过去了,她杳无音信。在这期间我的心思经常不自觉地转到她的身上,想象着她可能闯入的是一个怎样不寻常的误区。很高的薪水、奇怪的条件、简单的工作,一切都有点不可思议,虽然我无法确定这件事到底意味着什么,是一时的癖好还是一个阴谋,这个人是热心的慈善家还是个心机深沉的恶棍。至于福尔摩斯,我看到他经常一坐就是半个小时,紧皱着眉头,独自陷入沉思,可是我每提起此事,他就不耐烦地大手一挥。"材料!材料!材料!"他嚷着,"没有粘土,我拿什么做砖头!"可是他又常常喃喃着,大意是说如果他有姐妹,他一定会阻止她去做这个工作。

一天深夜我们终于接到了一封电报。这时我刚想回房睡觉,而福尔摩斯正要坐下来好好地搞令他着迷的化学试验——通常是我晚上离开时,他正弯着腰忙着用试管或曲颈瓶搞化验,第二天早上我下楼吃早餐时看见他还在那里。现在他打开黄色的信封看了一下电报内容,又交给我。

"请你查一下开往布雷德肖的火车时间。"他说,接着就又沉迷于他的化学试验了。

这是个简明扼要的召唤:

　　明天中午请到温切斯特黑天鹅旅馆。务必来!我已经无计可施了。

亨特

福尔摩斯探案全集

"跟我一起去好吗?"过了一会儿福尔摩斯抬头看了我一下问道。"当然。""火车时刻表看了吗?"

"九点半有一班车,"我寻找着布雷德肖,"十一点半到达温切斯特。""时间很合适,那么,我的丙酮分析只好先告一段落了,早上我们要拥有最佳的精神和体力。"

第二天十点钟,我们已经顺利地走在前往英国旧都的路上了,福尔摩斯从上路就开始看晨报,直到我们经过汉普郡边界以后,他才放下报纸,看起窗外的风景。这是一个美好的春日,蔚蓝的天空中,朵朵白云悠悠地从西飘过来。阳光明媚,早春的清冽空气使人神清气爽,精神倍增。围绕着奥尔德肖的重重山峦,呈现出一派迷人的乡村景致。从青翠的新绿中到处隐约地现出红色和灰色的农家小屋顶。"多么清新雅致的景色啊!"来自雾茫茫的贝克街的我,眼前为之一亮,情不自禁地大声赞叹。但福尔摩斯却忧郁地摇摇头。

"可是,华生,"他说,"我观察每一件事物时都一定要和自己研究的特殊问题联系起来,这是我性格中现实的一面。你看到这些星星点点散布于树丛间的房屋,惊叹于它们的秀丽景色。但我看到这些时,心里唯一想到的是这些房子相互之间没有联系,会使可能在那里犯案的人逃脱惩罚。"

"我的天啊!"我喊了起来,"谁会在看到这些古朴的乡村房屋时想到犯罪呢!""它们虽然古朴,但却使我处于某种恐怖中。我的这个结论,华生,是根据我的经验来的,你可能不信,伦敦最低俗、最黑暗的小巷里发生的犯罪行为也没有这令人愉悦的美丽的乡村里发生的犯罪行为更可怕。"

"我被你吓着了!""但这却是明白可见的道理。在城里,公众舆论的威力甚至可以超越法律。在任何一条小巷里,只要听到受虐待挨打的孩子的哭声、醉汉施暴的殴打声,没有哪个邻居不会感到同情与愤怒。而且,整个司法机构就在眼前,一提出控诉就可以立刻采取措施,犯罪和被告席只有咫尺之遥。但是看看这些散布的房子,每幢都造在自己的

冒险史

田地里,里面住的多数是对法律一知半解的愚民。想想看,在这里可能年复一年地发生着丑恶残忍的行为,暗藏着罪恶的黑手,但永远不会有人发现。向我们求援的这位小姐要是住在温切斯特,我就绝不会为她担心,然而她却住在五英里之外的农村。当然,目前看她还是很安全的。"

"是的,如果她能够到温切斯特来和我们见面,说明她是有行动自由的。""一点不错,她的人身是自由的。"

"那么,到底发生了什么事呢?""针对我目前所了解的事实我曾设想过七种不同的解释,但是只有在得到最新消息之后,我才能确定它们当中哪个是对的。好了,那边就是教堂的塔,不久后我们就知道一切了。""黑天鹅"是这里一家有名的小客栈,离火车站较近。在那里,我们看到那位年轻的小姐正在等候我们,她已经为我们预定了一个房间,我们的午餐也已经准备好了。

"你们能来我很高兴!"她热情地说,"非常感谢你们两位,我实在是无计可施了,我很需要得到你们的指点。""请告诉我们发生了什么事。""我要讲,我还必须赶快讲,因为我答应鲁卡斯尔先生在三点钟以前回去,今天早上我向他请假,但是我并没有告诉他我要来干什么。"

"请你将所有的事按顺序讲出来。"福尔摩斯将他的又瘦又长的腿伸到火炉边,神情平和地准备倾听。

"首先,大致来说我并没有受到鲁卡斯尔先生和夫人的虐待,我这样讲对他们很公平。但是我心里一直很忧虑,我无法理解他们。""你无法理解他们哪方面?""他们的种种行为及为之辩解的理由让我难以理解。你可以从所发生的事情中了解事实。当初我来到这里时,鲁卡斯尔先生就在这里等我,并用他的单马车接我到铜山毛榉。这里的环境很优美,这一点他说的没错,但是房子本身却并不美。因为它是一幢很大的、四四方方的房子,房子原来是白色的,但是已经被潮湿和坏气候侵蚀得现出许多斑斑点点。房子三面是树林,另一面是一块斜坡地,它通向距离房子大门大约一百码的南安普敦公路。屋前的这块场地属于这所房子,而周围所有的树林,则是萨瑟顿领主的部分防护林木。这里被命

名为铜山毛榉是因为屋子大厅门前的正对面长着一丛铜山毛榉。

"我的雇主还是和以往一样和蔼可亲。他将我接到家里,晚上将我介绍给他的妻子和孩子。福尔摩斯先生,事实并不像我们在贝克街你们的房里所猜测的那样。鲁卡斯尔太太并不疯,而且很恬静,她脸色不好,比她的丈夫年轻得多。我估计她不到三十岁,而她的丈夫,至少四十五岁。从他们的谈话中了解到他们结婚大约七年。他原来是个鳏夫,他的前妻遗留给他一个女儿,但是已经到美国费城去了。鲁卡斯尔私下对我说,他的女儿远走他乡是因为她对她后母有一种莫名的反感。既然他女儿的年龄已经不小于二十岁,我完全可以设想两个年轻女人在一起时的尴尬。

"我认为鲁卡斯尔太太无论是心灵方面还是容貌方面,都很平常,她给我的印象既不好也不坏。她是个不重要的人。她专心一意地爱她的丈夫和她的小儿子,这一眼就看得出来。她那双淡灰色的眼睛总是绕着他们转,随时满足他们的需要。他对她也很好,只是方式粗鲁野蛮。大体上来说,他们俩是一对恩爱的夫妻。但是,我感觉这个女人有一些不为人知的愁苦,她经常一脸愁容地陷入沉思中。我经常不经意地看见她在掉眼泪,我有时想她一定是被她的孩子气坏了,才这样满怀心事。真的,他们的儿子完全被宠坏了,脾气十分奇特。他的个子显得比同龄人小,却有一个大得出奇的脑袋。他每天不是狂性大发,就是一脸不快。他唯一的娱乐似乎就是对一些比他弱小的动物施加酷刑。他善于捕捉老鼠、小鸟和昆虫,在这方面具有非凡的才智。但这个小家伙我们暂且不谈,福尔摩斯先生,实际上他与我的事情没有多大关系。""我希望能听到全部细节,"我的朋友说,"即使你认为是与你无关的。"

"我会尽量做到不漏掉任何环节。仆人们的外表和行为是我对这里最不满意的。这家人只有两个仆人,是一对夫妇。男的叫托勒,粗鲁笨拙,头发和络腮胡子都已灰白,酗酒贪杯。有两次我看见他醉得很厉害,但是鲁卡斯尔先生并不在意。他的老婆是高个子、十分强壮的女人,面目丑陋,和鲁卡斯尔太太一样少言,但脾气并不好。他们夫妻俩

冒险史

很令我讨厌。但幸运的是我大部分时间是在保育室和我自己的房间里，这两间屋子在一个角落里。

"我到铜山毛榉后，开头两天生活很平静。第三天，鲁卡斯尔太太早餐后下楼来对丈夫耳语了几句。

"'啊，是的，'他转向我，'我们非常感谢你，亨特小姐，为了我们的癖好而把那么好的头发剪掉了，尽管这丝毫无损于你的容貌。我们现在请你试一件铁蓝色服装。衣服放在你房间的床上，你现在可以去看看，如果你能穿上它，我们会很高兴。'

"我的床上果然放着一件特殊的暗蓝色衣服。那是用一种极好的哔叽料子缝制的，但是一眼就能看出是有人穿过的衣服。这件衣服非常适合我，就像是为我量身定做的一样。鲁卡斯尔夫妇看了很高兴，高兴得甚至有些过了头。他们让我来到客厅。这间客厅十分宽敞，有三扇落地窗朝向房子前面，靠中间那扇窗前放着一张背朝着窗户的椅子。他们要我坐在这张椅子上。然后，鲁卡斯尔先生开始在房间里踱来踱去，并讲着一连串我从来没听到过的好笑的故事。我笑得肚子都疼了，而鲁卡斯尔夫人却连嘴角儿都不抽一下，安静地坐在那里，只是脸上有忧郁之色。大约一个小时之后，鲁卡斯尔先生突然说该开始工作了，并示意我换下衣服到保育室去照顾小爱德华。

"两天以后这样的事情又上演了一遍。我又穿上那件衣服，坐在那窗户旁边，听我的雇主滔滔不绝地讲他那可笑的故事。我又一次开怀大笑。后来，他递给我一本黄色封面的小说，又将我的坐椅移动了一下，以免书被我的影子遮住。他要求我大声念给他听。我从某一章的当中开始念了差不多十分钟，当我正念到一句话的中间时，他突然让我停止，并去更换衣服。

"你可以想象，福尔摩斯先生，对于这种不可思议的表演我是多么疑惑啊。我感觉他们总是谨慎地让我背对着那扇窗户，对此我心中充满了好奇，想找机会看看到底是怎么回事。起初，这根本不可能，但我不久想出了一个主意。我有一面手镜打破了，我心生一计，偷偷地把一片

碎镜子藏在手帕里。在下一次表演时，我一边笑一边把手帕举到眼前，稍微摆弄一下，就能看到我背后的情形。刚开始时，我什么东西都没看到。至少我第一个印象是如此。但是我第二次看的时候，我发现在南安普敦路那边站着一个身穿灰色衣服、长有小胡子的男人，他似乎正在向我们探望。因为这是一条重要的公路，所以平常的时候路上也有很多人。这个人之所以引起我的注意是因为他斜靠在我们场地的栏杆上，并且一直朝这边张望。我把举着的手帕放低，瞥了鲁卡斯尔夫人一眼，发现她正紧盯着我，眼光锐利。我想她一定猜出了我手里握着镜子，而且看到了背后的情况。

"'杰夫罗，'她说，'对面路上有一个不正经的男人正盯着我们这边，好像在看亨特小姐。'

"'是你的朋友吗，亨特小姐？'他问。

"'不，这里我谁也不认识。'

"'哎呀，太不礼貌了！请你挥一下手让他离开。'

"'我想最好不要理他。'

"'不，不，那他会再来的。请你转过身去，像这样挥手叫他走开。'我照他的样子做了，与此同时，鲁卡斯尔夫人拉上了窗帘。这是一星期前的事，从此后我就不用再穿着那身蓝衣服坐到窗户那边，也没有再看到那个男人在路上。"

"请接着说，"福尔摩斯说，"你的叙述非常有趣。"

"因为我所讲的是一些零散的事件，所以可能会显得零乱、无条理。在我刚到铜山毛榉的第一天，鲁卡斯尔先生带我来到厨房门旁边的一间小外屋。当我们走近时，我听见一根链条叮当作响的声音，还有一头大动物在走动的声音。

"'从这儿朝里看！'鲁卡斯尔先生指着两块木板的板缝，'多么漂亮的一个家伙呀！'我从缝中望进去，只觉得有两只闪闪发光的眼睛和一个模糊的身躯蜷伏在黑暗里。'别害怕。'我的雇主说，我吃惊的样子把他逗笑了，'那是我的獒犬卡罗。虽然我是它的主人，但实际上只

冒险史

有老托勒能对付它。老托勒一直负责照顾它，每天喂它一次，不能让它吃得太饱，这样才能使它保持旺盛的精力。托勒每天晚上放它出来，它的尖牙齿是对付那些私自闯入者的有力武器。看在上帝的面上，在晚上你千万不要走过这道门，那是在拿你自己的生命开玩笑。'

"这警告是有根据的。过了两个晚上，我碰巧在凌晨大约两点钟的时候醒来到窗口向外眺望。那天晚上月光明亮，可以清楚地看到外面的美景。当我沉醉在月色之中时，我突然发现有东西在铜山毛榉树的阴影下移动。当它走到月光下时，我看见那是一只大如牛犊的巨狗，颚骨宽厚下垂，黑嘴，骨骼硕大，满身黄毛。它威严地走过草坪，消失在另一角的阴影里。这个可怕的守卫使我打了个冷战。我想我即使碰到一个窃贼也不至于像碰到它那样被吓坏。

"现在，我要说的是一件很奇怪的事。你知道我是在伦敦将我的头发剪短的。为了留做纪念我将剪下的一大绺头发放在我的箱子最底层。一天晚上，我把小孩子安顿好后，就开始检查房间里的家具，整理我自己的零碎东西，用这种方法来消磨时光。房间里有一个旧衣柜，上面两只抽屉没有上锁，里面没有任何东西，下面的一只抽屉则锁上了。上面两只抽屉我已装满了衣物，但是还有许多东西没地方放，因为那第三只抽屉锁着，我感到懊恼。我突然想到它也可能不是被故意锁上的，所以我拿出一大串钥匙试着去打开它。正好试第一把钥匙的时候就把锁打开了。抽屉里只有一件东西，却是你们永远也猜不到的东西，它竟然是我的头发。

"我拿起头发认真地核对色泽、密度，没错，我可以肯定是我的头发。我的头发怎么会锁在这个抽屉里呢？我赶紧冲到我的箱子旁边，把它打开，倒出里面所有的东西，从箱子底拿出我自己的头发。我认真对比着两绺头发，我发誓，它们竟然完全一样。这不是很离奇吗？简直太不可思议了，我怎么也不明白这意味着什么。我把那绺奇怪的头发放回抽屉里，这件事我没有对鲁卡斯尔夫妇提一个字。因为我觉得私自打开他们锁上的抽屉是不光彩的。

"你可能注意到我天生喜欢留心观察事物,福尔摩斯先生。不久我对整个房子就有了一个很清楚的了解。有一边的厢房看来没人住。托勒一家住的房屋对面有一扇门可以通向这套厢房,但是这扇门总是锁着的。可是有一天我正上楼时,发现鲁卡斯尔先生从这扇门里走出来,手里拿着钥匙。他脸上通红,眉头紧皱,太阳穴两旁的青筋一跳一跳的,和他平时那副愉快的样子完全不同。他锁好门后就匆匆走了,对我视而不见。

"我当时十分好奇,所以当我带着孩子到场地散步的时候,转个圈儿来到房子那一边,这样我可以观察到窗户。那里一排有四个窗户,是关闭着的。你一眼就可以看出这些窗户弃置很久了。就在我来回漫步、不时沉思地瞥它们一下的时候,鲁卡斯尔先生走过来,一如平常那样愉快而高兴。

"'啊!'他说,'请原谅我刚才一声不响地从你身边走过,亲爱的小姐,我实在是太忙了。'

"我叫他别在意,那只不过是一件小事。'顺便问一下,'我说,'好像上面有一整套空房间,其中一间的窗板是关着的。'对于我的话他显然有点吃惊,好像没料到我会这么问。'我非常喜欢照相,'他说,'那边的房子被我当成暗室了。呀!真没想到我们会碰到这么细心的小姐。'他一副开玩笑的样子,但他的眼中却露出怀疑和烦恼的神色。

"唔,福尔摩斯先生,于是我明白这套房间里有些不想让我知道的秘密,我心中产生了查出真相的冲动。虽然我真的很好奇,但这与其说是出于好奇,还不如认为是出自责任感。我一直有一种感觉,找出真相说不定是做好事。人们常谈论女人的本能,也许就是女人的本能使我有那样的感觉。不管怎么说,这种感觉确实存在。我时时留意着进入这道门的机会。

"直到昨天,我才找到机会。我可以告诉你,除了鲁卡斯尔先生外,还有托勒和他的妻子都曾去过这空房间。我有一次看见托勒抱着个大黑布袋从那房里出来。最近,他喝酒很凶,昨天晚上更是喝得人事不省。我上楼时,发现钥匙还插在门上,我肯定是他留在那里的。

冒险史

鲁卡斯尔先生和太太当时都在楼下,那孩子也和他们在一起,真是千载难逢的好机会。我轻轻地把钥匙一转,开了那扇门,然后悄悄地溜了进去。

"门后面是一条小过道,这条过道没有裱糊过,也没有铺地毯。过道尽头是一个直角的转弯。转过这个弯我看见并排有三扇门,第一和第三扇门是敞开着的。每扇门里面都是一间空房,脏乱不堪,光线很暗。一间有两扇窗,另一间只有一扇窗,因为窗户上积满了尘土,所以光线很难照过来。当中一扇门关着,外面横挡着一根铁床上的粗铁杠,一头锁在墙上的一个环上,另一头用一根粗绳绑在墙上。这扇门本身也上了锁,但没有钥匙。这扇封锁得如此严密的门显然是和外面我所看到的那关着的窗户同属一个房间。透过下面的微弱光线,我看到房间里并不很暗。可以肯定房间里有天窗,这样光线才能照进去。我站在过道里,注视着那扇危险的门,想象着里面隐藏了什么秘密。这时,我忽然听到房间里传来脚步声,从房门底下小缝透出来的微光中我看见有一个人影在来回走动着。我的心里突然升起一阵莫名的恐惧。福尔摩斯先生,我简直无法控制自己了,回头就跑,好像有什么可怕的魔鬼在后头追着我一样。我沿着过道狂奔,跑过那扇门,突然撞到等候在外面的鲁卡斯尔先生的怀里。

"'不错,'他微笑着说,'真的是你,我一见门开着,就想一定是你。''啊,吓死我了!'我喘着气说。'我亲爱的年轻小姐!我亲爱的年轻小姐!'他表现出一副体贴、热切的样子。'发生什么事了?看你吓的,我亲爱的年轻小姐。'他好像是在哄孩子。但他越是这样,我越是提防他。

"'我不知道怎么搞的,走到那边的空房子里去了,'我回答说,'但是,那里光线昏暗,显得又凄凉,又可怕!吓得我又跑了出来。啊,那里死寂得太可怕了。'

"'就这些吗?'他紧盯着我问。

"'怎么啦?还有什么吗?'我问他。

"'我为什么把这个门锁上?'

"'我可不知道。'

"'就是不让闲人进去,你明白吗?'他依旧十分亲切地看着我。

"'如果早知道的话,我肯定……''那么,好啦,你现在知道啦!如果我再看见你跨过那门槛……'说到这里,他脸上的微笑已经被恐怖的狞笑取代了,像魔鬼一样盯着我,'我就把你扔给那条獒犬。'

"我当时吓得手脚发软,自己怎么回到房间的都记不清了。当我稍稍清醒时,发现自己正在床上发抖。这时我想到了你,福尔摩斯先生。我太需要有人给我提一点意见了,否则我实在是待不下去了。我害怕那所房子、那个男人、那个女人、那些仆人,甚至那个孩子,他们一个个都让我感到害怕。当然,我是可以逃离那儿的,但是强烈的好奇心让我留下了。我很快决定,我要给你拍一份电报。我戴上帽子,穿上外衣,走了约半英里路来到电报局。回去时,我感觉踏实多了。我走进大门时心里又惊慌不安起来,唯恐那只狗被放出来。但是我知道托勒那天晚上喝得烂醉如泥,我知道在家里除了他没别人能对付这只野性的畜生,所以别人不敢冒险把它放出来。我偷偷地溜了进去,一切顺利。晚上,我想到马上就要见到你们,高兴得大半夜没有合眼。今天早上我很容易地请了假到温切斯特来,但是我答应三点钟以前必须赶回去,因为鲁卡斯尔先生和太太准备出去做客,今天晚上都不在家,所以我必须照看孩子。以上就是我的全部历险经过,福尔摩斯先生,你认为这一切意味着什么?我又该做些什么?"

福尔摩斯和我都沉迷在故事里。我的朋友站了起来,在房间里踱来踱去,两手插在衣袋里,神情肃穆。

"托勒是不是还睡着?"他问。

"是的,我听见他的老婆告诉鲁卡斯尔太太,说她对他实在没办法了。"

"那就好,鲁卡斯尔夫妇今天晚上要去做客?"

"是的。"

"他家有没有地下室和一把坚固的好锁?"

"有,那间藏酒的地窖就是。"

"亨特小姐,你是一个非常机智勇敢的姑娘,正因为如此,我希望你能再做一件了不起的大事,可以吗?"

"我会努力,要我做什么事?"

"我的朋友和我七点钟到达铜山毛榉。那时候鲁卡斯尔夫妇一定不在。至于托勒,希望那时他还没有从酒醉中醒过来。现在只剩托勒太太,必须预防她报警。如果你能把她叫到地窖里去,并且锁上门,那么事情会很顺利。"

"我一定会做好这件事。"

"太好了!那么我们就来彻底调查这件事。事情只有一个解释,你被请去冒充某个人,而那个人现在被关在那间屋子里,这一点很明显。如果我没猜错,这个被囚禁的人就是那个女儿爱丽丝·鲁卡斯尔小姐。我记得,她是被说成到美国去了。显而易见,你所以被选中是因为你的高度、身材和你头发的色泽和她的一样。她可能是因为患过某种病才把头发剪掉了,因此,也要求你必须剪掉头发。你瞧见那绺头发完全是巧合。那个出现在公路上的男人或者是她要好的朋友,或者是她的未婚夫。而且无疑他确定你就是她,正因为你穿着那个姑娘的衣服,而且又那么像她,所以当他看见你的笑容以及你的手势后,就认为鲁卡斯尔小姐一定生活得很快乐,再也不需要他的关心了。那只狗晚上放出来是为了阻止他接近她。所有这些都很清楚了,这桩案子最严重的一点就是那个孩子的性格。"

"这和孩子又有什么牵连?"我十分不解。"我亲爱的华生,你作为一个医生要了解一个孩子的癖性,就要从研究他的父母亲着手,但是反过来道理也是一样的,通过对孩子性格的研究,我们可以对其父母的性格有一个基本的了解。这孩子的性格非常残忍,甚至把折磨弱小事物当

冒险史

做一种乐趣。那么，无论这种性格是遗传自他那位笑眯眯的父亲还是他那位少言的母亲，对于被囚禁的姑娘都意味着一种灾难。"

"我相信你是正确的，福尔摩斯先生，"我们的委托人大声说，"回想起曾经发生的事我更是肯定你的判断，现在，让我们尽快去救助那位可怜的人吧。"

"我们必须倍加小心，因为我们的对手是极其狡猾的。我们在七点钟以前无事可干，但是到七点钟我们会去与你会合，不用多久我们就能打破这个谜了。"

我们七点整来到铜山毛榉，并把双轮马车停放在路旁一家小客栈里。那一丛树上的黑叶，像闪光的金属，在夕阳的余辉下闪闪发光。凭它我们很容易就认出了那幢房子，何况亨特小姐站在门口台阶上微笑地等候我们。

"事情顺利吗？"福尔摩斯问。从楼下的某处突然传来了响亮的撞击声。"那是托勒太太在地窖里，"她说，"托勒现在正躺在厨房的地毯上呼呼大睡。这是他的一串钥匙，和鲁卡斯尔先生的那串钥匙完全一样的。"

"你干得好极了！"福尔摩斯先生赞叹地夸奖道，"现在你带路，让我们去揭开这件事的谜底。"我们走到楼上，打开门上的锁，沿着过道往里走，终于来到亨特小姐所描述的那扇门前面。福尔摩斯割断绳索，将那根横挡着的粗铁杠挪开，然后他用那串钥匙试着去开那门锁，但是没有一把钥匙是合适的。房间里寂静无声，在这寂静之中，福尔摩斯变得严肃忧郁起来。

"我相信我们来得并不太晚，"他说，"亨特小姐，你最好等在外面。现在，华生，你试着用肩膀顶住它，我看看能不能进去。"

这扇门已经有些年头了，一碰就摇摇晃晃，我俩一起使劲，门被撞倒了。我们两人冲进门一看，房子里只有一张简单的小床，一张小桌子以及一筐衣服，除此之外别无他物，我们要寻找的人已经不在了。

"有些不大对头，"福尔摩斯说，"也许这个家伙大概猜到了亨特小姐的意图，早我们一步弄走了受害者。""怎么弄出去的？""从天窗。我们马上就能知道这是怎么回事。"他攀登到屋顶，"哎呀，没错，"他叫喊着，"这里有一架长的轻便扶梯，一头搭在屋檐上，他真是用的这个办法。"

"但这不可能，"亨特小姐说，"鲁卡斯尔夫妇出去的时候，那里并没有扶梯。""他是一个狡猾又危险的人，这肯定是他跑回来搬的。我听见脚步声了，一定是他，华生，你最好准备好枪。"没等他说完，门口已出现了一个肥壮、结实的身影，他手里还拿着一根粗棍子。亨特小姐一看见他，立刻尖叫一声，把身子缩靠在墙上。但是歇洛克·福尔摩斯纵身向前，勇敢地望着他。

"你这混蛋！"他说，"你把你女儿弄到哪儿去了？"这胖子四处巡视了一遍，又看看上面打开的天窗。"这正是我要问你们的，"他尖叫着说，"贼，你们这帮贼，可让我捉住你们了，看我怎么收拾你们。"他转过身，迅速地跑下楼。

"他肯定是去找那只狗！"亨特小姐大声说。"我有左轮手枪！"我说。"最好关上门。"福尔摩斯说，于是我们迅速冲下楼。我们还没到大厅，便听见猎犬的狂吠声，然后响起一阵异常恐怖的尖叫声和猎犬的撕咬声，这一切都让人心惊胆颤。就在这时，从边门摇摇晃晃地走进来一个人，正是满脸通红、胳膊乱舞的托勒。

"上帝啊，"他大声喊着，"是谁把狗放出来了。它已经两天没吃东西啦，快，快，否则就来不及了。"

福尔摩斯和我急忙飞奔出去，托勒紧紧相随。在房子的拐角处，我们看见一只巨大的显然是饿极了的狗，一张黑嘴咬着鲁卡斯尔先生的喉咙，而他正在地上翻滚悲号。我跑上去抬手一枪，打中了狗的脑袋。它倒了下来，锋利的白牙仍然嵌在鲁卡斯尔先生那肥大的满是褶皱的颈部。我们费了好大力气才把人从狗嘴里解救出来，然后将他抬到房子里。人还没有死，但却已血肉模糊。我们把他放在客厅的沙发上，并差遣吓坏了的托勒去通知他的太太。我尽力帮他减轻痛苦对他的折磨，我们都围着他，聚集在一起。这时，房门打开，一个瘦高个儿的女人走了

冒险史

进来。

"托勒太太!"亨特小姐喊道。"是的,小姐,鲁卡斯尔先生一回来就把我放出来了,然后才上去找你们。啊,小姐,如果你告诉我你的计划,你们就不用费这么大劲了。""哈!"福尔摩斯目光尖利地看着她说,"看来,这件事的全过程托勒太太了如指掌。""是的,先生,我知道得很清楚。我可以把我所知道的一切都告诉你们。"

"既然这样,大家都坐下来,让我们听听托勒太太怎么说。对于这件事我确实还有几点不明白。""你们马上就会明白,"她说,"如果我能早点从地窖里出来,我也会去解救她的。假如这件事最终要闹上法庭的话,你们得记住,我是站在你们这一边的。我也是爱丽丝小姐的朋友。

"在这个家里她一直不快乐,自从她父亲再娶以后,爱丽丝小姐更是闷闷不乐,在家里她完全没有发言权,谁也不把她的话当一回事儿。但是她在朋友家里碰到福勒先生之前,她的境遇还不算很坏。就我所知,根据遗嘱,爱丽丝小姐有一定的权利,但她从来不在意这些,而是让鲁卡斯尔先生管理一切。他知道他可以放心这个女儿,但是爱丽丝一旦结婚了,事情就会有所改变。于是她的父亲认为应该制止这件事情的发展。他要他女儿签署一个字据,声明不管她是否结婚,他都可以用她的钱。但是爱丽丝小姐不肯签字,就这样一直闹到她得了脑炎,差一点死掉。最后虽然恢复了健康,但已经骨瘦如柴了,而且不得不剪掉美丽的头发。幸好这一切都没能使她的男朋友变心,他爱她一如既往。"

"啊,"福尔摩斯说,"我想你说的这些情况使得我们完全弄明白了这件事,至于其余的我就可以推断出来了:鲁卡斯尔先生于是采取了囚禁的办法?""是的,先生。""同时找来伦敦的亨特小姐以摆脱福勒先生执著的纠缠?""正是如此。""可是福勒先生是一位意志坚强的人,就像一名出色的水手那样,他监视了这所房子,并且通过金钱或其他方法说服了你,使你站到他那一边。"托勒太太平静地说:"福勒先生是一位和蔼可亲、出手阔绰的先生。""因此,他让你的丈夫一直有酒喝,

让你在主人出门后就准备好扶梯。"

"没错，先生，事情就是这样。"

"我们应当感谢你，托勒太太，"福尔摩斯说，"你澄清了我们脑中的一切疑惑。村里的外科医生和鲁卡斯尔夫人马上就要到了，华生，我们现在最好是护送亨特小姐回温切斯特去，因为我感觉我们在这里的合法地位问题值得考虑。"

就这样，门前有铜山毛榉的那所不甚吉利的房子的秘密被揭开了。鲁卡斯尔先生虽然逃过一死，但已经精神衰弱，大不如以前了，幸亏他有一个忠心的妻子细心地照料着他。他们的老佣人们还和他们住在一起。大概他们知道的秘密太多，以至于鲁卡斯尔先生很难解雇他们。福勒先生和鲁卡斯尔小姐就在他们出走后的第二天在南安普敦申请到特许证书结了婚。福勒先生如今在毛里求斯岛担任政府职务。说到维奥莱特·亨特小姐，由于她已经不是福尔摩斯所关心的问题中的人物了，他就不再对她表示进一步的兴趣了。现在，亨特小姐是沃尔索尔地区一家私立学校的校长，我想她是喜欢这个工作的，也一定会在这个工作岗位上做出成绩。